유석이 형

유석이 형

발행일	2021년 3월 30일
지은이	윤성진
펴낸이	손형국
펴낸곳	(주)북랩
편집인	선일영
디자인	이현수, 한수희, 김민하, 김윤주, 허지혜
마케팅	김회란, 박진관
출판등록	2004. 12. 1(제2012-000051호)
주소	서울특별시 금천구 가산디지털 1로 168, 우림라이온스밸리 B동 B113~114호, C동 B101호
홈페이지	www.book.co.kr
전화번호	(02)2026-5777

편집 정두철, 윤성아, 배진용, 김현아, 이예지
제작 박기성, 황동현, 구성우, 권태련

팩스 (02)2026-5747

ISBN 979-11-6539-695-4 03810 (종이책)   979-11-6539-696-1 05810 (전자책)

윤성진 장편소설

유석이 형

북랩 book Lab

목차

/

난 1970년대 초 대전에서 태어났다. 그리고 성인이 되기까지 나에게는 누구보다 더 뛰어나고 대장 기질을 타고났던 한 사람이 있었다. 절대적인 군주였으며, 한편으로는 폭군이기도 했던 그 사람. 강유석. 그가 말하는 말 한마디가 곧 정의였으며 무조건적으로 맹신해야 하는 법과 같은 것이었다. 때때로 그를 반대하는 세력도 일어났지만 그는 아주 빠르게 빛과 같은 속도로 불만 세력을 평정해 나갔다. 내 인생의 영원한 군주. 그의 얘기를 지금부터 해 나가려 한다. 아직도 내 기억 속에 생생히 남아 있는 그에 대한 모든 것을 꺼내 보려 한다.

대전에서 가장 못사는 동네 신안동. 대전역 뒤편에 있던 동네였는데 그 당시 한 집에 형제가 평균 3명 이상인 동네였다. 판자때기로 얼기설기 지은 집으로 옆집에서 무슨 말을 하는지도 다 들을 수 있는 그런 동네였다.

아침이면 매일같이 들리는 욕설과 부부간의 싸움으로 아주 살벌했지만 그것도 반복적으로 일어나는 일상적인 일이라 어느 순간엔 아무렇지 않게 생활의 일부분으로 변하는 그런 동네였다. 동네 사람들 중 가장인 아버지들 대다수가 막노동, 일명 노가다라는 노동판에서 하루 벌어 하루 먹고 사는 일을 하는 그런 곳이었다.

대전시에서 가장 집값이 싼 곳인지라 못사는 사람들은 무조건 신안동으로 몰려들었다. 그래서 한번 아이들이 모이면 한 40여 명

이상 모여서 동네를 완전히 뒤집어 놓는지라 아줌마들은 쌍욕을 해 가며 우리가 하는 놀이를 막아 보려 했지만 그때뿐 다시 그녀들이 집에 들어가고 나면 동네 흙바닥엔 먼지가 가득했고 함성이 울려 퍼져서 매일같이 학교 운동회를 방불케 했다.

내 아버지는 이발사였다. 언제나 머리가 말끔하고 몸에서는 화장품 냄새가 나서 그런지 다른 집 아버지랑은 격이 다르다고 믿어서 아버지가 무척 자랑스러웠다. 그리고 딸 3명을 내리 낳고 막내로 아들을 낳아서 그런지 나에게는 언제나 부드러운 아버지셨다.

내가 가장 어릴 때 생각나는 것은 참새 할머니 집에 세 들어 살던 때의 모습이다. 한 5살쯤으로 기억하는데 참새 할머니는 아들이 없어서 아들을 입양했는데 건강하게 살라는 의미로 돼지라는 별명을 지어 줬는데 우리 남매들은 돼지 삼촌이라고 불렀던 기억이 난다. 그리고 돼지 삼촌 동생은 영희 누나였는데 그녀는 우리 큰누나랑 나이가 같아서 항상 학교도 같이 가고 우리 남매와 잘 어울렸다. 하지만 그때는 그랬다. 우리 식구는 세를 사는 처지라 영희 언니와 의견이 맞지 않아 싸우는 날이면 먼저 가서 화해를 해야 했다. 그때는 수도계량기를 주인집에서 관리했는데 성질이 난 영희 누나가 계량기를 잠그면 어쩔 수 없이 공동우물가에 가서 어렵게 물을 길러 와야 했다. 그래서 우리 큰누나는 항상 약자였다. 그래서 그런지 우리 남매는 어렸을 때부터 조금씩 남의 눈치를 보며 살아와서 지금도 다른 형제들보다 눈치가 상당히 빨랐다.

한번은 낮잠을 자고 일어났는데 집에 아무도 없었다. 난 어린 나이에 엉엉 울었는데 그때 참새 할머니가 나를 업어 주셨던 기억이 난다.

그래도 엄마 보고 싶다고 한없이 울었던 기억이 나데 난 그것이 끝인 줄 알았다. 지금은 돌아가셨지만 내가 중학생 때 참새 할머니가 우리 집에 놀러 오셔서 그때의 진실을 얘기해 주셨다.

"성진이 이 녀석 내가 어렸을 적에 울어서 업어 주면 '이 나쁜 년아, 빨리 엄마한테 가게 해 줘. 엉엉엉.' 그랬는데 벌써 장정이 다 되었구나. 세월 정말로 빠르네."

내가 어린 나이에 욕을 했다는 것이 믿기질 않았다. 하지만 거짓을 말할 할머니가 아니셨으므로 얼굴이 벌겋게 달아올랐던 기억이 있다.

우리 어머닌 별명이 노랑머리였다. 얼굴은 호랑이상이고 대장부셨다.

말을 아주 사리 분별 있게 잘하셨다. 그리고 경우에 어긋나는 행동을 가장 싫어하셔서 그런지 동네 사람들과 다툼이 일어나면 항상 상대방이 싹싹 잘못했다고 할 때까지 10번이고 100번이고 공격을 멈추지 않았다.

그때부터 담배를 피우셨는데 그 당시는 여자가 담배를 피우는 것 자체가 파격적이었다. 아직도 담배를 피우시지만 어렸을 땐 왜 그렇게 어머니가 담배를 피우는 게 싫었는지 모르겠다.

내 유아 시설 유일한 내 친구가 있었다. 송혁이. 그 녀석의 집은 사탕공장을 했는데 제사상에 오르는 제수용품인 오색 사탕 같은 것들을 만들었다. 사탕이라도 얻어먹으려면 항상 녀석에게 아양을 떨어야 했다.

그리고 아직도 얼굴에 흉터가 많이 있는데 종혁이 녀석의 긴 손톱에 당했던 기억이 난다. 어머닌 지금도 종혁이 녀석을 싫어하신다. '내 아들 잘난 얼굴 다 망쳐 놓은 놈이 종혁이'라고 하면서.

종혁이 녀석은 강자의 힘을 알았다. 내가 자기 말에 반기를 들고 싸우는 날이면 나만 빼고 눈깔사탕을 가지고 와서 다른 동네 아이들에게 나누어 주었다. 그걸 보면서 녀석은 나를 굴복시켰다. 그때의 처절함이란….

그래서 그런지 항상 종혁이 녀석에겐 나는 약자요 항상 조종당하는 역할이었다. 그래도 사탕을 얻어먹으려면 어쩔 수 없는 선택이었다.

그때는 먹거리 자체가 없어서 난 종혁이 부모님이 우리 엄마, 아빠였으면 얼마나 좋을까 하고 생각한 적이 있었다.

2

어머니와 함께 대전역 옆에 있는 중앙시장을 간 적이 있었다. 그 당시 가장 즐거웠던 일은 시장에 가는 것이었다. 그곳에 가면 먹거리와 시장 상인의 생동감 넘치는 모습을 볼 수 있어서 너무 행복한 시간이었다.

어머니가 사 준 술빵을 배부르게 먹고 행복감에 젖어서 집으로 돌아오는 길이였다.

어머니가 짐이 많아서인지 나를 앞에 세우고 뒤에서 나를 따라

오고 있었는데 젊은 처녀 3명이 나에게 다가왔다. 그녀들은 어머니를 의식하지 못했다. 나에게 다가와 종이로 만든 장난감 가짜 돈을 주면서 웃으며 말을 했다.

"아가, 이걸로 고기도 사 먹고 과자도 사 먹고 맛난 것 사 먹어라. 크큭."

옆에 있던 다른 여자들도 재미있다며 같이 웃고 있었다. 그걸 다 지켜보고 있던 어머니셨다.

"이런 씨발년들이 죽으려고 누구보고 장난을 치고 있어? 지금 뭐 하는 건데…."

어머니의 인상이 일그러지면서 그녀들을 노려보았다.

그 순간 뒤도 돌아보지 않고 그녀들이 도망치고 있었다. 소리치는 어머니 말에 놀라서 겁먹은 표정을 지으며 주위를 벗어나려고 했지만 어머닌 짐도 내려놓고 그녀들 중 한 명을 잡아 세웠다.

"야, 아까 했던 말 다시 해 봐. 뭐라고? 종이 쪼가리로 과자 사 먹으라고. 이 년이 대갈통 빵꾸 나고 싶나."

"아주머니, 제가 잘못했어요. 용서해 주세요. 다시는 안 그럴게요."

주위에 있던 모든 사람들의 시선이 어머니를 향했다. 난 그냥 없던 일로 하고 끝났으면 했는데 어머니는 그걸 허락지 않았다.

"빨리 우리 아들한테 잘못했다고 빌어. 어서. 다치기 싫으면."

그녀는 나에게 다가와 공손하고 애절하게 나를 보았다.

"내가 정말 잘못했네. 아가, 미안해. 날 용서해 주겠니?"

나는 고개를 끄덕였다. 그리고 그녀는 다시 한번 잘못을 빈 후에 빠른 걸음으로 내 눈에서 멀어져 갔다. 그만큼 우리 어머니는 여자지만 기가 세고 자식이 무시당하는 것을 가장 싫어했다. 하긴 그 당시에 머리를 노랗게 물들인 사람이 몇 명이나 있었을까. 그녀들은 한순간 공포를 경험했을 것이다. 그만큼 어머니는 나에게 크고 높은 산과 같은 분이셨다.

3

신안동 옆 소제동으로 잠시 이사를 온 적이 있었다. 중간 문을 사이에 두고 다른 사람들과 함께 생활을 한 적이 있었는데 그때 난 무척 무서운 것을 경험을 하게 되었다. 바로 옆방이 무당집이었는데 큰 작두 하며 쌀로 채워 놓은 접시, 오색의 깃발을 보면서 꿈속에서도 가위에 눌리는 일이 종종 있었다. 옆방이 곧 이사를 갔지만 지금도 그때의 무서운 기억이 생생하다.

소제동 집 옆에는 대전에서 가장 큰 고아원이 있었다. 누나들이 학교를 가기 위해 길을 나서면 고아원 정문으로 수십 명의 아이들이 몰려나와서 같이 등교를 했다. 그리고 절대로 고아들과 싸우지 말라고 했다. 그들은 한 사람이 당하면 때로 몰려들어 복수를 한다고 했다. 그래서인지 어린 나이에 나는 절대로 누나들이 싸우지 말고 잘 지내길 기도했던 것으로 기억이 난다. 고아원은 항상 아침을 깨웠다. 새벽 6시쯤 일어나면 고아원에서 불빛이 흘러나왔고 풍금 소리와 함께 그들은 항상 합창을 했다. 지금도 생각나는 것이 "아침바다 갈매기는… 배를 저어 가자…" 그렇게 시작된 노래인데 항상 그들의 노랫소리를 들으며 아침을 시작했던 기억이 난다.

그 당시 모든 음료수는 병으로 만들어졌다. 그리고 빈 병을 가지고 가게에 가면 돈으로 바꿔 주든지 먹을 것으로 바꿔 주었다. 그래서 항상 집마다 음료수를 먹고 남은 병을 아끼고 모아 두었다. 가장 비싼 병은 콜라 1리터짜리 유리병이었다. 그 병을 가지고 가면 50원으로 바꿔 주었는데 50원이면 맛있는 과자나 아이스크림을 충분히 사 먹을 수 있는 금액이었다. 내 나이 6살, 난 난생처음 도둑질을 하게 되었다.

생생히 기억은 나지 않지만 우리 집 옆 마당에 있는 집으로 놀러 갔는데 그 집 나무 바닥 아래에 콜라병이 쌓여 있던 걸 보았다. 그때 난 엉큼한 생각을 했던 것이다. 며칠 후 아무도 없는 것을 확인하고 그 집으로 몰래 들어와서 떨리는 마음을 가다듬고 병 한 개를 훔쳤다. 곧장 가게로 달려가서 아주 맛있는 과자를 사 먹었다. 신나게 먹다 보니 욕심이 더욱 나를 불렀다. 한 번으로 끝내려고 했지만 이번에 아이스크림을 먹고 싶어서 다시 그 집으로 들어가서 또 다른 병을 훔쳐서 다시 가게로 가서 내 욕구를 충족시켰다. 하지만 이번엔 다른 것을 사 먹고 싶었다. 내 몸집만 한 큰 병이었지만 전혀 힘이 들지 않았고 맛있는 걸 먹을 수 있다는 생각에 잘못했다는 생각은 전혀 들지 않았다. 그리고 세 번째로 또다시 마당에 들어섰다. 그리고 소심스럽게 바닥에 있던 병을 들어 올리는 순간, 안방 문이 열리면서 정확하게 내 눈과 젊은 사내의 눈이 마주쳤다.

난 놀라며 급하게 마당을 뛰쳐나왔다. 그리고 우리 집으로 도망쳤다.

집에 와서 놀란 가슴을 진정시키고 있었지만 누나들은 헝겊 등을 이용하여 치마 등을 만들어 입고 가수처럼 노래자랑을 하고 있었다. 나는 이불을 펴서 그 속에 들어가 내 잘못이 그냥 잊히기를 바라고 있었지만 내 기대는 여지없이 깨졌다. 그 순간 왜 이리 대문 열리는 소리가 천지를 뒤흔드는지…

나와 눈이 마주친 사내가 우리 집으로 들이닥친 거였다. 난 잘못했다고 소리 내어 울었고 큰누나가 집에 와서 병값을 물어 주었다. 누나들은 아무도 부모님한테 말하지 않았다. 그렇지만 그때부터 셋째 누나의 종이 되었다. 먹을 게 있으면 누나에게 그대로 바쳐야 했고, 누나는 말을 듣지 않으면 부모님한테 말한다면서 나를 협박했다. 그렇게 몇 달이 흐른 것으로 기억된다. 그렇게 나의 첫 번째 잘못은 시간이 흐름에 따라 자연스럽게 묻혀 버렸다. 지금은 누나들도 그때의 일은 모두 잊어버렸지만 난 아직도 그날의 잘못에 대해 깊이 뉘우치고 있다.

그리고 한 번은 정확히 기억이 나지 않지만 명절인 걸로 생각된다. 어린 나에게 어머닌 새 옷을 장만해 준 적이 있었다. 청바지와 점퍼를 사 주셨는데 그 당시 어린이들은 1년 동안 새 옷을 입는다는 것은 정말로 손에 꼽을 정도로 모두가 어렵게 살았다.

새 옷을 입고 친구들과 자양초등학교에 놀러 갔는데 그곳에서 우리는 20미터쯤 되는 배수로를 발견했다. 그리고 자연스럽게 미끄럼을 탔는데 지금으로 말하면 눈썰매를 타는 것처럼 스릴감이 넘쳤다. 하지만 몇 번만 타고 끝냈어야 하는데 저녁이 될 때까지 수십 번을 반복하여 미끄럼을 탔다. 그리고 저녁이 되어서 집에 들어갔는데 어머니가 어이가 없는지 웃고만 계셨다. 처음 입었던 청바지 옷 엉덩이 부분이 완전히 달아서 구멍이 날 정도로 헌 옷으로 변해 있던 것이다.

항상 엄하고 잘못이 있으면 크게 꾸중을 하던 어머니셨는데 그날 난 아무런 제재도 받지 않고 잠을 푹 잤던 기억이 있다. 하루 종일 미끄럼을 탔으니 어린 나이에 얼마나 피곤했겠는가? 아무튼 잘못을 하고도 무사히 넘긴 운수 좋은 날로 기억된다.

4

어느 날 집에 텔레비전이 들어왔다. 손수레에 실어서 집으로 왔고 안테나를 연결시켜 그날부터 정규 방송이 끝날 때까지 텔레비전을 시청했다.

아주 행복한 시절이었다. 그때는 정규 방송을 5시 30분에 시작했는데 정규 방송의 시작은 만화 영화 같은 어린이를 위한 프로였다. 그때부터 난 비 오는 날을 좋아했다. 날씨가 어두워지면 그만큼 시간이 빨리 가서 텔레비전 상영 시간도 빠르게 시작된다고 나스스로 느끼고 있기 때문이었다. 그 당시 부모님들은 아주 힘들게 하루하루를 자식들을 위해서 살고 있었고 돈 때문에 싸우는 일이 많아졌는데 두 분께서 싸우면 이상하게 살림살이가 부서지기 일쑤였는데 누나들과 나는 부모님이 싸우는 날엔 어떻게든 텔레비전이 부서지는 걸 막기 위해서 몸으로 사수했던 기억이 난다. 그때의 흑백텔레비전은 우리 모두의 꿈과 함께했던 보물이었다. 그리고 일주일에 한 번씩 〈전설의 고향〉이라는 프로그램이 드라마식으로 방영되었다. 구미호가 나타나든지, 나쁜 사람들이 착한 처녀를 죽이자 처녀가 구천을 맴돌다가 귀신으로 복수를 하는 식으로 이야기가 만들어졌는데 그런 소복을 입은 귀신을 보게 된 날은 화장실에 갈 수가 없어서 이불만 푹 뒤집어쓰고 누나들과 공포를 잊기 위해 깊이 숨었던 기억이 난다. 그리고 화장실을 가야 한다면 촛불을 켜고 누나들과 손을 잡고 오줌을 누었다. 그러다가 누나 한 명이 장난스럽게 귀신 소리를 내면 혼비백산을 하면서 울면서 방으로 들어온 기억이 생생하다.

주말은 최고의 선물이 기다리고 있었다. 프로레슬러 박치기왕 김일. 어린이들의 우상이자 닮고 싶은 사람이 바로 김일이었다. 아무리 얻어터지고 넘어져도 오뚝이처럼 일어나 신나게 박치기를 꽂으면 그보다 얼굴 하나가 더 있던 외국 선수들이 낙엽처럼 쓰러져 갔고 그 당시 우리 모두는 김일로 인하여 전 국민이 하나가 되었고 애국가를 불렀다.

김일로 인하여 대한 국민임을 자랑스럽게 생각했던 때였다.

5

다시 신안동으로 이사를 왔다. 방 한 개에 여섯 명의 식구가 좁고 힘들게 하루하루를 버티고 있었다. 그리고 방 바로 옆에 공동 화장실이 있어서 여름이면 화장실 냄새 때문에 너무 괴로웠다. 하지만 더욱 괴로운 것은 한 달에 한 번씩 방세를 내야 하는 월세 신세를 지고 있었다는 것이다. 그 당시 아버지랑 어머니가 열심히 사셨다고 생각되지만 왜 그렇게 힘들게 살고 있었는지 정확하게 생각이 나질 않는다.

주인집에선 꼭 부모님이 없는 시간 때 와서 월세를 내라고 했던 것으로 기억된다. 주인집 아주머니가 오시면 가장 무서운 사람이 그녀였다. 그리고 다른 셋방에 사는 사람들에게 우리 집에 대해 안 좋은 얘기를 했고 그 사람들도 주인집 심기를 건드리는 것은 할 수 없었기 때문에 어쩔 수 없이 동조했을 것이다. 그때마다 난 의기소침하여 말수가 현격하게 줄어들었다. 하지만 우리 엄마는 큰 산맥 같은 여자였다. 어느 날은 술을 잔뜩 먹고 들어오셔선 주인집을 쫓아가서 동네가 떠나갈 듯이 소리치기 시작했다.

"돈이 있어도 숨겨 놓고 안 주는 것도 아닌데, 몇 푼 되지도 않는 돈 떼어먹고 도망갈까 봐 하루도 쉬지 않고 애들한테 와서 막말을 지껄이고 있어. 어디 한번 같이 끝장 볼까?"

울타리 안 집 사람들이 모여들었다. 주인집을 향해 거침없이 내뱉는 소리가 시원했는지 사람들이 고개를 끄덕였다.

"이사 가. 이사 가면 되잖아. 누가 잡았어? 아니면 내가 가지 말라고 했어? 방 빼면 되잖아."

여주인도 하나도 안 지고 맞서기 시작했다.

"당장 나갈 테니 걱정하지 마. 대신 확 불 싸지르고 가도 나한테 원망은 마. 불쌍하게 사는 사람 못살게 군 당신이 자초한 일이니까. 에이, 쌍."

엄마가 침을 모아 바닥에 세차게 뱉어 버렸다. 주인집 여인이 겁에 질려 몸을 피했다. 그때부터였다. 더 이상 방세가 밀려도 주인집에선 우리 집에 오질 않았다. 그러다가 유석이 형이 있는 동네에 다시 이사 오게 되었다.

어느 날 어렴풋이 어머니가 말을 하셨다.

"너무 살기가 어려워서 더 바락거리며 살았다. 남에게 상처 줬던 말과 행동이 지금에 와서는 너무 후회스럽게 느껴진다. 다시 돌아간다면 더 잘할 수 있을 텐데."

6

가난에 쫓기어 다시 더욱더 환경이 열악한 집으로 이사를 왔다. 주인집 한 집에 한 스무 집이 바로바로 붙어 있는 집에서 살았다. 그리고 그때쯤 부모님도 내일에 대한 기약도 없어지셨는지 자포자기하며 살았다.

아버지는 수요일 날이 휴무였는데 항상 우리 남매는 목요일 날 아버지가 이발소에 무사히 출근을 하시느냐가 문제였다. 그도 그럴 것이 아버지는 주인 밑에 있는 종업원으로 생활을 하셨다. 머리 깎은 매상에서 주인은 7이고, 아버지는 3을 먹는, 똑같이 일해도 내일의 기약이 없는 삶을 사셨다. 아버지는 수요일 날 폭음하셨고, 목요일 날 그냥 집에서 만사가 귀찮은 듯 쉬면서 다시 술을 찾는 그런 일상이 반복되다 보니 솔직히 우리 식구는 수요일 날만 되면 노이로제 같은 것에 걸렸다. 학교에서 돌아오면 술 때문에 얼굴이 벌겋게 상기되어서 코를 골고 주무시던 모습을 상상해 보면 내 심정이 어땠는지 이해가 갈 거라 생각한다. 주인집이라 할 수도 없는 집에 주인 행세를 하는 주인 아들이 바로 관태였다. 나랑 학년이 같은 친구였다. 원래 관태 큰아버지가 주인이었는데 그 당시 대학교까지 나온 사람이었고 고등학교 교사 생활을 하다가 하도 술에 노예가 되어서 알코올 중독자로 살아가던 사람이었다.

그가 병원에서 치료를 받는 동안 관태네 식구들이 그 집으로 이사를 와서 주인 행세를 하면서 살았는데 관태는 주인집 아들이라는 타이틀로 나에게 부리는 횡포가 도를 지나칠 정도로 가혹했다.

그 집안에는 같은 또래가 여러 명 있었는데 언제나 대장은 관태였고 그 밑으로 여러 명의 아이가 있었다. 그 견고한 틈 속에 내가 들어가기 위해서는 무조건 수긍하고 말을 따를 수밖에 없었다.

병정놀이를 하면 항상 나는 밑에서 가장 낮은 계급을 하였고 어떻게 해서 계급이 올라가면 감격했다. 물론 그의 말을 듣지 않든가 기분이 나쁘면 2살 어린 아이보다도 더 밑으로 계급이 강등되어도 난 말을 할 수가 없었다. 내가 수긍하지 않으면 모든 아이의 표직이 되어서 나를 아주 바닥으로 추락시켰으므로 난 어쩔 노리가 없었다.

그리고 그쯤 어머니는 먹고 자고 하는 식당에서 일을 하면서 어렵게 생계를 꾸리며 살았기 때문에 실질적인 엄마 노릇은 큰누나의 몫이었기에 난 더욱더 말수가 적고 내성적인 성격으로 변하고 있었다.

한 번은 축구를 하는데 관태랑 편먹은 둘이서 나를 혼자 싸우게 하고는 둘이서 즐기며 나를 장난감 취급을 하면서 농락한 일이 발생했다. 난 그때 분노가 얼마나 무서운지를 느낄 수 있었다. 더 이상은 내 자존심을 굽힐 수 없다며 스스로 다짐했고 그날부터 내가 그들을 외면하면서 집에만 붙어 있었고 등교하는 날에도 일부러 20여 분 일찍 집을 나서서 혼자만의 생활을 하였다. 진짜로 심적으론 편했고 혼자만의 시간에는 책을 읽으며 보내다 보니 고독이야말로 심적으로 아주 편한 시간이라 생각했다.

하지만 나를 더욱더 힘들게 하는 일이 발생했다. 그날은 6월로 기억된다. 관태네 집에 세 들어 사는 모든 사람이 야유회를 가는 거였는데 물론 우리 집은 부모님도 없었고 그리고 철저하게 우리 식구는 배제되었다. 물론 누나들은 그런 것에 관심조차 없었지만 난 솔직히 집마다 음식을 준비해 가며 소풍을 준비하는 모습을 보면서 너무 가고 싶은 마음이 들었지만 내색을 할 수 없었다. 그냥 관태가 부모님에게 말해서 나까지 덤으로 갈 수도 있었는데 끝내 그런 기적은 일어나질 않았다. 그리고 관태는 자전거를 가지고 있었는데 그날 이후로는 나를 빼고 모든 친구에게 친절한 아이가 되어서 나를 더욱더 힘들게 했다.

그렇게 아끼던 자전거를 다른 아이들에게 한없이 대여해 주었지만 나에게는 그 옆으로 가는 것도 허락지 않았다. 그때 알았다. 가난이 이렇게 힘든 거라는 것을. 한없이 가난한 부모님을 원망했으며 나 스스로 더욱더 주눅이 들어서 세상에 나만 있는 것처럼 슬펐다.

7

그때부터 난 다른 돌파구를 찾아야 했다. 나를 인정해 주고 내게 힘이 되어 줄 수 있는 그것을 찾아야 했다. 그쯤 관태도 내가 자신을 인정하지 않으니 자신이 만든 왕국의 이탈자를 용납할 수 없었다.

그날도 학교에서 야구부가 연습하는 것을 보고 늦게 집으로 들어왔는데 관태 일당이 나를 막아서서는 빗금을 그려 놓고 여기는 자신의 땅이니까 나는 이곳을 넘어갈 수 없다고 통보했다. 정 집으로 가고 싶으면 뒷집으로 담을 넘어서 출입하라며 나를 겁주었다. 너무 서러웠다. 하지만 더 이상 호락하게 당할 내가 아니었다. 분노가 폭발하여 관태의 멱살을 잡고 발악을 하며 녀석을 잡아 땅으로 내동댕이치면서 아주 미친 듯이 달려들었다. 갑작스러운 나의 행동에 겁을 먹은 나머지 녀석들도 어쩌지 못하고 상황을 주시할 수밖에 없었다. 나는 한 마리 야수처럼 관태를 짓이겨 놓았으며 그 싸움은 관태네 어머니가 날리는 순간까지 계속되었다. 관태 어머니를 나를 떨어뜨려 놨지만 나는 악에 받쳐서 발로 녀석을 계속 공격했다. 그 순간 녀석을 나는 농락시켰다. 아파서 우는지 어쩐지는 모르겠지만 녀석은 서럽게 울었고 나는 밑에서부터 밀고 올라오는 쾌감을 느끼고 있었다. 물론 관태네 엄마가 우리 집으로 와서 동생 교육 좀 잘 시키라는 자존심을 깎아내리는 말을 하고 갔지만 난 어제의 내가 아니었다. 그날 이후 관태와 나는 동등한 위치에서 친구로 만나고 있었고 난 조금도 주눅 들지 않았으며 의견과 불만 사항을 당당히 말할 수 있는 내가 되었다. 새로운 희망찬 인생이 펼쳐지고 있었다.

하지만 또 다른 시련이 시작되었다. 우리가 세 들어 살던 관태네 집은 20여 세대가 모여서 살았는데 한 달에 한 번 전기세, 수도세, 오물세 등을 걷어서 세금을 납부하고 있었는데 그때 어떻게 된 일인지 우리 집은 전기세를 석 달이나 밀렸고 어느 날 학교를 갔다 왔는데 옆집에 사시던 할머니가 나를 보는 눈빛이 예사롭지 않고 분노가 그대로 묻어났다.

그리고 너희 집이 전기세를 제때 내지 못했기 때문에 전기가 끊어졌다고 했다. 아니, 그 집에 모여 살던 모든 사람의 눈빛에서 살기가 느껴졌다. 그땐 그랬다. 못사는 사람들일수록 사회에 대한 원망이 많기 때문에 다른 집 안 되는 걸, 아니, 다른 집 안 좋은 일만 끼리끼리 모여 즐겁게 입으로 전파를 타듯이 말해서 자신들의 위안으로 삼았다. 나는 그때 아주 어렸기 때문에 전기가 끊기면 전선을 자르는 줄 알았다. 그리고 집으로 들어와서 전선을 확인했는데 전선은 안 끊어지고 그대로 있어서 안심을 했다. 전선이 끊어지지 않았으니 불이 들어올 거라고 확신하고 스위치를 눌렀지만 내 바람은 헛된 것이 되었다. 정말로 불은 들어오지 않았다.

그날 이후 난 학교를 끝마쳐도 밖에 나가질 않았다. 돈이 없으면 무시당하고 다른 사람들에게 아무 소리 할 수도 없다는 것을 너무 일찍 어린 나이에 알았던 것이다. 난 순수하고 착했지만 '전기세도 못 내는 뉘 집 자식'이라는 주홍글씨가 박혔고 나를 보던 싸늘한 눈빛에서 사는 것이 무섭다는 생각까지 그때 했었다. 하긴, 집 밖을 나가 보았자 돈이 없는 것이 '말썽 피우는 뉘 집 자식'으로 둔갑하여 나랑은 어울리지 말라고 했던 것 같다.

어떻게 해서 다시 전기가 들어왔는지는 생각이 나질 않는다. 아니, 내 기억에서 밀어내길 원했으니 생각이 나질 않는 것 같다.

그렇게 내 유년 시절은 외롭고 지치고 힘들었지만 유석이 형을 만나면서 내 인생은 전환점을 맞이하게 되었다. 찬란한 내 유년 시절이.

8

초가을이 시작되었다. 조금은 쌀쌀한 날 나는 용수, 덕수 쌍둥이 형제를 처음 보았다. 이란성 쌍둥이였는데 왜 그들 틈에 내가 있었는지 정확하게 생각이 나질 않지만 그 무리 속에 있었다. 그리고 10여 명의 아이들이 모여서 딱지치기를 하고 있었는데 내가 구경하나가 그들 틈에 끼어 있었넌 것 같다.

"우리 같이 신흥국민학교에 가자. 거기에서 말 타고 싶은 사람 여기에 모여라."

용수 형이 의견을 내 모두가 그의 뜻에 따랐다. 신흥초등학교

뒤편에 사슴, 말, 사자 등 동물 동상이 있어서 그곳에 가면 아주 재미있게 놀고 올 수 있다는 말을 소문으로 들어서인지 난 무조건 그들 뒤에서 조심스럽게 그들과 어울리고 있었다. 그리고 그들 무리는 어린 나를 이상하게 생각지도 않았으므로 난 스스럼없이 그들 무리 속에서 뒤를 따랐다. 그리고 처음 본 동물의 동상을 올라타서 아주 재미있게 놀았다. 조금씩 어두워지고 있 을 쯤 다시 동네에 돌아왔는데, 그날 처음 유석이 형을 보았다. 작은 신장에 밤톨 머리, 검은 피부. 눈은 작았지만 눈빛은 빛나 보였다. 아무튼 잘나 보이는 것과는 거리가 멀어 보이는 소년이었다. 무리 속에서 그들을 지켜보던 유석이 형이 용수 형을 불러 세웠다.

"용수, 덕수, 너희 아무 말 없이 그렇게 의리 없게 어울릴 거야?"

유석이 형의 단호한 어조에 두 형제는 눈빛만 삼키고 있었다.

"미안해. 널 기다려야 하는데 소식이 없어서 우리끼리만 갔다 왔네. 그냥 이번만 이해해 줘라."

난 이해가 되질 않았다. 키도 훨씬 크고 몸집도 좋은 형제 둘이 유석이 형에게 어쩌지 못하는 것이 왜 그런지 이해가 되질 않았다. 아무튼 그의 첫인상은 내게 강렬하게 다가왔다. 그리고 특이한 점은 눈이 아주 작았다. 특히, 눈을 살짝 감으면 반달처럼 변했는데 생전 처음 그런 인상을 본 것이라 그런지 머릿속에서 잊히지 않았다. 몇 달 지나고 안 일이지만 유석이 형 별명이 와이셔츠 단추 구멍이었다. 그만큼 색다르고 특징이 강렬한 인상이었다.

 내가 외롭긴 했나 보다. 그날부터 많은 아이가 모이는 그곳으로
가서 항상 눈도장을 찍었다. 신안동 동네 아이들이 모이는 그곳을
'파스막'이라고 했다. 왜 그런지는 몰라도 자연스럽게 다들 파스막
이라고 했다.

 "너 이름이 뭐니?"

 형들이 모이는 그곳에 작고 수줍음 많은 내가 계속 보이자 4일
째 되던 날 유석이 형이 내게 건넨 말이었다.

 "윤성진."

 "자식, 똑똑하게 생겼네. 집은 어디냐?"

 "저기…"

 나는 똑바로 말하지 못하고 손짓으로 집 부근을 가리켰다.

 "야, 다들 모여 봐. 담방구 한다. 모두 붙어."

 유석이 형 말에 30여 명 되는 아이들이 일사천리로 모여들었다.
게임 룰은 간단했다. 3명이 술래가 되어서 도망간 아이들을 모두
잡으면 끝나는 것이다. 물론 술래에게 잡힌 아이들이 손으로 줄을
이루고 술래를 피하여 아직 잡히지 않은 아이들이 손으로 쳐 주면
모두 사는 놀이였다. 술래 3명의 협동이 아주 중요한 게임이었다.

 "어이, 싱진이 너도 해라."

 유석이 형이 나를 받아 주자 아무런 경계도 없이 나를 게임에
끼워 주었다. 그때까지 내게 눈빛도 주지 않던 아이들이 경계를
푼 것이다.

그리고 처음부터 나는 술래가 되었다. 그런데 유석이 형도 나와 같이 술래가 된 것이다. 술래 한 명은 기억이 나질 않지만 술래를 빼고 모든 아이가 퍼지며 시야에서 멀어져 갔다. 나의 첫 번째 임무가 시작되었다.

"똑바로 들어. 바로 다 잡아서 빨리 술래를 탈출한다. 어리바리 했다간 혼날 줄 알아."

유석이 형은 승부욕도 세고 성질도 급했다. 그리고 나 또한 이것을 기회로 삼아야 했다. 그때 느꼈다. 정신력은 신체를 지배한다는 것을.

바로 도망갔던 아이들을 빠르게 잡아 가며 파스막 전봇대에 아웃이 된 녀석들이 모여서 큰 인간 물결이 만들어졌다. 그리고 살아서 도망가고 있던 녀석은 일용이라는 아이였는데 몸이 상당히 빠르고 잘 도망갔다.

녀석을 포위해 가자 일용이는 담을 넘어 지붕 위로 올라 도망갔다.

어디서 그런 용기가 났는지 모르지만 나도 지붕 위로 뛰어올라 위태롭던 몸을 바로잡으며 녀석을 쫓아갔다. 그땐 위험스럽지만 나를 돌볼 시간이 없었다. 그리고 지붕 위로 내려오는 녀석을 간발의 차로 잡았다. 내가 해낸 것이다.

"성진이 잘했어. 녀석, 빠른데?"

후에 안 일이지만 그때가 가장 빠르게 술래를 탈출한 때였다. 담방구를 하면 할수록 첫 번째 경험처럼 바로 술래를 벗어난 일은 그 후로도 없었다.

26

"성진이 이제부터 나만 잘 따라와. 내가 잘 보살펴 줄게."

유석이 형은 처음부터 나를 마음에 들어 했다. 그리고 그다음부터 유석이 형과 자연스럽게 어울리자 관태 녀석도 나를 부러워하며 더 이상 나에 대한 우월감도 없었고 나에게 잘 보이려고 했다. 그리고 세 들어 사는 또래 친구들도 나에게 잘 보이려고 했다. 나를 무시한다고 생각이 드는 순간 바로 유석이 형에게 일러바치면 바로 보안관처럼 다 해결해 주는, 내가 충성을 하면 할수록 가치가 있는 사내가 바로 유석이 형이었다.

그리고 항상 나를 챙겨 주었다. 내가 충성을 하면 할수록 달콤한 보상으로 돌아왔지만 그의 척도에서 내가 눈 밖에 벗어나는 행동을 하면 나를 혹독하고 어렵게 했다. 바로 강유석이란 사내였다.

10

"오늘은 동양백화점에 놀러 간다. 그리고 성진이도 같이 갈 거니까 그렇게 알고."

유석이 형이 말을 꺼내자 모두 좋아서 웃음으로 긍정의 신호를 보냈다.

내선 시내에 있던 동양백화섬에는 유석이 형이 뽑은 죄정에 신복들만 갈 수가 있었다. 그것이 선택받은 사람들의 특혜였다.

그 당시 동양백화점에는 대전시 최초로 에스컬레이터와 엘리베이터가 있었다. 말로만 들었는데 계단에 서 있으면 바로 위층으로 올라간다는 것과 발을 늦게 빼면 발가락이 끼어서 다칠 수 있다는 소문이었다.

다치면 어떻게 하지 걱정을 했지만 그래도 흥분이 되었다. 그리고 왜 그렇게 멤버들이 좋아하는지 궁금했다.

7명의 최정예 멤버가 길을 나섰다. 그런데 바로 백화점에 안 가고 원동사거리에서 유석이 형이 기다리라고 하고 사라졌다. 난 의구심이 들었다. 왜 바로 안 가고 기다리라고 하는지. 다른 녀석들은 경험이 있는지라 버스 승강장에서 서로 말을 하며 익숙하게 기다렸다. 한참 후 유석이 형이 어디에 갔는지 궁금해서 고개를 돌렸는데 약국에서 몸을 굽히며 바닥을 주시하던 그를 보게 되었다. 그리고 무슨 일을 하는지 무척 궁금해서 나는 그곳으로 조심스럽게 갔다. 철사를 길게 만들어서 바닥에 떨어져 있던 동전들을 빼내고 있던 것이다. 유석이 형의 바지 주머니 속은 동전으로 가득해서 터질 것처럼 보였다.

"형, 뭐 하고 있어? 빨리 안 가고 뭐 해."

"야, 빨리 안 꺼져? 이 새끼가."

유석이 형이 나를 쏘아보며 인상이 심하게 뒤틀렸다. 난 더 이상 대꾸도 하지 못하고 바로 돌아 나와서 '유석이 형이 나를 또 혼내면 어떻게 하지'라며 걱정을 했지만 더 이상 혼나지는 않았다. 그리고 버스 토큰을 팔던 간이 부스에서도 몸을 굽히고 철사로 동전을 뽑아내었다.

"야, 오늘 맛있는 거 먹을 거니까 기대해라."

유석이 형이 주머니 속에 있던 동전을 들어 올리며 신호를 보내자 녀석들 모두 환호를 질렀다. 나도 물론 안 좋은 일이란 걸 알았지만 금방 그런 생각은 내 머릿속에서 지워지고 없었다.

내가 살아온 일생에서 가장 즐거웠던 하루로 기억된다. 에스컬레이터를 처음 타는 것이 너무 재미있었고 동양백화점 3층에 있던 대형슈퍼마켓도 처음 가게 된 것이다. 그렇게 색다르고 맛있는 과자가 가득 있는 가게는 내 인생에서 처음이었다. 그리고 돈을 물 쓰듯 썼다. 유석이 형은 각자 과자 3개씩 선택할 기회를 줬다. 그동안 꼭 먹고 싶었던 과자를 골랐고 내 입속에서 그렇게 맛있는 과자를 원 없이 많이 먹어 본 것도 그날이 처음이었다. 유석이 형은 바로 내 인생에 보물 상자였던 것이다. 그리고 우리는 과자를 들고 동양백화점을 나와서 가까운 공원으로 가서 과자를 모두 풀었다. 그런데 더 놀라운 것은 유석이 형의 점퍼 속에서 계산하지 않았던 과자가 끝없이 나왔다. 너무 놀라고 무섭고 죄를 짓는다는 것이 겁났지만 같이 갔던 녀석들이 박수를 치며 좋아하니까 그런 죄책감은 순간적으로 아무렇지 않게 바로 지워졌다. 나도 조금씩 그들과 동조되어 가면서 그들의 일원이 되어 가고 있었다.

//

유석이 형을 부정하던 사람이 한 명 있었다. 광수라는 형이었는데 매일 태권도 복장을 하고 학교와 도장을 오가던 사내였다. 유석이 형하고 같은 5학년이었는데 광수 형은 우리랑 어울리지 않았다. 유석이 형은 어렸을 적에 몸이 안 좋아서 3년을 늦게 학교에 갔다고 했다. 그래서 그런진 몰라도 중학생들에게도 반말을 하고 친구처럼 지냈다. 그런데 광수 형은 그런 유석이 형을 인정하지 않고 무시하니 유석이 형은 그게 너무 달갑지 않던 거였다.

"저 새끼 한번 언젠가 나한테 혼날 줄 알아."

그 당시에는 태권도 복장만 해도 싸우지 않고 자신의 친구 또는 동료로 만드는데 유석이 형은 전혀 그렇지가 않았다. 그리고 광수 형은 우리가 모여 있으면 멀리서 지켜보며 다리를 뻗었다. 내가 보아도 다리가 엄청 올라가서 하늘을 찔렀다. 그때 처음으로 그가 유석이 형을 부정했다. 몸짓도 작고 악바리로는 최고라고 하지만 그래도 유석이 형이 광수 형을 이기는 것은 무리라고 나 스스로 판단을 했다. 그리고 두 사람이 사이좋게 어울려서 더욱더 다른 동네 녀석들에게 무서운 존재가 되면 좋겠다고 생각했다. 하지만 유석이 형에게 타협이란 없었다. 자신의 왕국에 처음으로 그를 치고 올라오는 행위 자체를 인정하질 않았다. 그러다가 일이 터지고 말았다. 내가 가장 피하고 싶었던 일이 벌어지고 만 것이다. 파스막에서 바람 빠진 축구공을 차고 있다가 한 녀석이 잘못차서 공이 먼 곳으로 빠지게 되었는데 그때 마침 광수 형이 그곳을 지나갔고 유석이 형이 공 좀 차 달라고 했는데 그의 말을 무시하고 지나간 것이다. 유석이 형의 얼굴이 흙빛으로 변했다. 그리고 당장 쫓아가서 광수 형 집 앞에 서서 그가 나오길 기다렸다. 난 솔직히 무모한 도전이라고 생각했고 유석이 형이 그냥 자신의 성질을 접고 우리 곁으로 와 주길 바라고 있었지만 그는 단호했다. 그의 질서 아래에서 제거해야 할 경쟁자가 등장한 것이다. 유석이 형의 친위부대만 모이도록 했고 나 같은 어린 녀석들은 근처에 못 오도록 했다. 하지만 유석이 형의 카랑카랑한 목소리만 들렸다. 유석이 형 그 자신의 왕국에 감히 도전을 한 사람에 대하여 질서를 바로잡겠다는 것을 어린 나이에도 난 알 수 있었다. 쿵쿵 소리만 들렸다. 몸끼리 부딪히고 서로 싸우고 있다는 것을 알 수 있었지만 소리로는 결과를 알 수가 없었다.

하지만 꼭 유석이 형이 어느 정도인지 확인해야 한다는 무슨 일념 같은 것이 나를 그곳으로 향하게 했다. 난 골목이 바로 보이는 맞은편 집으로 몰래 들어가서 담 틈 속에서 골목을 바로 보고 확인했다.

두 형은 몸을 부딪치며 진짜 진한 싸움을 하고 있었다. 광수 형의 다리가 이곳저곳으로 들어왔지만 유석이 형은 잘 피하고 있었고 반격도 잘 하고 있었다. 조금도 광수 형에게 밀리지 않았다. 더 놀라운 것은 벽으로 뛰어올라 박치기로 응수했고 기가 막히게 광수 형에게 타격을 주고 있었다. 내 판단이 틀렸다는 것을 알 수 있었다. 2번, 3번 박치기가 광수 형의 얼굴에 적중하자 그는 힘없이 바닥에 떨어졌다. 내 인생에서 가장 대단한 사람이 유석이 형이라고 다시 한번 확인하는 순간이었다.

그다음부터 우리가 동네에서 놀고 있으면 광수 형은 돌아서 유석이 형을 피해 갔다. 그리고 태권도 복상을 하고 으스대던 행동도 전혀 하질 않았다. 그리고 몇 달 후 자연스럽게 광수 형은 다른 곳으로 이사 가고 없었다. 유석이 형의 최전성기가 시작되고 있었다. 그리고 신봉자인 우리의 절대교주는 바로 그 사내, 강유석이었다.

추석이 가까워져 왔다. 가장 풍요롭고 모든 마음이 넉넉하게 바뀌는 대한민국 최고의 명절. 못사는 동네일수록 명절이 더 각별하게 느껴진다. 추석을 일주일 앞둔 시점에 다시 한번 유석이 형이 모두를 집합시켰다. 송편을 만들기 위해선 솔잎이 필요했는데 바위산으로 솔잎을 따러 가자는 거였다. 모두들 주머니를 하나씩 준비하여 삼삼오오 노래를 부르고 산으로 올라갔다. 그리고 아주 열심히 솔잎을 땄다. 그것만으로도 마음이 넉넉하고 꽉 찬 느낌으로 다가왔다. 그리고 몇 시간 작업을 마무리하고 솔잎이 한곳으로 모였다. 유석이 형은 임의대로 솔잎을 나눴다.

"우석이, 철이, 나 그리고 필요한 사람 몇 명만 가지고 가라."

나는 왜 내 이름이 빠졌는지 억울했다. 그리고 아주 서글픈 마음까지 들었다.

"성진이, 민석이 너희 집은 차례도 지내질 않잖아. 가지고 가 봤자 쓰레기만 될 텐데 뭐."

눈물이 나올 정도로 서러웠다. 솔직히 그랬다. 아버지는 이발사였으므로 추석 전날은 밤늦게까지 이발을 했다. 그만큼 일 년에 몇 번 대목을 보는 직업이었지만 큰집이 강원도 도계에 있는 관계로 그때까지 큰집을 한 번도 가질 못했다.

그리고 어머니는 남의 집 식당에서 일하는 종업원으로 저녁 늦게 들어왔으므로 자고 난 후 아침에 눈을 뜨면 그때 엄마가 옆에 있는 것을 확인했다.

추석 전날 학교를 마치고 들어오면 동네는 전 부치는 기름 냄새가 진동을 했다. 그만큼 외로운 마음은 나를 더욱더 힘들게 했다. 난 그때 다짐을 했다. 내가 이다음에 아주 큰 어른이 된다면 명절 날은 풍족하고 행복하게 지낼 거라고 다짐했다.

특히 그 당시에 내가 가장 먹고 싶은 음식은 동그랑땡과 동태전이었다. 그 음식을 배 터지도록 먹는 상상을 하면서 슬픔을 이겨 냈다. 그렇지만 우리 누나 셋은 아주 정신력이 강했다고 생각한다. 명절 전날 집에 있어도 그냥 텔레비전 보고 밥 먹고 학교에 가지 않는다는 것을 더욱더 행복하게 생각하는 사람들처럼 보였다. 그때 당시 이미 세월을 초월했다고나 할까. 그런 누나들이 너무나 부러웠다.

추석날 늦은 밤 우리는 아버지를 기다렸다. 그날 밤만큼은 아버지는 능력 있고 너무나 멋있는 아빠로 변했다. 이발소 종업원으로 살지만 그날 저녁만큼은 주머니 혹은 지갑 속에서 수많은 천 원짜리 지폐가 쏟아져 나왔다. 그걸 보는 날만큼은 세상에서 가장 부자로, 기분이라도 너무나 풍족해졌다. 그리고 추석 당일은 아버지가 천 원짜리 아님 오백 원짜리 시례를 주셨는데 그날을 얼마나 기다렸던가. 그리고 차례를 마친 집에서 조금씩 음식을 담아 맛을 보라는 개념에서 돌렸는데 그날이 얼마나 행복했던가. 몇 개 안 되는 동태전을 먹는 기쁨이 얼마나 황홀했던가. 여러 집에서 음식을 주셨는데 6학년쯤 되어 보니 어느 집 음식이 가장 맛있는지 그리고 올해는 어느 정도 줄까 하며 기대를 하고 명절을 맞이했다. 그리고 추석에 대한 기대는 중학생이 되면서부터 누나들과 같이 아무렇지 않게 느끼며 그냥 학교에 안 가서 좋았던 것으로 기억된다. 그만큼 나의 마음도 조금씩 메말라 갔다.

13

한 동네에 아버지의 바로 형님인 큰아버지가 사셨다. 큰아버지는 10가구에 집세를 받고 사는 집주인이셨다. 그렇지만 아버지 형제분들은 잔정이 없었다. 자식도 없었지만 나를 귀여워하고 그러진 않았던 것으로 기억된다. 그리고 가장 큰 문제는 큰어머니와 우리 어머니가 완전히 앙숙으로 살았다. 큰어머니는 큰어머니 나름대로 자신의 친한 사람들에게 우리 집 욕을 했다고 했고 어머니도 나름대로 욕하며 지냈다. 그때 어머니에게 가장 많이 들었던 말이 김치가 썩어서 쓰레기통에 버릴지언정 결코 동생한테 준 적이 없다고 형제지만 천벌을 받을 거라는 말로, 주위 사람들에게 악담을 하고 살았다.

그 전부터 큰아버지는 병을 가지게 되었는데 간이 안 좋아서 얼마 살지 못한다고 했고 큰아버지의 얼굴은 내가 보아도 이상하리만큼 누렇게 변했다.

그런데 큰아버지도 느끼셨나 보다. 하루는 나를 부르고 집으로 오라고 한 다음에 큰 솥에 물을 끓인 후 내 옷을 다 벗기곤 목욕을 시켜 주었다. 목욕이 끝난 후엔 찰밥과 우유를 주시면서 누나들과 같이 먹으라고 했다. 아직도 기억에 생생하다. 내가 마지막으로 큰아버지에게 큰 사랑을 느꼈던 날로 기억된다. 어머니는 큰집에 절대 가지 말라고 했지만 큰어머니는 길가에서 나를 보면 안아 주셨고 배가 고프다고 하면 집에서 밥을 차려 주셨다. 하지만 어머니와 관계가 너무 좋지 않아서 큰집에 갔다 왔다는 말은 결코 하지 못했다. 어머니가 싫어도 했지만 내가 거기에 있었다고 하면 어머니도 자신의 편이 변심했다고 할까 봐 유석이 형에게 배운 것이 있어서 그런진 몰라도 어머니 앞에서 큰집 얘기는 절대 하지 않았다. 그리고 2년 후 내가 초등학교 4학년 때 큰아버지는 우리 식구들 앞에서 생을 마감하셨다. 그리고 자식이 없던 관계로 내가 상주가 되어서 삼일장을 치렀다. 그래도 어머니와 큰어머니의 관계는 호전되지 않았다. 그리고 젊은 큰어머니는 다른 분을 만나서 재혼을 했다. 누구에게 들었다. 옥천에서 식당을 하시고 많이 늙으셨다고. 언제가 한 번은 찾아뵙고 어머니와의 안 좋은 감정 다 푸시라고 하고 싶지만 아직도 나는 용기를 내지 못하고 힘겹게 오늘을 살고 있다.

14

유석이 형은 원래 혼자 큰 게 아니었다. 동네 서열 위로 2년 선배 종필이 형이 있었는데 그 형이 실질적인 보스인데 그 모든 권력을 위임한 사람이 바로 유석이 형이었다. 그만큼 유석이 형이 똘똘하게 선배를 챙겼고 자신보다 서열이 낮은 후배들에겐 위엄을 보였다. 유석이 형에게 반항하며 반기를 드는 사람은 종필이 형이 나서서 정확하게 서열을 정리해 주었다. 그래서 유석이 형이 더욱더 무서웠다. 그리고 종필이 형을 따를 수밖에 없는 이유는 신안동에는 고려극장이 있었기 때문이다. 종필이 형의 둘째 형님이 그곳에서 표를 받는 직원이었는데 여름방학, 겨울방학 때에는 〈태권브이〉, 〈꼬마 암행어사 박문수〉 등 아주 미쳐 버릴 정도로 매력적인 만화 영화를 했는데 유석이 형이 선택한 아이들만이 공짜로 영화를 볼 수 있었다. 난 지금도 영화에 빠져서 살고 있지만 그 당시에 영화 구경은 꿈같은 현실이었다. 그래서 유석이 형이 죽으라고 하면 죽는시늉까지 하며 그를 신봉했다. 그래야 영화를 볼 수 있으니까.

1년이 지나서 초등학교 3학년이 되었다. 여름방학이면 하루가 멀다 하고 8번 버스를 타고 안양리에 갔다. 그곳에서 우리는 수영을 하며 방학을 보냈다. 물론 집에서는 죽으려면 물놀이 가라고 엄마가 여러 번 나를 말렸지만 안 가고 어울리지 않으면 도태되는 것이 파스막 불문율과 같았다. 유석이 형의 지시에 반기를 들고 반대하면 동네에서 살 수 없을 정도로 그 강도는 한 번 찍히면 지옥과 같았다. 그리고 지금도 신기한 것은 한 번에 10명 이상 물놀이에 갔지만 작은 사고조차 나질 않았고 여름이 지나서는 진짜로 우리 모두는 물개가 되었다. 자유형으로 수십 미터는 훌쩍 갈 수 있는 물개로 거듭났다. 유석이 형은 언제나 경쟁을 시켰다. 편을 먹고 5명씩 순서를 정해서 올림픽으로 말하면 계주를 한 것이다. 물론 그 당시에는 타이틀을 걸어 이기면 수박 한 덩어리라도 더 먹을 수 있는 무한경쟁으로, 무조건 이겨야 했다. 그리고 더욱더 획기적인 일은 한 번도 버스비를 내지 않았다. 그 당시 버스에는 안내양이 있었는데 여름에는 정원의 3배 이상의 사람을 밀어 넣어 운행을 했다. 그리고 버스비를 내려고 하면 무조건 뒤에서 낸다고 하면서 내리자마자 도망쳤다. 그리고 마지막 한 사람인 유석이 형만 한 사람 몫을 계산하고 내렸다. 그 돈으로 라면을 끓여 먹고 또는 과일을 사서 먹으며 그렇게 여름을 지냈다. 정말로 획기적인 발상이며 천부적인 기업가가 바로 유석이 형이었다.

물놀이가 끝나고 돌아오는 길에는 자전거파와 버스파로 나뉘었다. 말 그대로 자전거로 집으로 오는 아이들과 버스를 타고 집으로 오는 아이들로 나뉘었다. 그날도 엄청 열심히 물놀이를 했던 터라 온몸에 피로가 밀려왔다. 특히 버스를 타면 물놀이를 마치고 버스를 타는 사람들로 인하여 지옥버스라고 불렀다.

그래서 집으로 오는 길은 은근히 자전거파로 편입되기를 희망하였다. 그날도 어떻게 된 일인지는 몰라도 나는 유석이 형과 같이 자전거파로 나뉘었다.

사전거는 운전하는 사람과 운선석 앞에 사선서 몸제를 앉는 봉에 1명이 탔고, 뒷좌석에는 2명이 타는 시스템으로 총 4명이 타고 동네로 오는 것이다.

난 몸짓도 작고 어리니까 당연히 자전거 봉에 앉아서 출발을 했다. 봉을 타면 여간 엉덩이가 아픈 것이 아니었지만 그래도 자연의 바람을 맞으면서 집으로 오는 건 무척 즐거운 시간이었다.

한참을 오고 있는데 운전을 담당했던 유석이 형이 힘에 부쳤는지 잠시 자전거를 멈춰 세웠고 우리는 논 배수로 옆에서 잠시 휴식 시간을 가졌다.

그런데 갑자기 배수로에 물뱀이 허리를 휘면서 지나가고 있었다. 내가 맨 처음 뱀을 발견하고 놀라서 소리를 지르자 다른 아이들이 모두 뱀을 보고 뒤로 물러났지만 유석이 형은 뱀 꼬리 옆으로 다가가서 물뱀 꼬리를 들어 올려 여러 차례 공중으로 회전을 실시하자 죽진 않았지만 뱀의 몸통이 힘없이 축 늘어졌다.

"야, 옆에 있는 검은 봉지 얼른 들어서 나를 줘."

단호한 유석이 형의 지시였다. 옆에 있던 덕수 형이 봉지를 주워서 그에게 건넸다. 유석이 형은 재빠르게 뱀을 봉지에 넣고 입구를 봉인했다. 나는 솔직히 뱀을 풀어 주길 바랐다. 저렇게 혐오감 있고 무서운 뱀을 왜 잡았고 어디에 쓸 것인지 여간 궁금한 게 아니었지만 유석이 형의 행동이기 때문에 잠자코 지켜볼 수밖에 없었다. 역시 유석이 형은 다른 사람보다 몇 배 앞을 내다보는 사람이었다.

대전 시내에 도착 즉시 유석이 형은 건강원에 뱀을 들고 갔고 거기에서 주인장과 협상을 해서 기억은 나질 않지만 몇천 원에 판 것으로 생각된다. 그리고 우리 자전거파 4명은 어린 시절 꿈의 음식인 짜장면을 사 먹었다. 그것도 보통이 아닌 곱빼기로 사 먹었던 것으로 기억된다. 그리고 절대 다른 아이들에게 말하지 말라는 유석이 형의 지시가 있었다. 모두가 알았던 일은 말할 수 있지만 특정인 몇 명에게 일어나는 일은 내부 분열을 의식해서 절대적으로 비밀로 해야 한다는 유석이 형의 경영 방침은 지금 생각해도 모든 경영인이 가져야 한다는 생각에 변함이 없다. 정말로 유석이 형은 타고난 경영자였다.

15

초등학교 3학년부터는 운동을 시작했다. 휴일 날은 아침 6시에 모여서 9시까지 야구를 했고 점심 먹고 바로 모여 또 야구를 했다. 그리고 4시쯤 다시 운동장에서 어둠이 내릴 때까지 운동을 했다. 그때쯤 유석이 형을 위협하는 새로운 바람이 불기 시작했다. 고은성. 유석이 형과 같은 학년으로 친구처럼 지냈는데 그 형도 3년을 꿇었다고 했다. 물론 확인되진 않은 얘기지만. 은성이 형의 아버지는 동네에서 통장을 했는데 아버지의 직함을 빌려 은성이 형 별명은 '새끼통장'이었다.

동사무소에서 나오는 선전물 등을 항상 돌리는 사람이 은성이 형이어서 그런 별명이 붙었던 것으로 생각된다. 그날도 평소처럼 동중학교 운동장에 모여서 주먹야구를 했나. 야구용품 등이 없어서 그런 것도 있지만 테니스공을 주먹으로 쳐서 손으로 공을 잡아야 하는 야구랑 룰은 똑같은데 공을 주먹으로 치는 방식의 게임이 바로 주먹야구였다.

그날은 내가 은성이 형편이 되어서 4대 4로 야구를 했는데 기억이 나질 않지만 아주 심하게 유석이 형과 은성이 형이 대립했다. 승부의 세계는 냉정 그 자체로 한 사람당 백 원씩 걸고 4백 원 내기를 했던 것으로 기억된다.

아웃, 세이프 판정에서 두 사람이 심하게 얼굴이 일그러지며 경기 중단 사태가 일어났다. 물론 그때는 나도 은성이 형 편이서 그를 무조건 지지했다. 그렇게 경기가 중단되고 두 패가 따로 나뉘어 동네로 오고 있었고 오면서도 우리 편이 오늘 이겼다고 하면서 경쟁을 하듯이 다른 편 험담을 했다. 그리고 동네 어귀에 다 왔을 쯤.

"우리 편은 저녁 5시까지 이 앞으로 모여. 오늘 프로야구 구경 간다."

은성이 형의 갑작스러운 제안에 마음이 설렜다.

"그냥 몸만 와. 오늘은 내가 전부 구경시켜 준다. 야간 경기니까 집에다 잘 말하고."

우리 편만 아는 약속이어서 절대로 유석이 형 귀에 들어가면 안 되는 관계로 철저한 보안으로 우리는 첩보전을 방불케 하면서 야구장으로 향했다.

"야간 경기는 라이트라는 것이 있는데 한 번 켜지면 낮보다 더 밝다. 신문에서 읽었는데 오늘 너희들도 꼭 즐거워할 거다."

사람의 마음은 항상 변한다. 어제의 보스를 나는 하루아침에 바꾸어 버렸다. 아니, 프로야구를 볼 수 있다는 생각에 너무 신나고 흥분이 되었다.

우리는 옛날 과자를 파는 집에서 3백 원짜리 마카로니 과자를

2개 구입했다. 그것이 그날 저녁이었다. 그리고 그날 나는 정말로 천국을 경험했다. 야구장은 라이트 때문인지 밝은 낮보다 더 화려한 저녁이었고 그것은 바로 프로야구 원년의 OB베어스 게임이었다. 그리고 불세출의 불멸투수 박철순이 선발이었다. 그렇게 꿈꿔왔던 프로야구를 처음 구경하는 그날. 대한민국 최고의 투수 박철순이 나왔던 것이다. 그때의 감동은 지금도 선하다.

점수가 좀처럼 나질 않았다. 그 당시에는 연장전을 15회까지 했는데 점수가 15회 초까지 나질 않다가 15회 말 극적인 결승점을 뽑아 OB베어스가 승리를 했고 그날 박철순 투수는 15회까지 완봉승을 했던 날이었다. 그날부터 지금까지 난 두산의 영원한 팬이며 야구에 미친 인생을 살고 있다. 그만큼 그때의 감동은 가슴속에 영원히 자리 잡아서 지금도 나를 야구장으로 이끈다. 최고로 행복한 순간이었다. 그리고 더욱더 감동적인 것은 경기를 마친 후 승리한 박철순 투수가 일일이 나와서 선수들에게 기쁨의 악수를 했다는 것이었다. 그리고 팬들을 향해서 예의를 다해 인사를 했다. 선수들이 고개를 숙이는 순간 대전 공설운동장에 모인 모든 사람은 환희와 감동에 휩싸였던 것이다. 그해 프로야구 원년은 OB베어스 우승이었다. 한국시리즈 8회 말 만루 상황에서 김유동 선수의 홈런이 있었고 9회 말 유지훤 유격수의 마지막 1루 송구 후 OB베어스는 원년우승의 금자탑을 쌓았다. 그리고 더욱 감동적인 것은 원년우승 후 우승이 없던 OB베어스가 95년 우승을 이끌고, 박철순 투수가 불사조처럼 마지막을 이끌었던 것이다. 지금도 박철순 투수를 인생의 위기를 다시 기회로 만드는 불세출의 영웅으로 생각하며 인생의 힘을 얻곤 한다. 허리가 박살 나고 또한 공에 맞아 선수 생명에 위기를 맞았지만 그는 다시 한번 일어나 대한민국 모든 사람을 감동시켰다.

16

야구장 구경을 간 날 이후 나에게는 혹독한 시련이 시작되었다. 어떻게 알았는지 유석이 형이 그날의 일을 모두 알고 있었다.

"성진이 이 새끼 배신자. 지금 이 시각부터 너는 내가 특별히 관리해 줄게. 기대하라고."

은성이 형도 휴전을 원했기 때문에 이런 나를 챙겨 주질 못했다. 그냥 잘 지내라고만 했다. 야구장 구경 후 모든 것이 위기가 되었고 비수가 되어서 나를 잡았다.

특히 아이들이 모여 있을 때 유석이 형은 사탕을 가지고 와서 나누어 주었고 꼭 내 앞에서 사탕을 땅에 떨어뜨렸다. 난 먹고 싶은 마음보다는 이 난관을 어떻게 극복해야 하는지 그게 너무 힘들었다.

"어이, 민석이. 오늘 성진이랑 권투 한번 해라."

어디서 구해 왔는지 유석이 형 손에 권투 글러브가 있었다. 안 한다고 하면 더욱더 어려워질 것을 알고 있었기에 난 선택할 수 없었다. 그리고 사각형 금이 그려졌는데 모인 사람들 8할은 전부 민석이 편이었다. 그만큼 유석이 형은 주도면밀했다. 경기가 시작되었다. 나보다 몸집도 작았지만 민석이네 엄마는 맞고 다니지 말라고 그 당시 민석이에게 합기도를 배우게 했던 것이다. 진짜 빨랐다. 내가 거리를 좁혀 가면 날카로운 송곳 주먹이 수도 없이 밀려들어왔다. 5회까지 했는데 3회가 끝날 쯤 내 얼굴은 벌겋게 달아올랐다. 하지만 고집도 있는 나였으므로 계속 붙어서 어떻게든 이기려고 했다. 그리고 딱 한 대 적중시켰다. 민석이 얼굴에서 코피가 나자 그는 그 자리에서 울어 버렸다. 그리고 경기를 유석이 형이 강제적으로 정지시켜 실컷 맞은 것도 있지만 너무 서러웠다. 그렇게 얼굴을 씻는다고 하면서 공중 수도에서 물을 적시면서 서러워서 울었던 것 같다. 정말로 하늘이 무너질 만큼 너무 서러웠다. 혹독한 시련의 시간이 온 것이다.

17

그다음부터 유석이 형은 전술을 바꿨다. 운동을 할 때면 최상의 멤버들을 자신의 팀에 합류시켰고 나는 철저히 배제되었다. 그때부터 몇 달간 항상 패배에 빠져 버렸다. 그리고 이긴 팀의 축하 회식에 언제나 난 철저히 배제되었다. 다시 한번 기회가 온다면 다시는 그를 배반하지 않기로 다짐했건만 난 그때부터 항상 패배사의 생각을 하였나. 매사에 재미가 없었다. 그래도 언젠가는 유석이 형의 마음이 돌아온다는 생각을 하였고 나를 다시 천거한다고 믿고 있었지만 아직도 그의 형벌은 나에 대해서만큼은 가혹했다. 나에게 눈빛 한 번 주질 않았으니까. 우울증. 그랬다, 매사에 힘이 없고 아무런 재미가 없었다.

또 한 번 야구 시합을 하였다. 무조건 유석이 형의 반대편으로. 그냥 시간을 때우는 거였다. 그리고 고통의 시간이 무조건 흘러가기만 바랄 뿐.

그러던 어느 날 즉석에서 다른 팀과 야구 시합을 하게 되었다. 반대편 팀은 유석이 형의 같은 반 친구들로 그날따라 그곳에서 야구를 하고 있었다.

우리 파스막 동네 멤버들과 유석이 형의 같은 반 친구들의 즉석에서 시합이 이루어지게 된 것이었다.

덩어리도 물론 와일드하게 컸다. 7명씩 대표 선수들이 야구 경기를 하게 되었는데 5천 원 빵이었다. 물론 자존심 게임이기도 했다. 난 철저히 유석이 형의 눈 밖에 났으므로 욕심 자체를 버렸다. 그리고 8명 중 1명은 무조건 탈락이라 난 당연히 유석이 형의 눈치도 보지 않는 것이 편해 집으러 가려고 몸을 돌렸다.

"동욱이 빠지고 성진이가 들어와. 정신 똑바로 차려. 5천 원 빵이다. 무조건 이긴다."

난 감격해서 유석이 형을 쳐다보았지만 그는 내 시선을 외면했다. 나의 밑바닥 용기가 다시금 하늘높이 용트림했다. 유격수에 7번 타자. 세상을 살면서 그렇게 집중한 적은 없었던 것 같다. 타격은 잘 안 되었지만 수비는 한마디로, 날랐다. 빠지려고 하던 공을 살리며 멋지게 아웃시키는 장면이 여러 번 반복되자 난 새롭게 태어나고 있었다. 경기는 우리 편이 이겼고 우리는 승리로 5천 원을 가져올 수 있었다.

"성진이 잘했어. 바로 분식집 갈 거니까 맛있게 먹고 다음에도 시합하면 무조건 이긴다."

난 다시 그의 심복이 되었다. 다시는 유석이 형과 반대되는 행동은 절대로 안 할 것이라고 스스로 여러 번 다짐을 하였다. 다시 즐거운 일상이 시작되었다.

18

경호 형이 있었다. 종필이 형과 죽고 못 사는 형님. 아주 포근하고 성질이 온순하고 언제나 웃고 있던 형님. 야구를 처음 시작했을 때 공 받는 것부터 그리고 수비하는 것까지 언제나 세심하게 알려 주었던 형님. 신안동에서 인재라고 했다. 아버지랑 같이 2명만 살고 있었는데 항상 웃음을 잃지 않고 언제나 기분 좋은 웃음으로 나를 맞아 주었다. 그 당시는 중학교도 수험료를 내야 했고 고등학교는 고가의 교육 자금이 있어야 교육을 받을 수 있는 그런 시절이었다.

그런데 경호 형은 중학교를 장학생으로 다니고 있다고 했다. 항상 말에는 기품이 넘쳐 흘렀다. 그리고 종필이 형과 싸우는 모습은 한 번도 보여 준 적이 없었나. 사이좋게 종필이 형과 손발을 맞추며 치던 기타는 얼마나 아름다웠는지.

그날은 야구를 하러 삼삼오오 모여 운동장을 향하고 있을 때 나랑 파트너가 되었고 나를 포근하게 맞이하였다.

"성진아, 웃긴 얘기 한번 해 줄까?"

"무슨 말이에요, 형?"

"나 까불다가 죽도록 맞은 적이 있었는데 아주 골로 갈 뻔했다."

"형님이요? 에이, 설마요. 무슨 일인데요?"

"이 말을 해야 하나. 아주 죽다가 살았지."

형님은 그래도 끝까지 웃음을 잃지 않았다.

"내가 중학교 처음으로 들어가서 시험을 봤는데 애들이 너무 긴장하고 있는 거야. 1교시 수학 시험을 보는데 수학 선생이 직접 우리 반으로 들어오셨어. 그러더니 하는 말이 '에! 시험지 문제 잘 안 보이는 학생은 바로 손을 들어 질문해 주시면 아는 한도에서 잘 설명해 드리겠습니다.' 그러는 거야. 그래서 한마디 했지."

나는 대답 대신 경호형의 얼굴을 쳐다보았다.

"선생님, 답이 안 보이는데요."

시험 시간이 45분인데 30분 동안 맞았다고 했다. 그래서 아주 병신 되기 일보 직전까지 갔다고 했다. 그만큼 유쾌하게 자신의 경험을 재미있게 이끌어 가는 사람이 경호 형이었다. 오늘은 검은색 뿔테 안경을 쓰고 지적인 표정의 경호 형이 너무 보고 싶은 하루다. 경호 형은 항상 다른 사람은 몰라도 나에게는 진짜로 친형처럼 다가왔다. 무엇을 먹고 있다가도 내가 지나가면 나를 제일 먼저 챙겨 주는 그런 형이었다. 그리고 유석이 형이 밑에 아이들을 모아 놓고 훈계를 하는 날이면 나를 다른 곳으로 데리고 갔다. 유석이 형이 말이 좋아 훈계지 자신의 생각이 잘 먹히지 않는 날이면 폭력도 빈번하게 오갔다. 난 경호 형에게 지금도 물어보고 싶은 말이 있었는데, 왜 그렇게 내게 잘해 주었고 진심 되게 대해 준 건지 궁금했다. 옛날에는 몰랐으나 지금은 알 수 있다. 경호 형은 우리 둘째 누나인 순영이 누나에게 마음을 두고 있었다. 그렇지만 끝까지 그 마음을 표현하지 못했다. 내가 그 사실을 알았을 때 경호 형은 우리 곁에 없었다.

19

가을이 깊어 가면 물론 또 다른 행사가 있었다. 산에 올라가서 밤과 도토리를 따는 것이 매년 하는 행사였다. 파스막 멤버들은 월별로 행사가 항상 기다리고 있는, 지금으로 생각하면 잘 짜인 회사와도 같았다. 그 회사의 CEO가 바로 유석이 형이었다. 산행 목적지는 대전 보문산이었다. 그런데 그날은 이상하리만큼 밤이 없었고 빈 껍질만 우리를 기다리고 있었다. 자루는 1명당 1개씩 준비했건만 한 사람의 자루도 다 채우지 못하고 시간이 되어서 내려오고 있었다. 보문산 옆에 위치한 공설운동장으로 사람들이 들어가는 모습을 보고 있었는데 유석이 형이 사람들 속으로 들어가자 아무런 의심 없이 우리는 모두 그를 따랐다. 공설운동장 축구장에서 축구를 하고 있었는네 그섯은 식상소기축구협회에서 수최하는 일반인 축구대회로, 표 없이도 입장이 가능한 경기였다. 난 배가 곱았으므로 빨리 집으로 가서 밥을 먹었으면 했지만 그의 행동을 막을 수는 없었다. 조기축구 결승전이었는데 각 팀별로 직장에서 같이 근무하던 사람들이 모여서 응원을 하고 있었다.

우리도 사람이 모여 있는 곳에 자리를 잡고 동네 멤버 10여 명이 앉아서 재미도 없는 축구를 관람해야 했다. 그런데 직장에서 준비해 온 빵과 음료수를 무상으로 나누어 주자 유석이 형이 관중석 앞에 올라 응원단장 역할을 하는 게 아닌가.

그날 우리는 특히, 나는 치어리더가 되어야 했다. 어린이들이 연단에 올라가서 응원을 주도하자 그것은 모인 사람들의 환호성으로 이어졌고 정말로 최선을 다해서 창피한 것도 잊은 채 응원을 위해 혼신의 힘을 다했다. 그 당시 응원 목록은 3·3·7 박수, 기차 타기, 박수 유도 등등이었는데 정말로 내가 응원한 팀이 이기기를 바라는 마음으로 혼신의 힘을 다해 응원을 했다. 그랬더니 먹거리로 싸 온 빵이며 김밥 등 사람들이 먹고 남은 모든 것을 우리에게 주셨다. 거짓말 조금 보태서 빵이 여러 박스였고 음료수는 먹기 싫어서 버렸다. 그리고 김밥도 배터지게 먹었다. 그리고 남은 것을 동네로 가지고 와서 다른 멤버에게 선심 쓰듯 나누어 주었다. 어린 나이에 나는 유석이 형과 같이 평생을 가야 한다는 생각이 들었다. 그리고 앞으로 그의 판단은 무조건 지켜보며 의심을 가지면 안 된다는 생각이 들었다. 그의 판단은 항상 행운이 되어서 돌아왔다.

20

겨울이 되었다. 밤이 낮보다 긴, 추운 겨울이 시작된 것이다. 그 당시 어린이들이 입고 있던 잠바는 솜 잠바로, 땀이 차면 빠르게 온도가 내려왔고 보온도 그다지 뛰어나지 않은 재질의 옷을 입고 다녔다. 물론 파스막에 모여 담방구를 몇 번만 하면 땀이 흘러내렸지만 금방 식어서 한기가 밀려왔다. 파스막 앞에는 생활용수로 오염된 도랑(개울)이 흐르고 있었는데 얼마나 오염이 됐는지 한겨울이 되어도 얼지 않았다. 그만큼 나쁜 환경에서 우리는 자라고 있었다. 도랑 맞은편은 대전역에서 일반인의 진입을 막기 위해서 3미터 이상의 담으로 막혀 있었다. 어느 순간 도랑 맞은편 나무 옆에서 유석이 형의 지시로 본부가 만들어지고 있었다.

건설 현장에서 몰래 주워 온 나무 자재로 그럴싸한 사각형의 집이 만들어지고 있었다. 한 6명 정도 출입할 수 있도록 만들었는데 중간에는 벽돌로 실내 난로까지 만들어 놓고 불을 피운 다음에 불씨만 모아서 본부 난로에 놓고 훈훈하게 겨울을 이겨 내곤 했다. 소위 유석이 형에게 찍힌 아이들은 그곳에 들어갈 수 없었는데 그곳에 한 번 들어가는 것이 소원인 아이들에게는 미지의 세계와도 같은 그런 본부였다. 물론 나는 항상 출입을 가능했으므로 출입이 거부된 아이들은 나를 보고 무척 부러워했고 쉽게 말해서 뇌물을 먹여서라도 들어가고 싶어 했다.

그날도 본부를 들어가고 싶은 대기는 나랑 동갑인 녀석이었는데 밤을 한가득 가지고 뇌물로 유석이 형에게 바쳤다. 그래서 출입을 하게 되었는데 그는 더 이상 여한이 없는 듯이 만족해했다. 그리고 본부에서 대기가 가지고 온 밤을 난로에 넣고 군밤을 만들어 먹으려 했다.

그때 우리는 무지하고 어렸다. 밤은 칼로 흠짓을 내고 깊이 칼로 반을 자른 후에 구워 먹어야 하는데 그냥 넣고 밤이 구워지기를 기다리고 있었다.

그리고 갑자기 폭발음이 나서 천지를 때렸다. 불씨 속에 있던 밤들이 터져 버리면서 사방으로 튀어나왔던 것이다. 그리고 여러 곳에서 신음이 들렸다. 나도 정확히 이마에 밤이 박혔고 주먹만 한 혹이 난 것이다. 그래도 다행인 것은 눈에 맞은 아이가 없었다는 것이다. 우리는 필사의 탈출을 시작했다. 본부 출입구가 완전히 부서졌고 건물 자체가 위태롭게 되었다. 살기 위해서 있는 힘을 다해 탈출한 결과였다. 며칠간 얼굴에서 혹이 이마보다 더 커져서 고생했던 기억이 난다.

그리고 본부 보강 공사가 시작되었다. 유석이 형과 종필이 형은 이번 기회를 통해서 최고급 자재를 구해서 본부를 짓기를 원했다. 그리고 어디에서 구했는지 전보다 더 화려하고 멋있는 본부가 만들어졌다. 그리고 나는 그곳을 그 후로 한 번도 들어갈 수가 없었다. 다시 태어난 본부는 형들의 도박장이 되었다.

최고의 지존들만이 모여서 그곳에서 섯다, 쌈 치기, 고스톱 등을 해서 나 같은 하위 레벨은 출입이 금지되었다. 그리고 나도 어느 순간 그곳에 들어가는 것이 소원이 되었다. 난 변절한 유석이 형이 원망스러웠으나 어쩔질 못했다. 그만큼 동네를 이끄는 핵심 멤버들만을 위한 장소로 변한, 꿈속의 왕국과도 같은 곳이 되었다.

21

겨울이 되면 또 하나의 백미가 바로 폭음탄을 집에 던지고 도망 가는 것이었다. 물론 나 같은 하수들은 던질 수도 없었고 유석이 형을 따라다니다가 그가 던진 폭음탄이 터지면 그냥 무조건 도망 가는 것이 임무였다. 나도 한번 던져 보는 것이 소원이었지만 유석 이 형은 자신이 독점을 하고 한두 명에게만 폭음탄 던지기를 허용 했을 뿐 나에게는 절대 기회가 오질 않았다. 도시에 어둠이 오고 우리는 유석이 형을 위시해서 다시 파스막에 모여 폭음탄 던질 집 을 선별하기 위해서 동네 주변을 돌아다녔다. 그리고 한 집을 고 른 후 유석이 형이 이번에는 폭음탄 두 발을 던졌다.

탕, 탕.

한 발의 폭음탄이 터지고 바로 이어서 더 큰 폭발음이 주위에 울려 퍼졌다.

우리는 우르르 주위에 퍼지며 도망하고 있었는데 건장한 아저 씨가 대문으로 나오는 것이 아닌가. 순간 위기의식을 느끼며 더욱 빠르게 도망쳤지만 슬픈 예감은 그대로 이어졌다. 대문으로 나온 건장한 아저씨는 나만 쫓아오는 것이었다. 얼굴에는 분노가 퍼졌 고 인상을 쓰며 나를 잡기 위해 거리를 좁혔고 골목으로 들어갔지 만 이내 나는 그 사내에게 멱살을 잡혔다.

"어린놈의 자식이 어딜 도망가고 있어. 너 집이 어디야? 아니지. 야, 너 경찰서에 가자. 아주 버릇을 고쳐 버릴 테니까."

사내의 얼굴은 저승사자와도 같았다.

"아저씨 제가 한 게 아녜요. 전 그냥 도망만 간 거예요. 정말이에요."

난 정말로 억울하고 답답했다.

"어린놈의 자식이 벌써부터 거짓말을 쳐? 넌 오늘 나한테 죽을 줄 알아."

변명을 해도 이미 그의 의식에는 내가 바로 범인이었다. 그도 그럴 것이 사내의 집에는 이틀 전에 신생아가 태어나서 한참 긴장하며 시간을 보내고 있는데 폭음탄이 두 발이나 터졌으니 아버지인 사내는 이를 악물고 범인을 잡기 위해 튀어나왔던 것이었다. 잘못했다고 손이 발이 되게 빌어도 사내는 경찰서에 나를 데리고 간다는 것이었다. 하긴, 초등학교 3학년생에게 경찰서에 가는 것은 바로 지옥에 간다는 것과 같았다. 한참을 사내의 정신 교육이 시작되었고 나는 다시는 하지 않겠다고 사내에게 계속해서 잘못했다고 빌고 있었다. 그때 내가 보이질 않자 유석이 형이 나를 찾아나섰고 진짜 범인이 나타난 것이다. 역시 유석이 형은 연기의 귀재였고 순간 판단 능력이 최고인 사내였다. 유석이 형은 완전히 모범생 포스로 바뀌어 있었다.

"아저씨, 죄송합니다. 무슨 일이신지요?"

"어이, 학생. 내 말 좀 들어 봐. 머리에 피도 안 마른 어린놈의 자식이 말이야. 집마다 돌아다니면서 화약을 던지고 도망치고 아주 나쁜 자식이야, 이놈."

"아저씨 고정하시어요. 제가 사촌 형인데 한 번만 용서를 해 주시다면 다시는 이런 일이 없도록 지도 편달시키겠습니다."

난 너무 억울했고 저렇게 아무렇지도 않게 연기를 하는 유석이 형이 원망스러웠지만 어쩔 수 없이 고개만 숙이고 있었다.

"야, 이 자식아. 엄마가 얼마나 힘들게 키우고 있는데 넌 이렇게 나쁜 짓거리만 하고 다니고. 너 이 형한테 오늘 죽을 줄 알아."

유석이 형이 나에게 호통을 쳤다. 내 가슴속에서 분노가 치밀어 올라서 사실대로 말하고 싶었지만 이미 내 말은 절대로 믿어 주질 않는 현실에 모든 기대를 내려놓았고 시간만 빨리 지나가기만 바랐다.

"학생 보니까 정말로 믿음이 가는구만. 이 녀석아, 네 사촌 형 말 믿고 한 번 용서해 줄 테니까 다시 이런 짓거리 하면 다음번엔 아주 감옥에 처넣을 거야. 알았어?"

"예."

난 힘없이 고개를 끄덕였고 사내는 유석이 형 때문에 다시금 참는다는 말을 남기고 나를 풀어 줬다. 그리고 유석이 형과 나는 힘없이 돌아오고 있었다. 솔직히 유석이 형이 나에게 미안하다고 할 줄 알았다. 하지만 그는 말없이 내 뒤에서 나를 따르고 있었다. 나는 몸을 돌렸다.

"형… 형이 폭음탄 던졌잖아."

"그럼 이 새끼야, 사실대로 말하고 똑같이 혼나자고? 너 참 머리 안 돈다. 사내란 한 번쯤은 자신이 모시는 사람을 위하여 목숨을 내놓을 수 있는 용기가 있어야 돼. 어린이 놈이 뭘 알아야지."

개고같은 소리였나. 무슨 독립운동노 아니고 사내가 어쩌고저쩌고. 자신이 누명 쓰면 아주 길길이 날뛰고 생쇼를 할 것이 뻔한데 무슨. 아무튼 재수 똥 튄 날이었다. 그리고 그날 난 알 수 있었다. 세상을 살면서 억울한 일은 분명히 생긴다는 것을. 그것을 앞으론 발생하기 전에 미연에 방지해야 한다는 것을 몇 번이고 다짐하고 또 다짐했다.

22

크리스마스이브가 되었다. 12월 24일, 그때가 되면 우리는 교회를 모여서 갔다.

일 년에 유일하게 한 번 가는 날이 그날이었다. 소제동에 있는 동대전교회로 갔다. 동대전교회를 가는 것은 그곳이 먹을 걸 제일 많이 주는 교회였기 때문이었다. 그것 또한 몇 년 동안 경험으로 터득한 정답이었다.

크리스마스이브의 교회는 일단 찬송가를 시작으로 동방박사가 나오는 아기 예수가 탄생하는 연극을 했다. 몇 년 동안 배우들만 다르고 내용은 항상 동일했다. 그리고 마지막에는 '기쁘다 구 주 오셨네' 찬송가를 부르고 막을 내렸다.

"여러분, 예수님은 항상 여러분 곁에 계십니다. 메리 크리스마스! 항상 건강하시고 행복하십시오."

목사님의 축도가 끝나고 밖으로 나오면 출입구에서 빵을 한 개씩 나누어 주었다. 하지만 우리는 빵 한 개로 끝나질 않았다. 출입구가 3개였는데 왼쪽에서 빵 한 개를 받고 나면 다시 중간 문으로 와서 다른 빵 한 개를 받고, 다시 오른쪽 문으로 와서 새로운 빵 한 개를 더 받아 한 사람당 3개씩 받았다. 그리고 맨 끝으로 줄을 서서 기회가 되면 나머지 빵 전부를 받을 수 있었다. 그리고 그날은 이상하게 유석이 형은 받은 빵을 집으로 가져가라고 했다. 그리고 집에 가서 부모님들과 같이 먹으라고 했다. 내가 지금 결론을 내린 사항은 유석이 형도 크리스마스에는 착한 모습으로 다시 태어나고 싶어 했다는 것이다. 물론 유석이 형의 마음을 읽을 수는 없지만 그땐 왜 그랬는지 몰랐다. 아무튼 우리는 월별로 또는 일별로 시간별로 철저하게 계획으로 움직이는, 무의미한 시간을 보내지 않고 시간을 금처럼 쪼개어 쓰는 어린이들이었다.

23

사실 초등학교 때는 아무런 학습도 받질 않고 이름만 쓸 수 있는 실력만 가지고 입학을 했다. 그러니 결과는 참담했다. 항상 나머지 공부에 청소는 내 몫이었다. 그리고 공부가 끔찍하게 재미가 없었다. 도시락도 쌀 수 없을 정도로 가난해서 그런지 점심을 굶고 나머지 공부를 하고 집에 오면 쓰러지기 일보 직전이었다. 그리고 친구들과 밖에서 놀다 보면 다른 집에서 저녁을 지으며 나는 된장찌개 냄새가 온 동네에 퍼졌다. 그리고 이름을 부르면 한 명씩 집으로 들어갔지만 난 엄마가 없는 낮에 항상 마지막에 집으로 들어갔고 찬밥을 먹어야 했다. 그리고 피곤해서 잠이 들면 새벽에 일어나 숙제를 해야 했다. 숙제를 하지 않으면 머리에 혹이 나야 했으므로 무조건 새벽에 일어나 숙제를 해야만 했다. 여섯 식구가 잠을 자다가 불을 켜면 짜증을 냈지만 어린 자식, 그것도 아들이 공부를 하고 있는데 어떤 부모가 기분이 나쁘겠는가. 아버지는 아침 6시 30분에 이발소로 출근을 했는데 내가 기특했는지 항상 백 원을 주고 출근하셨다. 백 원을 받기 위해서라도 항상 아침에 일어나 숙제를 했다. 그리고 2학년이 되었다. 2학년 때 유일하게 이름을 기억 못 하는 남자 선생님이셨는데 다리를 절면서 생활을 하셨다. 그리고 너무 무서웠던 기억이 난다. 왜냐하면 그 선생님은 월남 파병 용사셨다. 한번 잘못해서 매질이 시작되면 아주 작살이 날 정도로 기합과 폭력을 행사하셨다. 애국자셨는데 아침마다 등교를 하면 태극기를 향해 예를 표하도록 교육시켰다. 2년 초까진 항상 나머지 공부를 했는데 2학년 2학기가 되자 비로소 학습을 따라갈 수 있었다. 그리고 노력의 결실인진 몰라도 2학년 2학기 때 진보상을 탈 수가 있었다. 우등상이 아닌 실력이 많이 향상된 학생에게 주는 상이었는데, 개근상 말고 타지 못했던 상을 타니 아버지가 세상을 다 가진 듯이 기뻐해 주셨고 그때 시장에서 산 통닭을 처음 먹어 보았다. 바삭거리는 튀긴 닭은 이제껏 먹어 본 무엇보다도 환상의 맛이었다.

그렇게 초등학교 3학년이 되었다. 그때부턴 본격적으로 글러브 야구를 시작하였다. 한 개 한 개 모아서 글러브를 모두 착용할 수 없었지만 배트로 볼을 치는 야구가 재미있었다. 그리고 글러브와 배트를 모으기 위한 유석이 형의 특별 미션이 시작되었다. 야구를 하러 동중학교에 가면 무조건 우리는 다른 동네 팀들과 시합을 했다. 무조건 시합을 해야 했다. 그리고 글러브는 자신이 맡은 포지선에서 수비가 끝나서 그 자리에 벗어 놓으면 다른 팀 멤버가 그 글러브를 끼고 수비를 했다.

그렇게 동네별로 글러브를 공통으로 사용하다 보니 착용하지 않고 남는 글러브가 있었는데, 공격을 할 때 남은 글러브 중 상태가 좋은 글러브는 조용히 가지고 가서 우리 팀만 알 수 있는 곳에 숨겨 놓았다. 물론 다른 팀 글러브를 말이다.

그리고 경기가 끝나서 다른 팀이 글러브가 없어졌다고 찾으면 우리 팀도 자연스럽게 글러브를 찾으면서 도와주는 시늉을 했다. 그리고 어디 갔는지 모르겠다고 서로 헤어진 후 모두 집에 간 것을 확인하고 몇 명만 다시 그곳으로 돌아와 숨겨 놓은 글러브를 가지고 동네에 와서 페인트를 칠하는 등 다시 한번 새롭게 글러브를 재가공해서 완벽한 우리 팀 물건으로 만들었다. 그렇게 몇 달을 보내고 난 뒤 우리는 개인별 글러브를 가지고 운동을 했다. 하나의 투자도 없이 우리 야구팀은 그렇게 탄생했다.

그 당시 야구부에 대한 사명감도 대단했다. 타격률을 높인다는 발상으로 진짜로 폐타이어 공장에 새벽에 몰래 가서 대형 타이어를 가지고 와서 배트 연습을 할 수 있도록 동네 전봇대에 설치해 놓았다. 몇 번 배트로 연습하다 보면 소리가 하도 커서 아줌마들이 못하게 시켰지만 우리는 조금도 좌절하지 않고 배트 연습을 했다.

우리 팀 배트 연습을 방해한다면 어떠한 내가가 바르도록 유석이 형이 조치했다. 우리에게 싫은 소리를 하는 아줌마의 집을 알아 놓고 간섭이 도를 넘었다고 판단되면 새총으로 싫은 소리를 하는 아줌마의 집 단지를 박살 내는 것이다.

아침이면 분노에 찬 아주머니가 길길이 날뛰면서 범인을 찾는다고 했지만 우리 멤버들의 입은 독립투사처럼 무거웠다. 절대로 범인은 나타나지 않았다. 아니, 무조건 완전 범죄였다. 그 당시 야구 배트는 나무로 만들어졌지만 정교하지 못해서 몇 번 하다 보면 박살이 나기 일쑤였다. 그래서 영원히 연습하고 때리고 타격해도 부러지지 않는 알루미늄배트를 갖는 것이 소원이었다. '깡' 소리가 나면서 터지는 철제 타격음은 너무나 매력적이었다. 하지만 고가의 알루미늄배트는 언감생심 마음만 있을 뿐 가질 수 없는 보물과도 같은 거였다. 그러나 유석이 형은 알루미늄배트를 가지기 위한 프로젝트를 발동시켰다. 대전역 담을 넘으면 철도를 만들고 남은 고철이 많았다. 하지만 담을 넘다 직원에게 걸리면 눈물을 쏙 뺄 정도로 혼나고 기합받은 후에 집으로 와야 했다.

그래서 웬만한 강심장 아니면 그 담을 넘기를 꺼려 했다. 유석이 형은 그래서 새벽에 공략하기로 했다. 한 사람당 100원씩 돈을 걸어 일단 라이트를 사고 조별로 나눈 후에 오늘은 1조, 내일은 2조, 이렇게 3명씩 6조를 만들었다. 그리고 쇠붙이 할당량을 주고 무조건 그날 그만큼의 쇠를 모으도록 지침을 만든 것이다. 그렇게 모은 쇠들은 엿장수에게 팔아서 총무라는 감투를 주고 돈을 관리하도록 했다. 현명하고 셈이 밝은 철이 형에게 관리하도록 했던 것이다. 그런 사람이 유석이 형이었다. 그냥 무절제하게 노는 것 같아도 철저하게 잘 짜 맞추어진 계획으로 일을 완성하는 그 사내의 사업 기질이었다. 두 달 후 우리는 꿈에 그리던 알루미늄배트를 가질 수 있었다. 그 당시에는 획기적인 일이었다. 운동장 곳곳에서 야구 경기를 하다가 알루미늄배트 소리가 나면 다른 동네의 아이들이 부러워서 우리를 우러러보았다. 그렇게 다른 팀과 시합을 하면 계속해서 새로운 글러브가 생겨났다.

24

개교기념일이 되었다. 우리 동네 모든 아이는 자양초등학교에 다니고 있었는데 어떻게 된 것인지 신흥초등학교가 거리상으로는 더욱더 가까웠다.

개교기념일이어서 당연히 우리는 야구 경기를 하러 동중학교를 갔는데 그날은 이상하게 문이 잠겨 있어서 어쩔 수 없이 신흥초등학교 운동장으로 갔다. 물론 우리의 유니폼인 자양초등학교 마크가 선명히 쓰인 체육복을 입고 가서 아주 재미있게 야구를 하고 있었다. 그곳이 다른 초등학교인지도 모른 채 말이다.

야구에 빠져서 경기에 매진하고 있을 때 신흥초등학교 6학년들이 몰려들었다.

자신들의 운동장에서 다른 초등학생들이 그 학교 체육복을 입고 운동하는 것이 얼마나 얄밉게 느껴졌을까. 그것은 너무나 당연한 결과였다. 얼굴에 분노가 가득한 고학년 학생 20여 명이 우리를 둘러쌌다. 그리고 땅에 떨어져 있던 시합 공을 낚아챘다.

"어이, 자양 어린이들. 여기가 어디라고 운동을 하고 있어? 죽으려고 뺵 쓰고 있지, 지금?"

우리는 겁을 먹어 아무 말도 할 수가 없었다. 그냥 미안하다고 하고 주위를 벗어났으면 하고 나는 생각을 했다.

"그 공 그 자리에 다시 잘 내려놔라, 좋게 말할 때."

역시 유석이 형이었다. 조금도 물러섬 없이 똑같이 자신보다 얼굴이 하나 더 많은 아이를 쏘아보고 있었다. 하지만 신흥초교 아이들은 전부 고학년으로 보이고 덩치도 너무 좋았다.

"자식들이 한번 혼나 봐야 정신을 차리지? 누가 너희 마음대로 남의 학교에 와서 운동하래. 그것도 자양초등학교 체육복 입고. 너희 학교에 우리 학교 체육복 입고 운동하고 있으면 너희들은 어떡할 건데?"

내가 들어 봐도 틀린 말은 아니었다. 그리고 먼저 조용히 미안하다고 하면 끝날 일이었다.

"너희들이 이 운동장 샀어? 비어 있는 운동장에서 운동 좀 한 것 가지고 설레발치기는.

유석이 형만 대꾸를 할 뿐 아무도 거드는 사람이 없었다.

"잔말 말고 내가 이 학교 선도부거든? 빨리 장비 챙겨서 꺼져라. 더 이상 대꾸하면 진짜로 혼난다."

그의 말에서 살기가 느껴졌다. 우리가 더 이상 버텨 보았자 더욱더 위기로 다가올 것이다.

"야, 너희 3학년 3반 박종필 선생님 알아? 그 선생님이 우리 작은 삼촌이다. 삼촌한테 허락받고 운동 좀 한 건데 너희들 우리 종필이 삼촌한테 혼나고 싶어?"

순간 인상을 쓰던 아이들의 얼굴이 부드럽게 퍼졌다.

"아니, 그럼 그렇다고 먼저 말하지 그랬어. 그러면 우리도 이렇게까진 하지 않을 텐데. 아무튼 미안하게 되었다."

"신흥초등학교 아이들은 다 착하다고 하는데 너희들 몇 학년 몇 반이야? 다 삼촌한테 말해서 우릴 협박했다고 말할 테다. 너 이름이 뭐야?"

기세등등하던 아이들이 유석이 형을 피해서 빠르게 주위를 벗어났다. 유석이 형은 천재였다. 그 종필은 우리 동네 그 종필이 형이었다. 순간적으로 위기를 벗어나는 능력도 유석이 형은 단연 최고였다. 그리고 배포도 최고였다. 다른 사람 같으면 글러브 등을 챙겨서 야구를 그만했을 텐데 정말로 경기를 다 끝내고 우린 신흥초교 운동장에서 당당히 걸어 나왔다.

25

이사를 했다. 아버지와 어머니의 노력으로 우린 월세에서 전세로 이사를 하게 되었다. 100만 원에 부엌과 방 2개가 딸린 집으로. 이제껏 방 1개에서 생활하던 우리 식구에게는 꿈같고 대궐 같은 집이었다. 큰누나와 둘째 누나는 작은 방에서 생활했고 아버지와 어머니 그리고 나와 작은누나는 안방에서 생활했다. 붉본 텔레비전이 안방에 있으니 모든 생활은 안방에서 하고 잠만 방에서 자는 그런 생활을 했다. 그리고 학교에선 매년 거주 형태를 조사했는데 난 너무 기뻐서 자가 전세에 산다고 당당히 말했던 기억이 난다. 그런데 이사 오고 난 후 내 얼굴은 핏기가 전혀 없었고 조금만 움직여도 너무 피곤하고 힘이 들었다. 그리고 그날부터 보는 사람마다 너 어디 아프냐며 물었다. 부모님도 내 얼굴을 보고 걱정을 했지만 병원에 가고 그럴 형편이 아니었다. 이사 오면서 빚진 돈을 매월 갚아야 했기 때문에 그랬고 그리고 난 아프냐고 물어 보면 나에 대한 관심이 싫어서인지 아무렇지도 않다고 그랬다. 하지만 하루하루 온몸에 힘이 빠지고 어지러움은 역시 강도가 더욱 더 심해져 갔다. 그리고 동네 형들과 운동을 하다 체력적으로 너무 힘들어서 중도에 빠지려고 하면 유석이 형은 항상 잔꾀를 부린다고 나를 돌려 세웠다.

온몸이 힘들다는 것을 난 절실히 느끼고 있었고 이러다가 잘못될 수도 있겠다는 것을 느끼고 있었다. 그만큼 내겐 체력적으로 가장 힘든 시기로 기억되고 있다.

내 몸이 이상한 이유를 곧 알 수 있었다. 학년 초 초등학생 전부는 회충 검사를 하는데 학교에서 체변 봉투를 가지고 와서 자신의 변을 받아서 학교에 제출을 하면 한 달 후 검사 결과가 나온다. 그런데 내 몸에 회충이 있다는 것이다. 그리고 학교에서는 회충이 있는 학생들에게 회충약을 선생님 보는 앞에서 복용하게 하였는데 2알을 받아먹은 후 진짜로 몸이 좋아짐을 느꼈고 내 믿음인지는 몰라도 얼굴도 예전 모습으로 돌아왔다. 다시금 건강한 모습을 찾게 되었다. 회충약은 꾸준히 복용해야 한다고 했지만 한 번 복용으로 나는 건강을 다시 찾은 것이다. 그리고 그때 누나들은 조용필에 미쳐서 살았다. 아니, 그땐 온 국민이 그의 노래에 빠져서 살았고 여학생들은 조용필을 보기 위해서 텔레비전을 시청했다. 흑백텔레비전에서 볼 수 있는 그였지만 그 당시는 여학생들이 조용필 오빠를 보기 위해서 살던 시대였다. 그리고 그의 노래는 교과서에 나오는 노래보다 더 많이 연습하고 부르는 국민적 노래가 되었고 모든 쇼 프로 마지막을 그가 장식했다. 대한민국의 불세출의 영웅이 탄생한 것이었다. 그리고 유석이 형과 은성이 형의 본격적인 경쟁이 최고로 극에 달했던 시기였다. 운동 시합을 하면 당연히 두 팀으로 나뉘기 마련인데 한 팀이 바로 유석이 형 팀이었고, 다른 팀이 은성이 형 팀이었다. 그리고 게임의 타이틀은 항상 한 사람당 100원씩 걸고 내기를 했다. 그리고 한 번 하고 지면 복수전을 하고 또 덮어쓰기를 하고, 또 최종 결승을 하고 하루에 5경기 이상을 야구며 축구를 했는데 좋은 선수는 유석이 형이 선점했지만 이상하게 승률은 은성이 형 팀이 앞섰다. 그때 유석이 형은 실수를 하고 경기가 풀리지 않으면 자신의 승부욕 때문에 종종 폭력을 가하고 막말을 했지만 은성이 형은 그러질 않았다. 그러다 보니 항상 웃으면서 격려를 했고 편을 나눌 때는 은근히 은성이 형 팀이 되기를 원했다. 그리고 경기에서 지면 은성이 형은 자신의 돈을 더 보태서 선수들에게 베풀었기 때문에 경기에 지더라도 돌아오는 무언가가 있었다. 그렇지만 유석이 형은 경기에서 지면 모아 놓고 정신 교육으로 몇 시간 고문을 시켰던 것 같다. 그래서인지 하나둘 유석이 형 팀을 경기에서는 피하고 싶어했다. 그렇게 위기의식을 느낀 유석이 형은 외부 세력을 영입해서 위기를 벗어나려고 했다.

26

유석이 형은 어머니가 2명이었다. 유석이 형이 태어나기 전에 그의 아버님이 결혼을 한 상태에서 시골에서 살기가 너무 힘들어 대전으로 돈 벌러 나왔다가 처녀와 눈이 맞았는데 그 사람이 바로 유석이 형 친어머니였다. 그래서 유석이 형 호적에는 어머니가 큰어머니로 되어 있어서 그런지 주민등록등본 같은 걸 떼려고 하면 무척 예민해졌던 기억이 난다. 그 당시는 본적과 거주지가 지금처럼 자유롭게 신고만 하면 끝나는 것이 아니라 아무튼 조금 복잡했다. 그래서 등본 같은 것을 동사무소에 발급받으러 가면 담당자가 여러 가지로 조사를 했는데 그때마다 작은어머니 자식이라는 꼬리표가 발견되었으므로 유석이 형은 그걸 처리하는 데 더욱더 민감하고 스트레스를 받아 했다.

유석이 형이 태어나고 너무 허약해서 다들 죽을 줄 알았다고 했다. 5세가 넘었는데도 잘 일어나지도 못하고 피를 토했다고 했다. 그래서 혹시나 하는 마음에서 민간요법으로 약초, 개구리 등을 잡아서 약으로 해 먹였고 그때부터 조금씩 기력을 찾았다고 했다. 그렇게 호적 신고를 늦게 한 까닭에 3살이 줄었다고 했다. 그래서인지 몰라도 자신보다 학년이 높아도 일단 반말부터 시작해서 기선을 제압하는 것이 유석이 형의 전략이었다. 그리고 힘으로 안 되면 일단 물러났다가 종필이 형의 힘을 빌려 복수를 하는 전략을 폈다.

내가 3학년이 되면서 유석이 형과 은성이 형의 대립이 극도로 치달았다. 무조건 내기를 바탕으로 하기 때문에 경기에서 지면 유석이 형은 이길 때까지 하는 곤조통이었다. 그날도 유석이 형 팀의 패배로 끝났고 저녁이 되어서 사물도 분간하기 힘든 시간에 그는 씩씩거리며 마지막으로 축구를 하기 위해 고집을 피우고 있었다.

"야, 마지막으로 축구 한 번만 더 해."

하루 종일 운동을 한 탓에 같은 팀도 그만하기를 갈구했다. 그렇지만 유석이 형의 성질을 아는지라 서로 눈치만 보고 있었다.

"형, 오늘만 날이 아니니까. 그리고 다들 지쳤어. 그만하지요."

같은 팀이었던 철이 형도 그의 의견에 반대를 했다.

"그래, 유석아. 그만하자. 그리고 오늘 우리가 이긴 것 없던 걸로 하면 되잖아."

"야, 은성아. 누가 돈 때문에 그래? 너 나를 그 정도로밖에 안 봤다는 거야 뭐야."

유석이 형은 눈꼬리가 올라가면서 반문을 했다.

"유석아, 그런 게 아니잖니. 다들 힘드니까. 그리고 다수결이 집에 가자고 해서 한 것뿐 아니니."

은성이 형이 조목조목 반박을 하자 모두들 속으로 동조를 했지만 밖으로 표현하는 사람은 없었다.

"그래, 그만하자. 대신 다음부터 야구나 축구 하자는 놈들이 있으면 내가 작살을 낼 거야. 야, 모두 꺼져, 씨발 새끼들."

유식이 형이 우리를 주르륵 훑어보며 인상을 썼고 침을 뱉으면 먼저 길을 앞장서서 사라져 갔다. 유석이 형은 매사에 그런 식이었다. 자신의 의지가 관철되지 않으면 억지를 써서라도 자신을 합리화시키려 했다. 그렇게 1인자의 자리에서 자신의 입장이 조금씩 위태로워지자 유석이 형은 더욱더 거칠게 변해 갔다.

그때쯤 주형이 형이 이사를 왔다. 유석이 형 집에서 20미터쯤 떨어진 곳으로 이사를 왔는데 딸 3명에 아들 1명으로 장남이 바로 주형이 형이었다. 그리고 어머니는 공장을 다니신다고 했는데 아버지는 항상 집에서 술에 취해서 생활하는 그런 가장이었다. 술에 잔뜩 취하면 자식들에게 심한 매질과 욕을 하는 그런 사람이었다. 그리고 자연스럽게 주형이 형 아버지의 과거를 알게 되었는데 월남 파병 용사로, 몸에 총탄이 박혀 있다고 했다. 그래서 고통을 잊기 위해서 항상 술을 먹는다고 했다. 주형이 형 아버지의 눈은 항상 살기로 가득했다. 자식들에게 매질을 할 때면 기둥에 몸을 묶어 놓고 때리곤 했는데 그 당시 결코 상상할 수 없을 정도로 잔인했다. 그렇게 아버지의 매질을 피해 주형이 형은 집 밖으로 나돌았고 그를 받아 준 사람이 바로 유석이 형이었다. 아버지가 잠들지 않으면 집에 들어갈 수 없었기에 그때 유석이 형이 본부에서 잘 수 있게끔 잠자리로 제공했고 주형이 형은 본부에서 잠을 자면서 그의 행동에 고마워했다.

주형이 형은 항상 돈이 많았다. 주형이 형과 어울린 유석이 형도 풍족하게 생활을 했다. 어느 순간엔 옷이 바뀌고 신발이 바뀌었다. 그 이유는 유석이 형과 주형이 형의 동업이었다. 그 당시에는 동그란 딱지가 유행이었는데 주형이 형은 상표도 뜯지 않은 딱지가 가방에서 끝도 없이 나왔다. 그리고 그 딱지를 시중 가격보다 1/3 싸게 팔았다. 그렇게 싸게 파니 아이들이 몰렸다. 그리고 기분이 좋으면 서비스로 1장을 더 주는 그런 상술을 폈다. 물론 외상도 얼굴만 알면 무조건 제공했다. 그리고 큰 판에서 딱지를 잃은 아이들에게 다시 외상을 주고 그렇게 시장을 넓혀 갔다. 그 소문이 다른 동네까지 퍼져서 주형이 형에게 딱지를 사러 왔다. 그리고 수금은 바로 유석이 형이 했다. 갚지 않고 버틸 수가 없었다. 제날짜에 돈을 상환하지 않으면 밖으로 나오지도 못하게 할 만큼 유석이 형의 형벌은 너무나 무서웠다. 더욱더 어려운 것은 부모님한테도 알리지 못했다는 것이다. 그러면 정말로 동네에서 생매장이 될 정도로 가혹한 형벌이 따르기 때문에 무조건 약속 날짜에 어떻게든 돈을 갚아야 살아날 수 있었다. 그리고 이윤에 몇 퍼센트를 원로 격인 종필이 형에게 상납했기 때문에 그 두 사람의 동업은 나날이 번창하였다.

그리고 유석이 형은 사업 수완이 정말 좋았다. 자신에게 등을 돌린 아이들에게는 무상으로 빌려주고 안 갚아도 많은 특혜를 줬으므로 다시금 그의 밑으로 모여들어서 충성을 다했으며 다시 돌아온 심복들에게는 새로운 먹거리와 이벤트를 제공하여 그 달콤한 세계에서 헤어나지 못하게 했다. 그 옛날 그 시대는 약육강식의 세계였다. 철저하게 조작되고 설계된 그런 시절이었다. 나를 위시해서 많은 인재가 유석이 형의 조종하에 다시 모여서 하루를 시작하고 있었다.

자본은 충분했으니까 그날 유석이 형은 우리를 데리고 대전 중앙로 홍명상가 옥상에 있는 롤러스케이트장으로 데리고 갔다.

유석이 형은 우리를 보고 표 끊으려면 시간이 조금 걸리니 일단 신발 크기를 말하고 스케이트 먼저 타라고 했다. 그곳은 표를 끊어서 안으로 들어온 후 부스에 마련된 곳에서 롤러스케이트를 달라고 하면 신발 치수에 맞게 일하는 형들이 스케이트를 나누어 주는 방식이었다. 물론 표를 검사해야 하나 사람이 많이 몰리면 표도 검사하지 않고 스케이트를 나누어 줬다. 처음에는 롤러스케이트를 잘 타지 못했지만 몇 번 넘어지고 계속 연습을 하자 요령이 생긴 우리는 기차를 만들어 타기도 했다. 그리고 계단식으로 만들어져 있었고 파도처럼 굴곡이 있던 높은 활강. 그 위에서 시원한 바람을 맞으며 내려오는 기분은 정말 시원하고 재미가 있었다. 그리고 알 수는 없지만 최신 팝송이 항상 들려오고 있어 그곳은 축제 분위기가 넘쳐흐르는 미지의 세계와도 같이 우리를 들뜨게 했다. 그곳에서 파는 아이스크림, 핫도그도 마음대로 먹을 수 있었다. 다 먹기가 무섭게 주형이 형의 지갑이 열렸고 당연한 것처럼 돈을 물 쓰듯 썼다. 돈은 마약과 같은 거였다. 한번 빠져들게 되니 가난은 너무 싫었고 사람만 좋고 자금에서는 뒤처진 은성이 형에게 남아 있을 사람은 없었다. 그리고 유석이 형이 짧은 기간 당했던 만큼 모두들 은성이 형에게 등을 돌리게 했다. 물론 나도 마찬가지였다. 난 의리를 중요시하기에는 정말로 어린 나이였다. 나는 아주 빠르게 물질만능주의에 빠져서 신의를 중요시하는 은성이 형에게서 매몰차게 등을 돌렸다.

그냥 맛있는 거 먹고 재미있게 롤러스케이트 타는 것을 너무 좋아하는 어린이일 뿐이었다. 그러던 어느 날 한참을 롤러스케이트에 빠져서 놀고 있는데 키가 크고 인상이 날카로운 사내가 우리를 한 명씩 불러서 창고로 데리고 갔다. 억울하게 끌려갔다고 생각되었지만 곧 이유를 알게 되었다. 한 사람도 표를 끊은 사람이 없었다. 표를 검사하지 않는다고 생각한 유석이 형의 거짓된 판단으로 우리는 몰래 스케이트를 타고 있는 거였다. 창고에 들어가자마자 살기가 느껴졌다.

"이런 어린놈의 자식들이 뻥 쳐서 몰래 타고 있어. 여기가 어딘 줄 알아? 머리 박아."

그의 지시가 내려지자마자 우리는 콘크리트 바닥에 머리를 박아야 했다. 그리고 가슴에 주먹이 날아왔고 어린 나도 예외는 없었다. 그리고 귀싸대기도 맞으면서 넘어져야 했다. 그리고 한 사람 한 사람 바지 주머니를 검사했다. 그리고 주형이 형 가슴에 있는 수많은 지폐를 보고 그들이 놀라워했다.

"어쭈, 이것 봐라? 너희들 뭐 하는 놈들이야. 너희 이 돈 훔쳤지?"

"아닙니다. 신문 배달해서 받은 돈입니다."

유석이 형이 위기를 모면하려고 했지만 여지없이 그의 얼굴에 주먹이 날아왔다.

"지금부터 솔직히 말하지 않으면 다 경찰서 갈 줄 알아."

퍽 하는 소리와 함께 다시금 심한 매질이 우리에게 무자비하게 날아왔다. 너무 겁이 나고 무서워서 숨도 제대로 쉴 수 없었다. 그 날 가진 돈 모두를 빼앗기고 그곳에서 쫓겨났다. 유석이 형은 창 피했는지 다른 어떤 사람에도 오늘 일은 말하지 말라고 했나. 물론 너무 부끄러워서 지금껏 누구에게도 말한 적이 없었다. 그날 그곳에 있던 모든 형도 지금까지 그 일에 대해서는 절대 말하지 않고 있다.

일생일대 최고의 판이 벌어졌다. 주형이 형과 몇 달 사이를 두고 이사 온 명환이 형이 있었다. 체격도 컸고 유석이 형보다 더 어른스러웠다. 지금 생각하면 조금 의협심이 있는 성격이었다. 고리대금으로 딱지를 빚지고 있던 아이들이 불쌍했는지 자신이 모든 빚을 갚아 주겠다고 하고 유석이 형과 딱지를 가운데에 두고, 지금 생각하면 딱지로 섯다를 했던 것이다. 그들 사이에는 팽창한 긴장감이 넘쳐흘렀다. 두 사람 사이에 거리를 두고 지금까지 보지 못한 딱지 산이 형성되었다. 딱지를 두 장씩 가지고 글자 수가 많은 사람이 그 많은 딱지를 차지하는 거였다.

유석이 형은 자신 있게 자신의 승리를 생각하면서 딱지를 내려놓았으나 두 글자 차이로 명환이 형의 명백한 승리였다.

"내일 이 시간에 여기로 와서 다시 한번 해. 여기 있는 딱지 한 장도 빼지 말고 가져와야 해."

유석이 형의 얼굴이 분해서 일그러졌다.

"원한다면 물론. 대신 이만큼 가져오지 않으면 나도 더 이상 상대하지 않을 거야."

"걱정하지 말고 안 나오면 그땐 둘 중 하나는 죽을 줄 알아."

명환이 형이 피식 웃었다. 유석이 형의 위협에 조금도 위축되지 않고 너무나 당당했다.

심각한 확대회의가 시작되었다. 유석이 형은 그날의 패배로 인정할 수 없을 정도로 예민해져 갔다.

"주형아, 한 번만 더 하자. 내일 꼭 이길 테니까 한 번만 더 구해 봐."

"구하는 거는 어떻게 해 보겠는데 제발 급하게 하지 말자. 넌 몰리면 조금도 생각하지 않고 밀어붙이는데 그래서 오늘도 진 거야. 내 말 이해하지?"

"야, 오늘 진 얘기는 그만하자. 내일 바로 복수할 테니까 걱정하지 말라고."

"알았어. 내일 꼭 이길 거라고 믿는다. 물건은 어떻게 해 보면 되겠지."

더 이상 주형이 형도 말을 하지 않았다.

"성진아, 내일 유석이 형하고 나하고 새벽에 운동이나 하러 가자."

갑작스러운 주형이 형의 제안에 나는 진짜로 운동을 왜 지금 하나 하고 의구심이 들었지만 분위기가 너무 엄숙하고 무거웠으므로 고개만 끄덕였다.

다음 날 새벽, 유석이 형이 나를 깨웠고 잠을 힘들게 이겨 가며 나갔는데 어디에서 구했는지 짐 자전거가 있었고 우리 셋은 자전거를 끌고 어둠 속으로 사라졌다. 아직도 어둠이 남아 있는 천동 소재 외곽으로 한 시간 정도를 자전거를 타고 왔다. 나에게는 누가 오는지 망을 보게 하고 유석이 형과 주형이 형이 작업장 한 곳에 개구멍으로 들어가서 나오질 않았다. 순간적으로 난 안 좋은 일을 하고 있는 것으로 직감했지만 이미 나는 동조자였다. 그곳은 딱지 공장이었는데 몇십 분 후 박스도 뜯지 않은 대형 상자가 나왔고 그것을 자전거에 실으면서 힘을 보탰다. 명환이 형에게 복수를 하기 위해 우린 새벽에 딱지 공장의 담을 넘은 거였다. 이유가 어찌 되었든 난 지금 공범자가 되어서 그들을 돕고 있었다. 겁이 나고 무서웠지만 이미 벌어진 일, 난 이 시간이 그냥 빨리 흘러갔으면 했다.

명환이 형과의 2차전 결과는 참담했으며 다시 한번 처절한 패배를 유석이 형에게 안겨 주었다. 그냥 이대로 멈췄으면 했는데 그들은 그 구렁텅이에서 벗어날 수가 없었다. 그다음 날도 난 운동하자는 핑계로 죽기보다 싫지만 집을 나와야 했다. 멈추어야 했을 때 우린 그만둬야 했다. 딱지 생산 수량이 맞지 않는 것을 확인한 주인이 밤을 새워 가며 도둑놈을 잡기 위해서 잠복을 하고 있었다.

그 두 사람이 겁에 질려 나에게 다가왔고 손짓으로 도망가라는 표시를 했다.

우리 뒤에서 저놈들 잡으라는 소리가 천지를 깨고 들려왔다. 어떻게 도망쳤는지 모르겠다. 아무튼 우리는 잡히지 않았지만 자전거를 놓고 도망 왔다. 유석이 형과 주형이 형의 연합은 그렇게 금이 가고 있었다.

"어떻게 할래?"

빌린 자전거를 어떻게 하면 좋겠냐며 주형이 형이 유석이 형에게 잘못을 떠넘기고 있었다.

"난 더 이상 어떻게 할 수가 없어. 이번 일은 네가 해결해라."

주형이 형은 자신에게 어떠한 불똥도 없이 벗어나려고만 했다.

"야, 나 혼자 했어. 의리 없이 이렇게 나올래?"

유석이 형은 어떠한 해결 방법도 생각나질 않았다.

"그러게 내가 그렇게 그만하자고 했잖아. 이게 뭐야. 다 네 말 듣다가 이렇게 된 거 아냐."

주형이 형의 핏대가 올라왔다. 나도 속으로 그만하자고 할 때 멈춰야 한다며 자책하고 있었다.

"이 새끼 봐라. 족보도 없는 새끼 친구로 받아 주고 이렇게까지 했는데 뭐, 다 내가 해결하라고? 이렇게 될 줄 알았지. 처음부터 끼워 주는 게 아니었는데. 내가 다 해결할 테니까 지금 이 시간부터 서로 안면 틀자."

"아니, 내 말은 그게 아니고."

주형이 형이 조금 심했는지 분위기를 바꾸려 했지만 유석이 형의 마음은 이미 저 멀리 떠난 후였다. 그렇게 두 사람의 공조는 순식간에 마감을 했다. 두 사람은 그 시간 이후부터 더 이상 말을 섞지 않았다.

난 자전거에 대한 걱정만 하고 있었다. 유석이 형 성격에 어떻게 하긴 할 줄 알았지만 방법은 없었다. 그리고 나에게도 책임이 있다는 것을 스스로 느끼고 있었기에 현실이 너무 무겁기만 했다. 하지만 그는 그였다. 위기를 어떻게든 돌려놓을 수 있는 그. 어디에서 비슷한 자전거를 구해 왔다. 어떻게 구했는지는 더 이상 말하지 않고 상상에 맡기겠다.

난세에 영웅은 없었다. 정의감으로 깃을 올렸던 명환이 형도 그렇게 훌륭한 사람은 결코 아니었다. 그렇게 딱지로 빚을 탕감해 주었던 그에게도 그건 다 빌미에 불과했다. 명환이 형의 어머니는 신발 공장에 다녔는데 퇴근할 때 공장에서 검은 중학생용 운동화를 몇 컬레씩 가지고 온 것이었다. 그렇게 쌓인 신발을 손수레에 실어서 장사를 시작했는데 빚을 탕감해 준 그들로 하여금 아무런 수고비도 주지 않고 신발을 파는 데 동원했다. 그 좋은 노동력을 자신의 이익을 위해 무상으로 이용했던 것이다. 다시 유석이 형과 은성이 형은 힘을 모았다. 자신들이 이룩해 온 왕국을 불청객에게 빼앗기고 있는 것에 대하여 다시 제자리로 돌리려고 했다.

그리고 이번에는 명환이 형과 주형이 형이 힘을 모아서 그들만의 새로운 왕국을 만들고 있었다. 그렇게 다시 피바람 부는 전쟁이 시작되었다. 유석이 형은 무상으로 동원되고 있는 아이들을 만나서 돕지 않을 것을 강요하였지만 그것이 힘에 부치고 있었다. 그리고 명환이 형과 주형이 형도 당당하게 대적하며 유석이 형 패거리들을 몰아내려고 했었다. 더 이상 말로는 서로 골이 깊어 해결될 수 없는 상황이었다. 그래도 유석이 형의 지시에 따라서 우리 곁으로 돌아오고 싶어 하는 한 사람이 관태였다. 관태는 이중 첩자 생활을 했다. 그들이 무슨 일을 하고 어떤 말을 하는지 하루하루 신속하게 유석이 형에게 보고했다.

　주형이 형과 명환이 형 패거리도 운동에 관심이 많고 야구부를 만들려고 했지만 장비가 없었고 우린 장비가 있었다. 그리고 유석이 형은 그에게 2연패를 했으니 어떻게 해서든 복수를 하고 싶어 했다. 영원히 같이 갈 수 없는 두 패거리는 마지막 내기를 걸었다. 서로 야구 시합을 해서 우리 팀이 지면 글러브와 배트를 모두 주고 그들의 모임을 인정해 주고, 우리가 이기면 잃었던 딱지 모두 다시 받고 주형이 형과 명환이 형은 동네를 떠나는 것이었다. 사실 명환이 형 패거리가 조금은 유리한 고지를 점령하고 있었다. 그렇기 때문에 외부의 위협 같은 것으로 서로에게 겁을 주는 것을 미연에 차단하자는 세부 사항이 약속으로 체결되었다. 유석이 형은 약이 올랐지만 어떻게든 자신의 패배를 만회하여야만 했다. 순수한 실력으로 승리를 해야만 했다. 단판승부, 무조건 한판으로 결정을 내는 것이었다. 시합은 10일 후 일요일 2시. 그날부터 마지막 한판을 위해 서로의 총성 없는 전쟁이 시작되었다. 배트야구를 통해서 두 팀 모두 모든 걸 걸었다.

31

정말로 국가대표급 연습이었다. 조금도 연습을 게을리하질 않았다. 한판의 승부로 두 패거리가 망할 수도 홍할 수도 있는, 인생의 가장 큰 한판 승부였다.

유석이 형은 자신의 패배를 만회하기 위해 스파르타식으로 우리를 다그쳤다.

우리도 그 결의를 알고 있었다. 우리 모두는 꼭 승리를 쟁취하고 싶었다. 그도 그럴 것이 굴러온 돌이 이미 자리를 잡고 있던 돌을 밀어낼 수는 없는 것이었다.

9대 9의 야구 경기. 명환이 형의 팀은 인원이 되질 않아 용병을 4명을 데리고 왔는데 그것은 어쩔 수 없는 경우라 서로 승인하고 그렇게 하기로 합의를 했다.

투수도 있고 정식으로 스트라이크, 볼도 있었고 물론 투수가 전력투구하는 방식을 택했다. 그리고 9회까지 공격과 수비를 하기로 했다. 그런데 결정적으로 실수가 하나 있었다. 심판을 두지 않은 것이었다. 공정한 게임을 하기 위해서 가장 필요한 것을 우리는 묵과하고 있었다. 하지만 그것이 어떤 결과로 돌아올지 그때는 알지 못했다. 나는 당당히 주전으로 발탁되었고 투수로 이름을 올렸으나 시합 전날 나보다 컨디션이 더 좋은 우석이 형으로 전격 변경이 되었지만 그것은 승리를 위한 결정이었으므로 나는 대세에 따랐다.

시합일이 되었다. 두 팀 선수들의 눈빛은 타올랐고 웃음기가 모두 사라졌다. 시합은 정말 팽팽했다. 5회까지 3대 2로 우리 팀이 아슬아슬하게 리드를 하였지만 조금도 안심할 수 없었다. 나는 유격수를 보았는데 조금의 실수도 하지 않은 것으로 기억된다. 운명의 7회 말 명환이 형 팀의 공격이 시작되었다. 그리고 타자는 주형이 형이었다. 1구를 그냥 보내고 2구도 그냥 지켜보던 주형이 형이 3구를 제대로 받아쳤다. 타구는 3루수를 뚫고 지나갔다. 그러나 우리 팀 좌익수는 재빠르게 받아서 2루로 신속하게 송구를 하였다. 누가 보더라도 아웃인지 세이프인지 판단 내리기가 불가능했다. 그게 파행의 시작이었다. 주형이 형은 무조건 세이프라고 했고 유석이 형도 아웃이라고 했다. 하지만 두 사람은 어느 하나 자신의 주장을 굽히지 않고 자신의 판단이 맞다고 팽팽하게 맞서다 어느 순간 주먹싸움 일보 직전까지 갔다. 솔직히 우리가 세이프라고 인정하고 경기를 속개했으면 이길 수도 있었는데 유석이 형은 마지막 자존심이라고 생각했는지 조금도 굽히지 않았고 경기는 파행으로 그렇게 끝을 맺었다.

32

그렇게 끝난 줄만 알았는데 2회선은 동네로 와서 이어졌다. 유석이 형과 은성이 형 그리고 주형이 형과 명환이 형이 2대 2로 붙어서 동네 골목 안쪽에서 패싸움까지 하게 되었던 것이다. 그런데 은성이 형과 명환이 형은 똑똑한 사람이었다. 두 사람은 어떠한 주먹도 날리지 않았으며 위에는 명환이 형이 아래는 은성이 형이 있었지만 명환이 형이 누르고 있는 형국으로 서로 공격을 하지 않았다.

피 튀기며 싸우는 사람은 유석이 형과 주형이 형 두 사람뿐이었다. 싸움이 끝날 쯤 유석이 형 눈이 시퍼렇게 부풀어 올랐고 주형이 형은 보복이 두려웠는지 이미 도망가고 없었다. 이대로 끝나기를 바랐지만 곤조통으로 살아왔던 사람이 바로 유석이 형이었다. 유석이 형은 주형이 형네 집으로 가서 자연스럽게 그가 집에 있냐고 말을 했으나 술에 절어 세상을 원망하고 있던 주형이 형의 아버지에게 걸려 머리를 수십 차례 맞고 나오자 분노가 하늘을 찔렀다. 그 시간 이후 동네 모든 아이가 동원되어서 다른 동네까지 영역을 넓혀 가며 주형이 형을 찾았고 그는 형들의 손에 끌려오게 되었다. 물론 그동안 잠자코 있던 종필이 형이 그들 앞에 서서 유석이 형의 행동에 지지를 보내고 있었다. 명환이 형과 주형이 형은 아무런 저항도 못 하고 그 시간이 끝나기만 기다렸지만 그 두 사람 입술에는 피가 맺혔다. 유석이 형의 펀치에 반항도 못 하고 참담하게 굴욕을 당했던 것이다. 물론 동네의 실질적인 지존의 힘을 빌려 껍데기뿐인 승리만 이룩한 것이었다. 꼭 이렇게까지 해야 했냐며 유석이 형의 행동을 비난했지만 아무도 말 밖으로 내뱉지는 못했던 것으로 기억된다. 그리고 쓸쓸하게 명환이 형과 주형이 형은 이후에 보이질 않았다. 지금 생각해 보아도 정당하게 경기에 임했어도 이길 수 있었던 승부였는데 그날이 아쉽다. 다시 돌아갈 수 있다면 처음부터 다시 시작하고픈 가장 아쉬운 승부였다.

33

몇 달 전 동네의 모습으로 안정을 찾아 갔다. 유석이 형은 그날의 공로를 은성이 형에게 인정해 주기 시작했다. 그때부터 바로 은성이 형과 2인 대표 체제를 유지한 것이다. 그렇지만 또 그때부터 유석이 형은 좋게 시작된 친선 도모 경기도 무슨 내기를 하면 승률적으로 항상 은성이 형에게 밀려서 그런지 말도 안 되는 걸로 우기며 자신의 주장을 조금도 굽히지 않았다. 더욱더 노골적인 억지 주장으로 자신의 뜻을 관철시켰으며 그것도 되질 않으면 쉽게 폭력이 나왔다. 그래서인지 그의 많은 심복이 등을 졌다. 민심은 천심이었다. 어떠한 경우에도 폭력은 정당화될 수 없었는데 그것을 그는 몰랐다. 그렇게 시간이 지나고 여름방학이 시작되었다.

그런데 그해 동사무소에서 여름 한자 교실이 열렸다. 물론 교재와 수업료는 무료였고 수료를 하게 되면 장학금으로 신안동 새마을금고에서 기증하는 장학금 천 원이 자신의 통장으로 입금된다는 전제하에서 열렸다. 무료고 장학금도 받을 수 있다는 생각에 우리는 무조건적으로 수강 신청을 하였다. 물론 통장 아들인 은성이 형의 적극적인 홍보로 많은 수강생이 생겨날 수 있었다. 그런데 장학금을 주는 조건이 있었다. 그것은 수료를 하기 위해선 3번 이상 빠지면 안 되었고 마지막 날 소정의 테스트에서 통과를 해야한다는 조건이었다. 우리는 장학금을 받으면 맛있는 통닭을 사 먹는다는 계획하에 3주 동안 열심히 한문 공부를 시작하였으며 덜덜거리는 선풍기 바람에 더위를 이겨 가며 저녁 7시부터 밤 9시까지 2시간 동안 따분한 수업에 잠을 이겨 가며 공부를 했다.

수업은 차례 때 지방 쓰는 법, 명심보감, 천자문 등 그때그때 선생님께서 중요하다고 생각되는 것을 출력해 와서 함께 공부했다.

솔직히 너무 재미가 없었다. 특히 붓글씨를 쓰는 것은 여간 힘든 게 아니었다. 한글도 제대로 쓰질 못하고 있는데 한문을 쓴다는 것이 우리를 어렵게 했다. 하지만 모두 같은 입장이었고 누구 하나 월등하게 잘하는 사람도 없었다.

그런데 정말로 어이없는 일이 벌어졌다. 다들 2시간 동안 집중하지 않고 장난도 쳐 가며 자리는 지켰는데 유석이 형은 항상 땡땡이를 쳤다. 1시간만 있으면 좀이 쑤셔서 가만히 있질 않았다. 혼자만 땡땡이를 치면 되는데 자신이 도망가면 항상 가기 싫은 나를 꼭 데리고 갔다. 가기 싫다고 말하고 싶었지만 자신의 주장에 따르지 않으면 분명히 더욱더 힘들게 할 줄 알기 때문에 싫어도 그를 따라나섰다. 그리고 나가서 떡볶기 등을 사 먹고 왔다.

"야, 거기서 열심히 한다고 돈 더 주는 거 아니다. 그리고 열심히 하질 않아도 다 수료하게 되어 있으니까 걱정하지 마라. 만약에 다 주지 않으면 내가 줄 테니까 걱정하지 말고."

언제나 우리 앞에서는 자신감에 사는 유석이 형이었다.

"형, 그래도 우린 지킬 건 지키는 게 낫지 않을까. 그래도 갑자기 출석 점검하면 어떻게 해."

나는 솔직히 어린 마음에 걱정이 앞섰다.

"야, 누군 주고 누군 안 주는 장학금이 어디 있어? 자식이, 어디 이제까지 내 말이 틀린 적이 있었냐? 내가 다 책임질 테니까 걱정하지 마."

언제나 유석이 형은 언제나 자신의 생각이 맞아야 했고 자신의 생각은 어떻게 하든 관철시키는 사람이었다. 나는 그의 눈 밖에 나면 힘들어질 것을 알기 때문에 싫어도 유석이 형 말에 따라야 했다. 그리고 출출할 시간에 먹을 걸 사 주는데 막을 수는 없었다. 그냥 동조하는 수밖에는 달리 방법이 없었다. 다른 아이들은 열심히 실력을 연마할 때 그 시간도 우리는 교실을 벗어나서 성실함은 잊고 쾌락을 즐기고 있었다.

34

한자 교실도 끝을 향해 달렸고 수료 2일 전 마지막 시간에 선생님은 학생들에게 당부 사항을 알렸다.

"여러분, 그동안 잘 따라와 줬고 교육 열심히 받아서 대단히 감사하게 생각합니다. 다름이 아니라 내일 이제까지 배운 것에 대해서 시험을 볼 예정입니다. 부담 가지실 필요는 절대 없으며 기본적인 시험입니다. 그리고 책 30분만 보아도 다 풀 수 있는 내용이니까 그렇게 아시고 오늘 수업은 이것으로 마치도록 하겠습니다."

모두들 시험에 내해서 부담을 갖고 있었지만 그렇다고 집에 가서 공부할 사람은 내 생각으론 없어 보였다. 그만큼 신안동 아이들은 공부와는 거리가 멀었다.

하지만 분명히 낙제를 하면 수료를 못 하고 그럼 장학금도 못

받는 것이니 난 집에 가서 지금껏 배운 내용에 대해서 열심히 복습을 실시하였다. 아무튼 시험은 무조건 부담되는 것이었다.

다음 날. 마지막 1시간 전에 시험을 보았다. 정말로 너무 어이가 없이 쉬운 시험이었다. 모든 수강생은 자신 있게 답을 적어 나갔다. 기초적인 한자 시험으로 한자 교실에 다니지 않아도 가뿐하게 풀 수 있을 정도로 쉬운 시험이었다.

시험을 마쳤고 결과가 나왔는데 모두 귀를 의심할 수밖에 없었다. 평균 점수가 95점 이상이었는데 유석이 형만 유일하게 60점을 맞았다. 그것도 선생님께서 수료를 못 하는 걸 막기 위해 문제 5개를 고쳐 주셨다는 내용이었다. 우리는 눈빛으로 웃고 있었지만 유석이 형 앞에서는 나오는 웃음을 꾹 참아야 했다. 하지만 유석이 형은 유쾌한 사람이 아니라 걱정 자체가 없는 사람이었다.

자랑스럽게 수료증을 받았지만 모범상이 다른 사람에게 돌아간 것에 대하여 심한 불만까지 하는 사람이었다. 공짜로 무언가를 얻을 수 있다면 창피한 것도, 쪽팔린 것조차 분간하지 않는 사람이었다. 그리고 받은 이천 원에서 무조건 자신에게 천 원씩 내라고 지시를 했다. 어렵게 받은 돈을 내라는 것에 대해 불만인 사람도 많았지만 어쩔 수 없었다. 며칠 후 우린 통닭을 먹으러 갔는데 분명한 것은 낸 돈보다 훨씬 적은 통닭을 먹었다는 것이다. 이때부터 유석이 형의 비리가 시작된 것으로 기억된다. 모두들 불만 사항이 극에 다다르고 있었지만 아직은 유석이 형의 입김이 강력했고 그에게 대항하는 것 자체가 부담이 있어서 그런지 서로가 억울함을 알면서도 입을 다물었다. 서서히 유석이 형의 지휘 계통에 불신임이 1년 후배들 사이에서 아주 심하게 피어오르기 시작했다.

35

가을이 되고 다시 추석이 가까이 다가왔다. 들과 산에도 조금씩 황금색 물결로 바뀌어 갔다. 경호 형의 집에서 냇물을 건너 대전역 담을 넘으면 무슨 일을 하는지 잘은 모르지만 작업장이 있었는데 그 사무실 주변으로 대추나무가 20여 그루 심겨 있었는데 씨알도 엄청 컸으며 대추 질도 너무 좋았다. 그런 먹잇감을 놓칠 유석이 형이 아니었다. 이번에는 유석이 형과 은성이 형이 2인 1조가 되어서 담을 넘었고 나랑 동갑인 동욱이가 망을 보았다. 매번 망을 보는 것도 죄를 짓는 것 같아서 괴로웠고 양심에 가책도 느껴졌지만 항상 그런 몫은 내게 주어졌다.

얼마나 계획적인지 대추 서리를 하다가 걸리면 잘 도망갈 수 있도록 도주로까지 완벽하게 숙지하고 두 사람은 담을 넘었다. 밤 11시에 초등학생 4명에서 대추를 턴다는 자체를 일반 사람들은 상상을 못 할 것이다. 그걸 아무렇지 않게 시행하고 성공하는 사람이 유석이 형이었다. 망을 본다는 것은 항상 결과에 대한 긴장감이 밀려왔다. 동욱이와 나는 삭은 소리에노 촉각을 세우며 빨리 끝나기만을 기다렸다.

"이제 이런 것 안 받아도 되는데. 나 솔직히 이제 진짜 이런 거 싫다. 한두 번도 아니고. 성진아, 넌 어떻게 생각하니?"

동욱이가 적막을 깨고 작은 목소리로 나를 바라보았다.

"나도 마찬가지야. 이런 짓 하는 거 부모님은 상상도 못 하실 거다. 하지만 어떻게 하겠냐? 방법이 없는걸. 너 형들하고 안 어울릴 자신 있어?"

동욱이도 쉽사리 말문을 열지 못했다.

"아무튼 집에나 빨리 갔으면 좋겠다."

"나도."

동욱이도 나와 같은 생각이었다.

"어? 이게 뭐지."

동욱이가 놀라며 자신 발밑에 있는 무언가를 바라보며 내게 말했다. 불빛에 비친 하얀색의 무엇도 내 시야에 들어왔다. 자연스럽게 동욱이가 그것을 파서 꺼냈고 우리 두 사람은 소스라치게 놀라며 뒤로 넘어졌다. 그것은 바로 하얀색의 아기 인형이었는데 어둠 속에서 그것이 진짜 아기로 보였던 것이다. 기분도 영 찜찜해서인지 빨리 시간이 가기만 바랐다. 그리고 스스로 다짐했다. 다시는 죄짓지 말고 이런 일은 하지 않겠다고.

시간이 흐른 뒤 개선장군처럼 유석이 형과 은성이 형이 담을 다시 넘어왔다.

진짜로 큰 쌀자루 2개를 가득 채워 왔다. 씨알도 크고 맛도 완전히 설탕처럼 달았다. 두 사람이 큰 자루에서 2/3 이상을 가지고 갔고 그 나머지를 동욱이와 내게 나누어 주었다. 어둠 속에 다 헤어지고 난 후 난 봉지 속에 있는 대추를 버리려고 하다가 솔직히 그러질 못했다. 마음속에서는 그렇게 지시를 내리고 있었지만 몸이 그것을 하지 못하게 했다. 나도 그만큼 마음에 때가 끼고 있었다. 그리고 며칠 후 추석이 돌아왔는데 은성이 형의 말에 할 말을 잊었다.

"야, 차례상에 대추를 올렸는데 사 온 밤보다 더 좋아서 부모님한테 칭찬받았다. 그래서 말씀드렸지. 다음 연도부터는 무조건 내가 대추를 책임진다고."

"너도 그랬냐? 나도 집에 갖다줬는데 잘 구해 왔다고 우리 아버진 술 담근다고 했는데. 크크크."

유석이 형과 은성이 형은 조금도 마음의 가책을 느끼지 못하는 냉혈한들이었다. 그리고 몇 해 후 개울가를 메우기 위해서 복개공사를 했다. 대전역 담 아래에 바로 사람들이 지나갈 수 있는 길이 만들어졌다. 잘 익은 대추나무가 철조망을 뚫고 나오자 지나가는 사람들이 따기 시작했고 우리처럼 담을 넘어 따는 사람들도 있었다. 그래서인지 몇십 년 된 아까운 대추나무를 모조리 베었다. 사람들의 얄팍한 욕심으로 인하여 아까운 생명이 없어진 것이다.

36

그해 가을 한반도에는 내풍이 몰아쳤나. 기록적인 폭우가 10일 동안 계속되었다. 곳곳에서 수해로 피해가 속출했다. 우리 집에도 지붕에서 빗물이 떨어져 바닥에 세숫대야를 놓고 생활했다. 살아생전 그렇게 비가 많이 온 것도 처음이었다.

우리 집은 그나마 다행이었는데 약하게 집을 지은 곳은 지붕도 파손되고 문도 파손된 집도 많았다. 그리고 더욱더 놀라운 것은 대전역 뒷담 약한 부분이 파손되면서 훤하게 철로가 보였고 담 옆으로는 직원 복지를 위해 설치한 테니스장이 우리 앞에 보였던 것이다. 그날부터 우리는 운동장으로 운동을 하러 가지 않았고 그 테니스장에서 축구며 주먹야구를 했다. 담방구를 하면 그쪽까지 영역을 넓혀 가며 대전역 철로 위를 위험스럽게 활보했다. 테니스장에서 놀다가 집 쪽으로 잘 넘어오기 위해서 징검다리도 만들었다. 그곳이 바로 제2의 아지트가 된 것이다.

그날도 우린 테니스장에서 축구를 하고 있었다.

"야, 이 녀석들아. 여기가 어디라고 놀고 있어. 빨리 안 나가나?"

그냥 지나치는 대전역 직원도 있었지만 이렇게 우리를 내쫓는 사람도 있었다.

머뭇거리며 눈치를 보고 몸을 돌리는 순간, 유석이 형이 그 사내를 바라보았다.

"아저씨 것도 아닌데 뭘 이것 가지고 그러세요. 놀 수도 있지."

"뭐 이 자식아? 이것들이 얼마나 더 혼나려고 그래. 빨리 안 나가?"

사내가 얼굴에 분노를 보이며 우리한테 다가오려 했다.

"확 넘어져서 자전거 빵꾸나 나라."

유석이 형이 빈정대면서 말을 받았다.

"이 새끼들이 정말로 죽으려고."

사내가 거칠게 다가오기 시작했다.

"내가 왜 네 새끼야. 우리 아버지 새끼지. 얘들아, 방대다. 도망

가라."

우리는 킥킥거리며 재미있게 도망갔고 그 사내는 우리를 아무도 잡지 못했다.

사내는 분해서 우리를 쏘아보면서 한참을 그 자리에 서 있었다. 그리고 한 발 더 나간 사람도 유석이 형이다. 사내 앞으로 차돌을 던지면서 계속 그를 약 올렸다. 사람 못살게 하는 것에 천재적 재능을 가진 사람이 바로 유석이 형이었다.

37

그날도 담방구를 했다. 다행히 술래가 되질 않아서 유석이 형과 둘이 도망치다가 술래를 피해서 은성이 형 집으로 몰래 들어왔다. 은성이 형 집에서는 그때 온순하고 잘생긴 개를 한 마리 키우고 있었다. 유석이 형은 개집 옆에 있는 나무배트를 잡고서 잘 있는 멍멍이에게 학대를 하기 시작했다. 개 턱을 배트로 치자 아픈 개가 신음을 냈다. 그러자 재미있다며 다시 한번 개 턱에 두 번째 타격을 가했다.

하지 말라고 하고 싶었지만 말린다고 들어먹을 유석이 형이 아니었다. 개가 또다시 아파했다. 그렇지만 그는 멈추지 않고 네 번째 타격을 가하자 개가 갑자기 으르렁거리며 유석이 형 다리를 물었고 바지가 터지면서 다리에도 상처가 났다. 난 속으로 잘됐다고 쾌재를 불렀지만 내색도 하지 못하고 웃음을 참느라고 아주 죽는 줄 알았다. 그날 이후 유석이 형은 꼭 어디 가다가도 은성이 형 집에 들려 자신의 기분이 풀릴 때까지 개에게 학대를 가하고 지나갔다. 동물이건 사람이건 유석이 형에게 한번 찍히면 영원히 기를 펼 수 없었다.

은성이 형네 집에서 나와 유석이 형과 나는 동태를 살피며 파스막으로 향했다. 이미 술래가 잡은 사람들로 가득했고 자신들을 부활시켜 주길 기다리고 있었다. 유석이 형이 앞장서서 호기롭게 진입하고 있었지만 난 신중하게 그의 뒤에서 거리를 두고 서서히 진입했다. 그러기를 몇 차례 반복하며 작은 골목에 당도했는데 술래의 기습으로 유석이 형이 바로 아웃되었다. 그리고 다음 표적은 나였으므로 아주 빠르게 포위해 가며 거리를 좁혀 왔다. 이대로 죽을 수는 없었다. 나는 담을 타고 지붕 위로 올라갔으나 술래도 지지 않고 나를 쫓았다. 지붕 위에서 술래가 위태롭게 나에게 거리를 붙여 가며 잡으려고 했기 때문에 난 사력을 다해 도망쳤다. 그리고 살아야 한다는 집념으로 성큼성큼 뛰어가다가 푹 하고 빠졌다. 지붕에서 내가 사라졌다. 깨어나니 방이었다. 얼굴에는 수많은 쥐똥이 묻어 있었다. 지금 생각해도 아찔하다. 만약에 사람이 있었다고 생각해 보면 최소 몇 주 진단은 나왔을 것이다. 다행히 이불 속으로 떨어져서 난 다치지 않았다. 하늘이 지켜 주신 것 같았다. 난 수돗가에서 빨래를 하는 아주머니에게 들키지 않도록 조심스럽게 빠져나왔다. 그리고 며칠 동안 밖에 나가질 않았다. 밖은 나가지 않았지만 내 귀에는 그 아주머니 소리가 계속 들렸다.

"어떤 씨부럴 놈이 우리 집 지붕을 빵꾸 내고 도망쳤네. 어느 놈인지 잡히기만 하면 다리몽둥이를 부숴 버릴 테니까. 쌍놈의 새끼들. 유별나다 유별나. 어떻게 이 동네 애새끼들은 하나같이 다 대갈통이 꼴통인지 모르겠네."

파스막 멤버들은 정말로 입이 무거웠다. 아주머니가 어느 놈이냐고 살살 달래며 범인을 잡으려고 했지만 멤버들은 절대로 말을 하질 않았다. 위기에서 서로를 지켜 주었다. 물론 언제나 의리를 강조한 사람은 유석이 형이었다.

38

겨울철 고려극장 옆 다리 아래 개울가가 얼어붙으면 아이들은 썰매를 만들어 빙판에서 겨울을 신나게 보냈다. 물론 썰매가 있는 사람에게만 특권이 주어졌다.

썰매가 없으면 지켜보고 있다가 사정사정해서 잠시 한 번 타고 그러다가 다시금 썰매 타는 사람을 부러워했지만 물질주의에서는 있는 사람만이 대접받는 것이 현실이었다.

가장 좋은 썰매 날은 썰매용으로 제작해서 만들어진 날이고, 앵글도 좋은 썰매 재료였고, 그것도 없으면 두꺼운 철사를 썰매 날로 사용하는 섯이었다. 산혹 스피느 스케이팅 날로 썰매를 만드는 아이들도 있었지만 그 당시 썰매 날은 고가의 장비였다. 썰매를 타던 곳 언덕에 하수도가 깨져서 그 물이 비탈진 경사로에 흘러나와 자연스럽게 얼음이 된 경우도 있었는데 그곳에서 썰매를 타면 스피드를 느낄 수 있어서 겨울철에는 무조건 썰매놀이가 최고의 오락이었다. 물론 제작된 썰매를 학교 앞 문방구에서 판매를 했는데 너무 고가의 장비라 잘사는 집 자식이 아니면 구할 수가 없었다. 그렇지만 그해 겨울 우리는 한 사람당 한 대의 썰매를 가질 수 있었다. 생활 능력이 최고인 사내, 유석이 형이 있었기 때문이었다.

어디서 알았는지 폐업된 공장이 있었다. 그 철문 앞에는 '관계자 외 출입엄금'이라는 글이 선명하게 박혀 있었지만 유석이 형은 그 문을 무시했고 우린 그곳으로 들어갔다. 왜 이런 곳에 와야 하는지 의심을 했으나 그런 의심은 조만간에 구름처럼 사라져 갔다. 그리고 다시 한번 그에 대한 믿음은 기대 이상으로 항상 정답을 안겨 줬다. 폐업 처리된 공장 내부의 작업장엔 철재로 만든 작업대가 있었는데 그 작업대 재료가 바로 앵글이었다. 90도로 된 앵글이었고 구멍까지 뚫려 있어서 나무에 못만 박으면 멋있는 썰매 재료가 되었다. 그것도 수십 미터로 필요한 만큼 잘라서 쓸 수 있었다.

그날 우리는 쇠톱으로 돌아가면서 앵글을 잘랐다. 마지막에는 너무 힘이 들어서 더 이상 자르지 못하고 자른 앵글만 동네로 가져왔다. 하지만 썰매 날에 비해서 만들 나무가 너무나도 부족했다. 하지만 썰매 제작을 위해서라면 불법적인 행위도 우린 스스럼없이 자행해야 했다.

그 당시에는 종량제 봉투를 사용하지 않았고 하루에 한 번씩 쓰레기차가 와서 쓰레기를 수거해 갔다. 그 쓰레기통 재료가 바로 나무로 만든 사과 상자였다. 그날 우리 동네를 뺀 인근 동네의 나무 쓰레기통을 전부 다 몰래 수거해 왔다. 그리고 또 정월대보름 쥐불놀이를 할 때도 집마다 돌아다니면서 몰래 나무상자를 훔쳐서 불을 놓았다. 우리는 썰매를 수십 대 만들어서 신나게 겨울을 즐겼고 남은 10대 정도를 빙판길 현장에 놓고 썰매가 없는 아이들에게 대여를 해서 돈도 챙겼으며 금액만 맞으면 썰매도 판매했다. 우리의 비즈니스는 끝이 없었고 무에서 유를 창조했다. 그리고 그 돈으로 우리는 지금 이 책을 읽고 있는 사람들이 상상한 대로 그렇게 사용했다. 그해 겨울은 정말로 따뜻했다. 유석이 형이 대표로 있는 우리 동네 파스막 주식회사는 항상 번창해 갔다.

39

3학년 겨울방학 1월부터 은성이 형이 대전일보사의 신문을 돌렸다. 대전시 용운동 쪽을 맡아서 신문을 돌렸는데 한 100부 정도를 돌렸던 것으로 기억된다. 은성이 형은 혼자 돌리기 심심했는지 나랑 자신보다 1살 어린 동현이 형을 데리고 신문을 같이 돌렸다. 그리고 월급을 타면 짜장면을 사 주곤 했는데 그 맛에 난 항상 은성이 형과 신문을 같이 돌렸다. 어느 순간 은성이 형은 당연하다는 듯이 나를 데리고 같이 신문을 돌렸으며 내가 힘들어서 같이 못 돌리는 날에는 짜증을 내면서 어떻게든 자신은 편하게 신문을 돌리려고 했다. 쉽게 말해서 노동 착취와 같은 거였는데 그것을 판단하기에는 나는 너무 어렸다. 그냥 맛있는 거 사 주면 그것으로 힘든 것이 모두 사라졌다. 그러나 서러운 점도 있었다. 신문을 가져오기 전까지 밖에서 추위에 떨면서 기다려야 했고, 신문을 다 돌리고 난 후에도 사무실에서 나올 때까지 추운 몸을 녹이며 은성이 형을 기다려야 했다. 한 번은 1시간 이상을 밖에서 떨면서 은성이 형을 기다렸고 너무 서러운 마음에 내일부터 신문을 안 돌리겠다고 하자 기분을 풀어 주면서 어떻게든 자신을 도와주도록 나를 조종했던 것 같다. 그러다가 나는 이렇게 도와줄 바에는 내가 신문을 직접 돌리자는 결론을 내렸다. 나도 내일부터 신문을 돌리겠다고 하자 은성이 형은 자신이 이제까지 편하게 신문을 돌려서 그런지 반대를 했지만 나도 세게 나갔다. 그럼 나도 내일부터 신문을 더 이상 안 돌리겠다고 하자 마지못해 승낙해서 나도 당당한 신문사 일원이 되었고 옥천 옆에 있는 세천으로 시내버스를 타고 가서 신문을 돌렸다. 그리고 동현이 형도 효성동 쪽 구역을 맡아서 신문을 돌렸다. 그날 이후 3명이 항상 같이 신문을 돌리려 출근을 했고 또한 퇴근을 했으므로 유석이 형 입장에서는 그것이 마음에 들지 않았던 것 같다.

3명이 항상 같이 붙어 다니니까 그것에 대한 질투가 유석이 형의 가슴속에 있었고 그것이 행동으로 표출되었다. 물론 집에 계시는 누나들과 부모님에겐 알리지 않고 몰래 신문을 돌렸다. 어느날 집에 있던 나를 유석이 형이 불렀다.

"너 자꾸 은성이하고 어울리고 심부름꾼으로 행동할래? 당장 그만둬라. 안 그럼 너희 부모님한테 이른다."

"아냐, 형. 나도 구역 맡아서 신문 돌리고 있어. 그리고 월급 타면 부모님한테 사실대로 말할 거야."

"야, 당장 그만둬. 그리고 너 월급 타면 은성이 녀석이 분명히 벗겨 먹으려고 들걸. 야, 편하게 놀지 뭐 그렇게 대단한 일 한다고 힘들게 생활해."

나의 말을 막고 자신의 감정을 하나도 숨김없이 말을 이었다.

"그래, 그럼 한 달만 하고 그만두기다? 그때까진 나도 참아 줄 테니까 월급만 받고 그만둬라."

나는 마지못해 약속을 하고 말았다. 아니, 그 상황만 벗어나서 시간만 일단 벌자는 생각에서 나온 발상이었다. 유석이 형이 한 말을 그대로 은성이 형한테 말하자 그냥 싸우기 싫은 은성이 형은 너의 의지가 중요하다며 계속 신문 돌리기를 멈추지 말라고 했다. 그것은 혼자 신문 배달을 하는 게 싫었던 것도 있지만 한 달에 몇 번씩은 신문을 같이 돌리면서 자신의 이익대로 편하게 보내고 싶은 마음이 가장 컸을 것이다.

그만큼 사람은 자신의 이익대로 움직이는 세상이었다.

40

신문 배달을 하던 신년, 전두환 대통령 하사품이라며 장갑, 양말, 털모자 그리고 따뜻한 잠바가 지급되었다. 그렇지만 신문 배달을 한다는 것을 부모님한테 정식으로 승낙받은 게 아니어서 그런지 물건을 어떻게 처리할지가 무척 고민이었다. 그걸 노리고 은성이 형은 자신이 맡아 주겠다고 나에게 마음에도 없는 말을 했다. 난 내게 돌아온 그 상품을 남에게 주기는 정말 싫었다. 특히, 은성이 형의 얄팍한 수를 알고 있었으므로 버리면 버렸지 그에게 주기는 정말로 싫었다.

난 진실을 말하기로 했다. 그리고 집에 도착하자마자 누나들에게 신문을 돌리고 있다고 했고 선물도 신문사에서 줬다고 사실대로 말했다. 누나들도 월급날이 얼마 남지 않았다고 하자 말리진 않았다. 물론 부모님도 딱 한 달만 다니라고 내게 최종 승인을 내렸다. 하지만 월급을 부모님에게 갖다 드리자 부모님도 무척 기뻐하셨고 무의에 승낙으로 그 후로도 몇 달간 열심히 신문을 돌렸다.

부모님의 승낙을 받았다고 하자 그때부터 유석이 형도 어쩌질 못했다. 하지만 그때부터 난 알 수 있었다. 진짜 돈 벌기는 너무 힘든 일이었다. 돈이 전부인 인생은 아니지만 필수 요소인 지금 돈은 아무에게나 쉽게 오는 것이 절대 아니라는 것을 그때 스스로 느낄 수 있었다.

41

오래간만에 야구 장비와 축구공을 챙겨서 동중학교 운동장으로 모였다. 먼저 축구를 하기로 하고 야구 장비는 한곳에 치워 놓고 축구를 시작하였다. 그런데 그 동네 양아치 형들 4명이 갑자기

들어와서 우리 야구 장비를 마음대로 사용하기 시작했다. 그중 두 명은 팔뚝에 문신을 했고 다른 한 명은 머리를 노랗게 염색했다. 우리는 분했지만 지켜만 보고 있었는데 호기롭게 달려드는 사람은 유석이 형이었다.

"우리 거예요. 빨리 주세요."

양아치들은 아무런 대꾸도 없이 계속해서 야구를 하고 있었다.

"빨리 안 주실 거예요? 진짜 안 되겠네. 어이, 철이야. 빨리 종수 형 데리고 와. 어서."

"이 새끼가 죽으려고. 뭐라고?"

염색이가 유석이 형을 노려보며 옆에 있던 나무배트를 공중으로 휘둘렀다. 염색도 위협만 주려고 했을 뿐인데 두 번째 위협에서 정확하게 유석이 형이 꼬리뼈에 배트를 맞게 된 것이다.

"아악, 으."

유석이 형이 외마디 비명만 지르고 땅으로 넘어져서 오만 가지 인상을 쓰고 괴로워했다. 우리도 갑작스러운 상황에 놀라며 유석이 형만 주시했으나 그는 바닥에서 일어나지 않았다. 양아치들도 걱정이 됐는지 어쩌지 못하고 있었다. 우리는 달려들어 유석이 형을 조심스럽게 일으키려 했으나 고통의 소리만 지르고 있었다.

"형, 괜찮아? 어디가 아픈데?"

절이 형이 그의 상태를 확인하려 머리를 낮추었다. 그리고 나머지 사람들은 아프다는 유석이 형의 말에 겁이 나서 위에서 바라만 보고 있을 뿐이었다.

그러나 유석이 형은 유석이 형이었다.

"야, 빨리 가서 종수 형 불러와. 저 씹새끼들 먹을 딸 거야."

철이 형은 솔직히 갈 수 없었고, 양아치들은 미안했는지 파스를 사 와서 유석이 형 꼬리뼈에 붙여 주었다. 유석이 형의 항문이 훤하게 드러났다. 유석이 형 의식을 피해서 우리는 낄낄 웃었다. 그렇지만 우린 진짜로 큰 부상인 줄 알았는데 며칠 만에 유석이 형은 아무 일도 없다는 듯이 잘 돌아다녔다. 정말로 유석이 형은 미스터리한 사나이였다. 상식을 뛰어넘는 그런 사람이 바로 강유석이었다.

42

민석이라는 아이가 있었다. 나랑 같은 학년으로 조금은 약골이었는데 몸은 빨랐다. 그리고 그 당시에 아버지가 개인택시를 했으니 다른 집보다 유복하게 자랐고 아들 2명에 큰아들이다 보니 그의 어머니 사랑이 각별했고 우리랑 어울리는 것을 자기 자식이 버린다며 격이 다르게 키웠다. 한마디로 싸가지 없는 놈이었다.

그러니 유석이 형이 좋게 볼 리 없었다. 유석이 형은 길가에서 녀석을 마주칠 때마다 금을 그어 놓고 여기로 다니지 말라고 위협을 했다. 그러니 녀석도 아주 죽을 지경이었을 것이다. 그래서 녀석은 유석이 형을 볼 때마다 가지고 있는 돈과 먹을 것으로 상납을 하고 위기를 벗어나려 했다. 유석이 형도 알아서 챙겨 주니 싫지는 않았을 것으로 생각된다. 그러나 거기에서 문제가 발생했다.

녀석은 자신의 사적으로 돈을 쓰기 위해서 아버지 개인택시에 있는 돈을 훔치다가 부모님에게 걸리게 되니 혼나는 것을 모면하기 위해 유석이 형이 시킨 짓이라고 거짓말을 하고 만 것이다.

자기 아들의 말만 믿고 민석이 엄마는 유석이 형네 집으로 찾아와서 아들 똑바로 교육시키라고 항의를 하고 돌아간 것이다. 유석이 형 눈에서 광선이 나왔다. 삼자대면을 하고 싶어도 녀석은 집에서 나오지 않고 학교도 아빠 차를 타고 등교했으며 심지어 쉬는 시간에도 숨어서 유석이 형을 따돌렸다. 그러니 유석이 형의 속이 부글부글 끓었지만 잡히지 않으니 방법이 없었다. 그렇지만 언제까지 피해서 살 수는 없었다. 녀석이 자신의 반 친구들과 원동 천주교 놀이터에서 놀고 있는 것을 발견하고 누군가 유석이 형에게 가르쳐 준 거였다. 유석이 형은 체포조를 대동하고 그곳에 가서 녀석을 잡았다.

"이 새끼가 내가 돈 가져오라고 너한테 시켰어? 똑바로 말해."

"형, 내가 잘못했어. 다 내가 만든 거짓말이야. 한 번만 용서해 주라, 응?"

"까지 말고 지금 당장 너희 엄마한테 가서 사실대로 말해. 알았어?"

민석이는 눈을 감고 고개만 끄덕였다. 그렇게 녀석을 포위해서 동네로 데리고 왔고 민석이, 그리고 그의 엄마, 유석이 형 이렇게 삼자대면이 시작되었다.

"야, 내가 너한테 돈 가지고 오라고 했어 안 했어. 빨리 똑바로 대답해."

민석이는 겁에 질려 아무 말도 하지 않았다.

"아무리 그래도 그렇지. 우리 애가 뭘 그렇게 잘못했다고 그러는 건데. 너 이 녀석 네가 깡패야 건달이야."

민석이 엄마의 눈에도 유석이 형의 모든 것이 달갑지 않았다.

"아줌마, 누가 깡패예요. 사실을 똑바로 밝히자고 하는 거 아니에요. 너 빨리 말 안 할 거야?"

민석이는 그때까지도 우물쭈물거렸다. 그러다가 개미 들어가는 소리로 입 모양만 방긋거렸다.

"크게 말 안 해? 어서."

유석이 형이 큰 소리로 다그쳤다. 민석이는 금방이라도 울음을 터뜨릴 기세였다.

"이 녀석아, 네가 그렇게 싸움을 잘해? 뭘 그렇게 잘했다고 소리를 쳐, 소리를. 그래, 네가 그렇게 싸움 잘하면 우리 아들 쳐 봐. 우리 아들이 뭘 그렇게 잘못했는지 모르지만 네가 마음 풀린다면 어디 한번 쳐 봐. 그렇게 자신 있으면 어디 한번 쳐 보라고."

민석이 엄마가 주위가 떠나갈 듯이 거의 발악적으로 핏대를 세웠다. 그 순간 유석이 형의 발이 공중으로 튀어 올라 민석이의 등허리를 세차게 찼다. 민석이는 쓰러질 것처럼 서럽고 큰 소리로 울었다.

"이 새끼가 누굴 패는 거야? 누굴 패."

민석이 엄마는 유석이 형을 손으로 잡으려고 했으나 그녀의 손을 가볍게 뿌리쳤다.

"아줌마가 때려 보라고 했잖아요. 왜 한 입 가지고 두 마디 하세요. 너 이 개새끼 아주 다음번에 걸리면 국물도 없을 줄 알아."

유석이 형이 고개를 돌려 벌써 저만큼 지나가고 없었다. 그날 이후 민석이는 경기를 느낄 만큼 무서워했을 것이다. 그리고 유석이 형은 공공연하게 민석을 다시 한번 족친다고 엄포를 놓고 다녔다. 민석이 엄마는 할 수 없었다. 자신의 아들의 안위를 위해서는 타협하는 수밖에는. 민석이 엄마는 유석이 형에게 미안하다고 말을 먼저 했고 아들 좀 잘 좀 봐 달라고 하며 기세 좋았던 꼬리를 내렸다. 유석이 형의 일방적인 승리로 끝났다. 그의 거침없고 단단한 왕국은 아무도 침입할 수가 없었다. 그리고 우리도 무조건 그의 말은 일단 들어야 했다. 그래야 서로가 시끄럽지 않고 편했다. 그와 싸우기보다는 달래야 한다는 것을 잘 알 수가 있었다.

43

구멍가게를 하는 집의 아들인 지훈이 형이 있었다. 나보다 한 살 많은 형인데 운동 신경이 너무 떨어지고 몸이 무거웠다. 그래서 항상 운동을 하면 벤치 신세를 져야 했으므로 어느 날인가부터 우리랑 잘 어울리지 않았다. 그보다 더 심한 건 우리 동네에 가겟방이 하나다 보니까 폭리가 심했다. 그리고 십 원 한 푼도 깎아 주는 법이 없었다. 그러나가 유석이 형이 그 가게에서 과자를 한 개 샀는데 유통기한이 훨씬 지난 제품이었다. 그래서 교환해 달라고 했는데 미안하다는 말도 없이 물건만 바꾸어 준 행위에 대하여 심하게 억울해하고 분노했다. 그래서인지 그 가게에 대하여 불매 운동을 하고 있었다. 우리야 그런 유석이 형의 개인감정에 동조하고 싶진 않았으나 그 당시 그가 그러면 그렇게 해야만 했다. 그는 더더욱 독재자로 탈바꿈하고 있었다. 자신은 하지 않으면서 다른 곳에서 병 콜라 한 병을 사 오라고 해 놓고선 가겟방 바로 앞에서 그 콜라를 들고 한 사람씩 서 있으라고 한 것이다.

모두 고개를 돌리며 막고 싶었지만 반대 의견을 내면 그도 똑같이 배신자로 취급했다. 그렇기 때문에 어쩔 수 없이 그래야 했다. 그것을 시작으로 조금씩 유석이 형의 경영 방식에 우리들도 지쳐가고 있었다. 그의 만행은 계속되었다. 포장마차를 하는 연호네 집이 있었고 조그만 애완견을 키우고 있었는데 그 개가 아무 데서 똥을 싸고 오줌을 싸도 치우지 않는다고 해서 새벽에 일찍 일어나 포장마차 바퀴에 못을 박으라고 지시를 내리기도 했다. 그것도 바퀴 전부에 대못을 박은 것이다.

분명히 잘못된 일이었지만 그의 공포 정치에 어쩔 수 없이 또 동조하게 된 것이다. 학교에서 폭군 연산군을 배웠는데 유석이 형이 바로 연산군처럼 느껴졌다. 한 번은 유석이 형이 연호네 누나 체육복 뒷주머니 속에 폭음탄을 넣도록 지시한 적이 있었다. 그것도 분명하게 나한테 지시를 내렸다. 하지만 연호네 누나는 5살 때 심한 열병을 앓은 후 벙어리가 되었다. 그렇지만 마음씨 하나는 천사 같은 누나였다. 항상 웃고 다녔고 먹을 것이 있으면 조금이라도 나누어 주었다. 특히 연호네 어머니와 우리 엄마는 친구 간이었으므로 난 그 일을 할 수가 없었다. 그것보다 그녀에 대한 연민의 정 같은 것이 있어서 난 처음으로 유석이 형의 지시를 따르지 않았다.

"야, 장난으로 하는 건데 뭐가 나쁘다고 거부를 해."

다른 친구들이 동네에 모여 있는 자리에서 난 지존의 지시를 거부한 꼴이 되었다. 그때 기회를 보고 살모사처럼 끼어든 것이 동욱이었다.

"형, 내가 할게. 나한테 줘."

동욱이 녀석은 지체 없이 불이 붙은 폭음탄을 그녀의 체육복 뒷주머니에 넣었고 그것이 터지면서 조그만 구멍이 드러나 보였다. 그녀는 말도 못 하고 괴로워했다. 난 내가 선택한 일에 조금도 후회를 하지 않았고 속으로는 잘했다고 했지만 한순간의 선택으로 역적이 되었고 동욱이는 충신이 되었다.

그날 이후 의도적으로 유석이 형은 동욱이를 중용했고 철저하게 난 버림을 받았다. 솔직히 '그때 하고 말걸'이라고 후회를 해 보아도 이미 시간은 여러 번 서럽게 흘러간 때였다. 유석이 형이 내게 그렇게 해 버리니 다른 녀석들도 나를 멀리하기 시작했다. 유석이 형은 놀이 같은 데 나를 끼워 주긴 했으나 절대로 나를 자신의 편으로 넣지 않았으며 내게 직접적으로 그날 이후 말을 하지 않기 때문에 말이 돌고 돌아 내게로 왔다.

하루하루가 권력에서 밀려난 사람 꼴은 외로움에 몸부림치는 그런 것이었나. 난 어린 시설에 설대석으로 성숙하리만큼 다른 사람의 심리를 파악할 수 있었다. 하도 눈치를 보는 삶을 살아서인지 몇 번만 상대를 하여도 그 사람의 성격과 습성을 맞출 수 있을 만큼 내 나이를 뛰어넘는 사람이 되어 가고 있었던 것이다.

여름방학을 맞이하여 우리는 산내 냇가로 물놀이를 갔지만 내가 오든지 말든지 신경을 쓰지 않고 유석이 형이 선택한 사람들만 자전거 2대에 나뉘어 출발했고 나랑 비슷한 처지에 있는 몇몇 녀석은 버스를 타고 그곳으로 갔다. 산내에 도착해서 수영을 했는데 아무도 내게 관심을 주지 않았다.

그런데 그곳은 공교롭게도 어머니가 일하는 식당 옆에 있는 물가였다.

물레방아 순두부집이라는 가든식 식당이었는데 어머니는 9살 때 아버지와 어머니를 모두 병으로 잃으시고 친척 집에서 더부살이로 살았는데 우리 어머니를 돌봐 주셨던 분이 어머니의 작은아버지였다. 말이 좋아 보호해 준 것이지 어머니도 어린 시절 많은 눈물과 한으로 사셨음을 짐작할 수 있었다. 난 그날 눈치 보는 곳도 서럽고 자신감도 결여되어서 일찍 옷으로 갈아입고 어머니가 일하시던 식당으로 갔다. 그런데 어머니는 몇 달간 내가 왜 그렇게 의기소침했는지를 정확히 알고 계셨다. 어머닌 유석이 형을 포함 모든 신안동 친구들을 그곳으로 오라고 했고 차갑고 시원한 물이 흐르는 들마루에 우리를 모두 앉게 한 후 닭백숙과 음료수를 모두 먹을 수 있도록 베푸셨다. 아들을 위한 일종의 투자였던 것이다. 어머니는 맛있는 음식을 유석이 형 앞에 놓아주었다.

"유석아, 많이 먹어라. 그리고 우리 성진이랑 사이좋게 놀고, 응?"

"감사합니다. 아주머니, 너무 걱정하지 마세요. 성진이는 제 친동생 같은걸요."

"그렇게 생각해 주니 너무 고맙다. 먹다가 부족하면 더 달라고 하고."

역시 유석이 형은 변신의 귀재였다. 나는 몇 분 전까지도 최악의 밑바닥에 있다가 귀족으로 신분 상승하는 중이었다.

"성진아, 내 앞으로 와서 같이 먹자."

불과 몇 초 전까지도 역적이었는데 동욱이는 저 멀리 내쳐졌고 내가 다시 주인공으로 기회를 잡는 순간이었다.

"성진아, 내가 조금 서운했지. 이젠 친형제처럼 잘 지내 보자."

"고마워, 형."

집에 오면서 난 개선장군으로 변신해 있었다. 나는 자전거를 타고 그것도 로얄석인 뒷자리에서 편하게 동네로 왔고 동욱이가 만원버스를 타는 신세로 전락하여 나와 위치가 유석이 형의 마음에 따라 바뀌었던 것이다. 그땐 유석이 형의 왕국이었으니 그의 경영 철학에 따라 우리는 매일매일 신분이 변천하며 갈피를 잡지 못했다. 어느 시대에선 뇌물은 위기에서 기회를 줄 수가 있다. 그걸 먹는 사람이 실권을 잡은 사람이라면 더더욱 그 뇌물이 오랜 시간 정답으로 자리를 잡을 수 있는 것이다. 때도 벗지 못한 어린 시절, 난 인격이 형성되기도 전에 어른처럼 그런 편법을 너무 일찍 알아 버렸다.

44

유석이 형은 한번 궤변을 늘어놓으면 무조건 자신의 말이 맞아야 했고, 어떻게 해서든 억지를 썼고 그렇게 만들었다. 그게 바로 유석이 형이었다. 그것에 대한 싫증이 서서히 조그만 틈으로 조금씩 벌어지고 있었다.

은성이 형이 그를 막아 줄 능력은 없었지만 유석이 형의 행동에 지쳐서 그냥 그가 은근히 이기기를 바라는 마음이 우리 멤버들의 마음속에서 조금씩 자라나고 있었다. 그럴 쯤 동네에 누군가의 의해 버려진 주인 없는 손수레가 있었다. 자전거에 묶고 사람들을 태우면서 돌아다니곤 했는데 어느 날 대기라는 아이가 와서 자신이 손수레를 끌어 준다고 했다. 그래서 우리는 뒷좌석에 탔고 무거움을 이겨 가며 대기가 어렵게 끌었는데 문제는 손수레가 개울 쪽으로 조금씩 다가갔다. 그러다가 한쪽 바퀴가 그쪽으로 이탈했고 탑승한 아이들이 벗어나려고 했지만 아무도 탈출하지 못하고 손수레가 뒤집어지면서 모두 한겨울에 똥물에 빠져야 했다. 그리고 대기는 심하게 턱이 다치면서 병원에서 12바늘을 꿰매야 했다. 그런데 사고 경위를 파악하다 보니까 급격하게 기울어진 것과 그렇게 빨리 뒤집힌 손수레는 분명히 인과 관계가 있었다. 처음에는 붙들고 잡으려고 했지만 힘이 부치자 일부러 유석이 형이 개울가에 손수레를 빠뜨렸다고 진술자들이 속속 나타났다. 심증은 갔지만 물증은 없었던 탓에 참고 있었지만 그의 행실로 보아선 그렇게 하고도 남는다고 했다. 그렇게 밑의 아이들에게는 그에 대한 불신임이 뿌리 깊게 자리를 잡아 가고 있었다. 그래서 혁명이 일어났으면 했다. 유석이 형에게 누군가 대항을 한다면 무조건 따르겠다는 동조가 일었다. 그렇게 치고 나올 사람은 은성이 형밖엔 없었지만 그는 너무 앞뒤를 따졌다. 그러다가 그의 왕국을 부수고 다

시 일으킬 수 있는 유일한 사람이 나타났다. 그게 바로 훈이 형이
었다.

45

처음은 종필이 형의 먼 친척으로 우리 앞에 훈이 형이 나타났
다. 종필이 형네 집으로 놀러 왔다가 그와의 친분으로 자연스럽게
우리와 함께 어울렸으며 집도 신안동 옆 대동에 살았기에 그날 이
후 항상 우리 동네로 계속 놀러 왔다. 그리고 우리와 같이 운동을
하면서 더욱 친분이 두터워졌다. 학년도 유석이 형과 같은 학년으
로 친구로까지 발전했다. 그런데 기가 막힌 점은 이제까지 내가
본 가장 훌륭한 운동 천재가 바로 훈이 형이라는 것이다. 맨 처음
은 은성이 형과 유석이 형이 같은 편을 먹고 훈이 형이 다른 편이
되었다. 그렇게 4대 4 주먹야구를 했는데 무조건 500원을 걸고 내
기를 시작했다. 그런데 훈이 형은 매너가 너무 좋았다. 지면 무조
건 그 자리에서 현금으로 계산을 했다. 아버지는 선생님이었고 어
머니는 중앙시장에서 한복집을 해서 그런지 자본이 넉넉했다. 그
런 훈이 형 돈을 따먹을 생각으로 유석이 형은 자신보다 실력이
좋은 은성이 형과 같은 편을 먹으며 게임을 이기기 위해서 잔머리
를 쓴 거였다. 그러나 게임의 결과에 따라서 바로 현금이 오가니
유석이 형도 게임에서 지면 바로 현금으로 지불할 수밖에 없었다.
그리고 종필이 형 친척이니 강제로 하거나 위협을 주지도 못했다.

훈이 형은 게임에 질 때면 자신의 돈으로 지불을 했고 이기면 그 자리에서 깨끗하게 선수들 몫을 떼어 주었다. 그러니 우리는 그에게 열광했다. 훈이 형은 나랑 몇몇을 계속 기용했다. 그리고 승률이 어느덧 8할이 넘었다. 10번 게임을 하면 8번은 이겼다. 훈이 형의 장점은 수비 범위가 상상을 초월했다. 빠지는가 싶으면 어느새 나타나서 아웃을 시켰고 신장을 넘어가는 타구도 강력한 점프로 뛰어넘어 잡았다. 1인 3역 이상을 소화할 수 있는 사람이었다. 그렇게 한 달 동안 피가 튀는 경기를 했는데 처음에는 꼭 복수를 할 수 있을 거라는 믿음에서 유석이 형이 계속 도전을 했지만 어느 순간 자신들의 한계를 다해도 뛰어넘을 수 없다는 것을 인정한 후 그 무모한 도전은 멈췄다.

그리고 성질을 주체하지 못하던 유석이 형은 훈이 형과 같이 팀을 먹고 뛰는 나를 불러내 위협이라도 할 텐데 종필이 형 먼 친척이므로 그러지도 못했다. 우린 자연스럽게 훈이 형에게 많은 위안을 받았고 어려운 일이 있으면 그에게 상의했으며 그도 적극적으로, 진심으로 우리를 도왔다. 정말로 새로운 영웅이 탄생하는 순간이었다.

46

심각한 표정으로 유석이 형과 은성이 형이 내부분열로 그날도 주먹다짐 바로 전까지 갔다.

"야, 내가 더 많이 내고 했으면 월급 받은 돈 몇 푼이라도 퉁 쳐야 되는 거 아냐? 너 셈 한번 이상하게 한다. 그리고 분명히 월급 받으면 갚는다고 했잖아."

유석이 형이 손가락까지 써 가며 그를 몰아세웠다.

"무슨 소리. 끝날 때 그것으로 끝난 거지. 무슨 돈을 달라고 해. 그리고 내가 언제 돈 갚는다고 했어? 나는 그런 기억 절대로 없거든."

"야, 성진이도 들었어. 네가 말해 봐. 그때 나한테 은성이가 갚는다고 했니, 안 했니?"

갑자기 화살이 나에게 다가왔다. 뭐라고 해야 하나 머릿속에서 빙빙 여러 대답이 계속해서 오갔다. 하지만 거짓말을 할 수는 없었다.

"솔직히 난 못 들었는데. 그리고 그땐 나는 훈이 형 편이었잖아. 그냥 형님들 대화로 잘 푸는 게 좋겠어…."

난 말끝을 흐렸다. 그렇게 해서 빨리 이 위기를 넘기려고 했다.

"성진이 이 자식 그동안 많이 변했네. 바로 나를 배신하고. 넌 그때 분명히 옆에 있었잖아. 너 자꾸 이렇게 나올래?"

유석이 형 수법이 그랬다. 억지를 써서라도 자신의 유리한 쪽으로 이끌려고 했다. 난 어쩌지 못하고 안절부절했다. 그때 구세주 훈이 형이 나타났다.

"그만해라, 친구끼리. 그리고 나한테 술 논 나머지 안 갚아도 되니까 싸우지 말고. 돈 몇 푼에 소인배처럼 놀래? 어린 자식들. 후배들 앞에서 계속 창피하게 그럴 거야?"

훈이 형의 강력한 한 방에 유석이 형은 더 이상 대꾸를 하지 못했다. 그동안 유석이 형을 보았지만 처음으로 그의 입을 막은 사건이었다. 유석이 형은 자신을 막은 가장 강력한 후보가 나온 것에 기분이 몹시 상했을 것이지만 우리도 이제는 유석이 형의 독재에 벗어나고 싶어 했다.

47

그날 이후 유석이 형은 훈이 형과 대적하지 않았다. 그리고 방법을 바꾸었다. 훈이 형과 공조를 했고 은성이 형을 적으로 삼았다. 훈이 형이 보이지 않는 날은 유석이 형과 시장이나 어디를 갔다 온 날이었다. 그렇게 두 사람이 어울리고 놀다가 잠깐씩 동중학교에 오면 우리는 그곳에서 운동하고 있었다. 그리고 그 후로 절대 유석이 형은 경기를 하지 않았다. 은성이 형 반대편을 무조건 자신의 편처럼 응원했다. 그날은 내가 은성이 형 편에서 축구를 하고 있었고 반대편은 유석이 형보다 1살 어린 영근이 형이 주장을 맡고 있었다. 4대 4 축구를 했는데 무조건 500원 내기가 무슨 법칙처럼 되어서 지면 무조건 지불해야 했다. 땅거미가 지고 어두워졌지만 점수가 3대 3으로 결판이 나질 않았다. 그래서 한 골을 먼저 넣은 팀이 이기기로 했다. 유석이 형은 노골적으로 영근이 형 팀을 응원했다. 그러다가 내가 한 사람 제치고 슛한 볼이 골대 구석으로 그대로 흘러가 골인이 되었다. 어두워서 잘 보이지는 않았지만 분명한 골로 우리는 얼싸안고 기뻐했다. 그런데 갑자기 유석이 형이 훈수를 두기 시작했다.

"야, 무슨 골이야. 노골, 노골."

"에이, 무슨 소리야. 분명히 골인데. 형, 장난하지 말고."

나는 틀림없었기에 자신 있게 말했다.

"야, 어두워서 그렇지 네가 잘못 본 거야. 분명히 노골이야."

"영근이 형, 형이 말해 봐. 옆에 있었으니 분명히 봤잖아. 골이지? 골이잖아."

영근이 형은 아무 말도 하지 않고 입을 닫았다.

"훈이야, 네가 말해 봐. 골이냐 노골이냐?"

"난 잘 못 봤는데 옆에서 본 유석이 말이 맞겠지."

훈이 형도 유석이 형에게 힘을 실어 주자 분위기는 노골로 기울었다. 너무 억울했지만 더 이상 지체할 수 없어 경기가 속개되었고 우리 팀이 골을 먹어서 이긴 경기가 지게 되었다. 너무 억울해서 눈물까지 나오려고 했다. 동네에 와서도 분을 이기지 못해 다른 팀 멤버에게 물어보고 확인하려 했지만 그들도 양심에 찔리는지 나와 은성이 형을 피하기 바빴다. 정말로 너무나 억울하고 분노가 차올라 잠을 잘 수가 없었다.

48

어린 나이에 모든 인생의 쓴맛을 보았다. 풍지풍파, 음모, 배신, 권모술수 그리고 공작까지. 은성이 형과 동현이 형 그리고 나는 언제

깨질지 모르는 동반자적 협력을 시작했다. 그냥 그때의 위기를 조금이라도 벗어나기 위한 임시방편이었다. 그때 당시 은성이 형네 집은 연탄 가게를 했다. 그 시대 모든 사람은 연탄으로 겨울을 이겨 냈고 살면서 연탄가스 먹은 기억이 누구든지 있었다. 아침이면 연탄가스 중독으로 목숨을 잃은 사람을 꼭 뉴스나 신문에서 심심치 않게 보게 되었다. 은성이 형도 나와 동현이 형을 이용하기 시작했다. 연탄 배달을 하면 꼭 우리 두 사람이 은성이 형을 도왔다. 유석이 형의 음모와 지시로 그 당시 우리 3명은 누구와도 어울리지 못했다. 그러나 은성이 형은 그것을 이겨 낼 연륜이 있는 사람이었다.

그리고 그 상황이 계속되기를 원했는지 모르겠다. 은성이 형은 항상 우리가 협력해야 한다고 강조했으며 그렇게 할 때마다 무조건적인 노동을 강요했다. 세상에서 가족만 믿어야 한다고 생각했던 시기였다. 내 마음을 터놓고 얘기할 수 있는 사람은 어디에도 없는 것만 같았다. 그때가 나에게는 암흑의 시기이며 시련의 시대였다.

49

그렇게 초등학교 4학년이 되었다. 지금도 잊을 수 없는 사람, 김영옥 선생님.

그녀는 냉철하고 학생들을 꼼짝할 수 없을 정도로 무서운 선생님이셨다.

학년 초기 교실 당번이 된 적이 있었는데 그때 공부하겠다고 스스로 남은 인원과 당번을 포함하여 8명이 교실에 있었다. 김영옥 선생님은 조용히 자습하고 있으라고 하며 볼일을 보러 잠시 자리를 비웠는데 우리가 많이 떠들었던 것으로 기억된다. 옆방 남자 선생님이 시끄럽다고 하며 우리를 혼냈고 그 사실을 담임 선생님에게 주의 좀 주라며 통보했었다. 그녀는 세상이 떠나갈 듯이 인상을 쓰며 교실에 들어와서 다짜고짜 우리 모두를 불러 세웠다. 그리고 누가 제일 많이 떠들었느냐고 물으셨고 모두들 나를 지목했다. 난 그때가 가장 나 스스로 억울하고 치욕스러운 하루로 기억된다. 아무런 이유도 듣지 않고 나를 엎드리라고 한 후 내 머리를 잡아당겼다. 물론 다른 아이들은 조금도 혼내지 않았다.

"내가 너 때문에 어떻게 고개를 들고 다녀. 이 망할 놈."

한 시간 이상을 그렇게 혼나고 집에 왔지만 아무 말도 할 수가 없었다. 어머니와 아버지는 하루 벌어 하루 먹는 사람들로, 가정 교육은 큰누나가 맡고 있어서 어떠한 도움도 난 청하지 못했다.

그리고 그다음 날도 난 쉽게 말해 선생님에게 제대로 찍혔다. 그리고 이상한 반이었다. 일주일에 한 번씩 학급회의를 했는데 가장 나쁜 아이를 선정해서 자아비판을 하도록 했다. 그렇게 나쁜 아이로 몇 번 선정되고 나니 나는 진짜로 나쁜 놈이 된 것이다. 그리고 남자 중 제일 닭싸움 잘하는 사람과 여자 중에서 가장 닭싸움 잘하는 학생을 뽑아서 싸우게 했나. 그중 가상 충격석인 사선은 내 짝과 떠들었다는 이유 하나만으로 두 사람을 어깨동무를 시키고 한 시간 이상 벌을 주었다. 그걸 아이들이 즐겁게 보면서 나와 내 짝을 그날 이후 동물원의 원숭이처럼 바라보았다. 잠을 자도 가위에 눌려 잘 수가 없었고 난 그렇게 학교를 가지 않았다. 하루를 피하기 위해 학교에 가지 않았다. 그러니 다음 날은 더 이상 갈 수가 없었다. 그렇게 3일째가 되자 같은 반이던 동욱이가 우리 집에 찾아와서 부모님께 고하였고 난 몇 시간 동안 부모님과 누나들에게 혼나야 했다. 물론 다음 날은 틀림없이 학교에 간다는 약속을 하고 매질에서 벗어날 수 있었다.

하지만 그다음 날도 학교를 가지 않았다. 그리고 동욱이에게 다시 우리 집에 찾아오면 널 죽인다고 했다. 아버진 학교에 잘 간 것을 확인할 수 없으니 공책을 검사했다. 배운 흔적이 있어야 의심을 풀 수 있었다. 그래서 선택한 방법은 공책에 책 내용을 아무거나 적기 시작한 것이다.

50

그날도 학교 뒷산에서 책 내용을 아무거나 적고 있었다. 한참을 적고 있는데 경찰관이 나를 보고 의아해했지만 열심히 공부하라며 지나갔다. 그리고 몇 시간이 흘러서 그곳을 다시 되돌아오다가 경찰관 아저씨는 나를 보더니 다 안다는 듯이 나를 잡았다.

"너 여기에서 뭐 하고 있어. 집이 어디니? 학교 안 가고 뭐 하고 있어."

"아니에요. 학교 끝나고 공부하고 있어요. 이젠 집에 갈게요. 그냥 보내 주세요."

난 겁에 질려 현장을 벗어나고 싶었지만 경찰관 아저씨는 내가 거짓말하고 있다는 것을 다 알고 있었다.

"아가, 이 아저씨가 다 해결해 줄 테니 솔직하게 말해 봐. 아무 걱정 하지 말고."

난 한동안 울기만 한 채 말을 하지 않았다. 그 경찰관 아저씨는 여유를 가지고 내게서 자연스럽게 문제점을 말할 수 있도록 기다렸다. 그리고 난 밑져야 본전이라는 심정을 가지고 내가 지금 처해 있는 어려움과 왜 학교를 가지 않았는지 하나도 빠짐없이 속 시원하게 얘기를 했다. 그러니 서러움도 조금은 사라지는 것 같았다.

51

6교시 마지막 시간. 난 경찰관 아저씨 입회하에 교실의 문을 열었다. 그 당시 그 짧은 시간 느꼈던 긴장감은 이제껏 다시 경험한 적이 없다. 짧은 시간에 오만 가지 생각이 내 머리에 스쳐 지나갔다. 60여 명 친구들의 눈길이 나에게 일제히 쏠렸다. 그리고 나보다 선생님이 더 놀라는 눈치였다. 그리고 선생님에게는 자신이 나의 삼촌이라고 소개했다. 나는 자리에 앉지도 못하고 교실 뒤편에 서 있었고 경찰관 아저씨와 선생님의 말이 한참을 이어졌다. 어느 순간 두 분이 수줍게 악수를 하고 경찰관 아저씨는 내게로 와서 열심히 공부하고 꼭 훌륭한 사람이 되라고 격려까지 해 주고 교실을 빠져나갔다. 그리고 진짜 이제 죽었다고 생각했다.

이제까지 선생님의 모습으로 보아서 그냥 넘어갈 사람이 아니셨다. 하지만 나를 자리에 앉게 하고 일상적인 수업이 계속되었다. 6교시가 끝나고 다른 아이들을 다 돌려보낸 후 선생님은 나를 남게 했다. 선생님 책상 맞은편에 내가 앉아서 그녀의 처분을 기다렸다. 그런데 그녀는 우유를 꺼내 내게 한 잔을 따라 주는 것이 아닌가.

"나 때문에 많이 힘들었구나. 내가 그걸 몰랐네. 우리 성진이에게 어떻게 잘못을 용서받을까."

난 아무 말도 할 수가 없었고 그냥 빨리 이 시간만 지나갔으면 했다. 그녀는 내게 편지를 써서 부모님에게 꼭 갖다주라고 했다. 그 내용은 그동안 자신이 지도하는 과정에서 약간의 오해가 있는 것 같은데 다시는 이런 일이 없도록 할 것이며 앞으로는 사랑으로 잘 가르치겠다는 내용이었다. 지금 생각해도 내 일생의 은인은 그 경찰관 아저씨라고 생각한다. 그다음부터는 어떠한 경우에도 공부는 하지 못해도 무단결석은 절대 하지 않았다. 그 경찰관님을 그 후로는 한 번도 보질 못했다. 지금 그분을 뵐 수 있다면 진심으로 감사했다고 전하고 싶다. 내 꽉 막혔던, 더 이상 빠져나올 수 없었던 터널에서 나를 광명의 길로 인도해 준 고마운 사람이었다.

52

초등학교 4학년은 시련의 연속이었다. 아버지와 어머니의 대립이 극에 달했고 아버지가 술을 잡수시는 날이 잦았다. 도시락도 못 싸고 아침도 먹지 못한 채 누나와 나는 등교를 했던 날로 기억된다. 전날 6시 이후에 아무것도 먹지 않았으니 무척 배가 고프고 힘들었지만 어찌어찌 넘어갔다. 3교시 쉬는 시간에 어떻게 운동장으로 나갔고 소문으로 알고 있었는데 6학년 누나들이 오래달리기 학교 대표를 뽑는 달리기 시합을 하고 있었다. 그런데 작은누나인 문숙이 누나가 자신의 반 대표로 시작 지점에서 출발 신호를 기다리고 있었다. 4바퀴를 돌아야 하는 시합이었다. 출발 신호가 울리고 우리 누나는 열심히 달렸다. 누나와 나는 외모가 비슷한 관계로 친구들도 우리 누나라는 것을 알고 있었다.

2바퀴는 선두로 달리고 있었는데 3바퀴 때부터는 점점 떨어지기 시작하더니 마지막을 꼴찌에서 2번째로 통과를 했다. 누나의 표정에서 아침도 먹지 못하고 너무 힘겨워하는 것을 나는 당연히 알 수 있었다. 작은누나가 너무 불쌍해서 수돗가에서 얼굴을 묻고 울었다. 왜 힘들면 힘들다고 하고 경주에서 빠지지 않았는지 누나가 너무 처량하고 사무치도록 불쌍했다. 내가 그날 누나를 보았다는 말은 절대 하지 않았다. 아니, 절대로 내색도 하지 않았다. 그리고 친구들에게는 이런 얘기 어디에서도 말하지 말라고 신신당부를 했다. 집에 와서 보니 그래도 작은누나의 표정이 괜찮아서 안도를 했다. 그리고 조금 모아 놨던 돈을 털어 초코우유와 빵을 샀다. 그리고 누나에게 먹으라며 살며시 내려놨다. 누나는 절대로 일어날 수 없는 일이라며 몇 번을 먹어도 되냐고 물었다. 그때 난 알았다. 지금껏 태어나서 한 번도 누나에게 선물을 준 적이 없다는 것을. 누나가 맛있게 빵을 먹었지만 나는 계속해서 눈물이 나왔고 그 눈물을 보이지 않기 위해 다시 수돗물에 머리를 묻었다.

53

유석이 형의 큰형이 그 당시에 한국일보 지국을 개업했다. 한국일보는 새벽 신문이었는데 처음 지국을 개업해서 그런지 많은 일손이 필요했다. 새벽에 신문을 돌릴 수 있는 인력이 필요했다. 물론 같은 값이면 부지런하고, 센스 있고, 빠른 사람을 필요로 했다. 그때는 유석이 형에게서 나는 한참 멀어져 야인으로 생활하고 있었다.

학교를 마치면 곧장 집으로 와서 밖으로 나다니질 않았다. 물론 나도 그의 뜻에 반기를 들었으니 나를 보면 위협을 하고 배신자 취급을 했기 때문에 그냥 나 스스로 밀려났는지 모르겠다. 그런데 권력의 자리에서 내려오니 편하고 왜 그런 스트레스를 받고 살았는지 지금이 너무 행복했다. 그리고 그 시간을 공부에 투자하니 성적도 많이 향상되고 있었다. 많은 소문이 들려왔다. 유석이 형 신문사에서 근무를 하면 자전거를 준다느니 매일 빵과 우유를 준다느니 한 달에 한 번 이상은 짜장면을 먹으면서 회식을 한다느니 수많은 사탕발림의 소문이 무성하게 돌아다녔지만 난 결코 동조하지 않고 내 길을 갔다. 태수라는 친구가 있었는데 원래 겁이 많아서 혼자는 신문을 돌리지 못하고 영근이 형하고 신문을 같이 돌렸는데 감기몸살로 영근이 형이 신문을 돌리지 못하자 태수는 너무 무서워서 신문 100부를 다리 밑에 전부 버리고 집으로 왔다는 거였다. 신문을 받지 못한 구독자들의 항의가 이어졌다고 했다. 그래서 신문사에서 일일이 사죄를 하고 다시 다른 사람이 처음부터 신문을 돌리는 바람에 손해가 막심했다는 이야기를 들었다. 그리고 그날 이후 유석이 형은 태수를 잡으러 다닌다고 했고 녀석은 돈도 싫고 무조건 신문 돌리는 것을 그만두었다는 소문을 들었다. 그날도 학교를 마치고 집으로 오는데 고려극장 다리 위에서 유석이 형이 나를 기다리고 있었다. 오래간만에 웃으면서 나를 맞이하고 있는 게 아닌가. 하지만 난 최대한 표정을 감추고 내색하지 않으려 했다.

"성진아, 요즘 어떻게 지내냐. 얼굴은 옛날보다 많이 좋아 보이네."

"그냥 잘 지내고 있어."

"너 떡볶이 먹을래?"

그가 나를 극장 옆에 있는 분식집으로 이끌었다. 시킨 음식이 나왔으나 난 먼저 손을 대지 않고 분위기를 살폈다.

"어여 먹어. 식기 전에."

"소화가 잘 안 돼서. 먹으면 설사가 나서 안 먹을래."

내가 음식을 거부한다는 것에 조금은 놀라는 것 같았다.

"아직도 내가 원망스럽냐?"

나는 내 본심을 아는 것 같아 삼시 넘칫했나.

"야, 너한테 어떠한 것도 바라지 않으니 그냥 맛있게 먹어. 난 다시 너랑 진심으로 친하고 싶어서 온 거니까 날 밀어내지 않았으면 한다."

더 이상 거부하면 분명히 기분 나빠 할 것을 알았으므로 먹는 시늉만 조금씩 하고 있었다. 유석이 형은 진짜로 고단수였다. 내가 음식을 다 먹을 때까지 어떠한 내색도 하질 않았다. 음식을 다 먹고 물을 먹고 있는데 이 세상 가장 인자한 모습으로 나를 바라보았다.

"옛날은 다 잊고 성진아, 우리 다시 시작하자. 솔직하게 말할게. 너 나 좀 도와주라."

내 예상이 그대로 적중했다. 하지만 나는 더 이상 말려들고 싶지 않았다.

"네가 날 도와주면 특별히 너한테만 만 원씩 더 쳐 줄 테니까 나랑 같이 환상의 복식조 한번 해 보도록 하자."

옛날의 내가 아니었다. 그동안 수많은 사건으로 난 단단해지고 많은 경우의 수를 생각하였고 좀 많이 성숙해져 있었다.

"형, 미안해. 집에서도 싫어하고 그냥 열심히 공부하고 싶어."

"야, 너한테 특별히 줄려고 자전거도 가지고 왔다."

분식집 앞문에 번쩍번쩍 빛나는 자전거가 보였다. 그러니 마음이 조금씩 동화되고 있었다.

"그래도 형, 정말로 내가 힘들어서 싫어. 미안해."

난 아쉬워했지만 진짜로 어렵게 내 의견을 분명히 했다.

"싫다면 할 수 없지. 하지만 너 정말로 후회하고 잘못 생각했다고 할 때가 올 거다. 그땐 나도 더 이상 기다려 주지 않을 거고. 성진이 많이 컸네."

유년기를 거치면서 가장 내 의견을 당당하게 밝힌 아름다운 하루었다. 내가 내 주장을 내 생각으로 말했다는 것만으로도 내가 스스로 대단하게 느껴졌다. 그다음부터는 시키면 하는 어린 나로 보지 않았고 나도 당당한 인격체로 변하고 있었다. 그 점이 나를 기쁘게 했다.

54

유석이 형이 변하기 시작했다. 그다음 날부터 돌리고 남은 신문을 우리 집에 무료로 배달해 주기 시작했다. 어떤 때는 우유까지 넣어 주기도 했다. 그만큼 변신의 귀재인 유석이 형이었다. 악질에서 천사표로 변신하는 남의 심리를 아주 정확하게 파악하는 기질이 있었다. 난 솔직히 그렇게 매정하지 못한 편이라 어느덧 미워했던 마음을 거두고 미안한 생각이 들었다. 그리고 어느새 나는 유석이 형의 일을 도와주고 싶다는 생각을 하고 있었다. 하지만 벌써 마음이 풀어진 걸 보여 준다는 것이 내 다짐에 대한 위배기 때문에 조금만 더 지켜보기로 했다. 그리고 유석이 형은 은성이 형과도 나쁜 감정을 풀고 화해를 했고 좋은 조건으로 자신의 형 신문사에서 같이 신문을 돌리고 있었다. 유석이 형과 은성이 형은 정말로 친형제처럼 서로를 의시하고 있는 것 같았다. 하지만 언제나 틑이 안 좋은 사이였기에 이번에는 오래갔으면 하고 개인적으로 생각했다. 우리 둘째 누나는 메이커를 너무 좋아했다. 솔직히 말하면 남에게 보여 주는 자신의 모습이 부러움의 대상이고 싶어 했다.

그래서 돈을 모으면 메이커 양말과 옷을 샀다. 그 당시는 나이키, 아식스, 르까프 등 수많은 상표가 학생을 평가하는 지표가 되는 세상이 되어 갔다. 친구들끼리 만나면 누가 무슨 옷을 입어다더라, 무슨 신발을 신었다더라, 무슨 양말을 신었다더라 하면서 자신들끼리 평가를 내리는 것이 당연시되었다. 둘째 누나는 학교를 마치고 오면 내일 신고 갈 양말과 옷을 정리하는, 집은 못살고 힘들어도 솔직히 남에게 꿀리지 않기 위해 사는 여자였다. 그리고 어느 날 큰 삼촌이 집에 오셔서 나에게 양말을 하나 주셨는데 그게 바로 푸른 색깔의 프로스펙스 양말이었다.

내가 세상에 태어나서 처음으로 가져 본 가장 비싼 양말이었다. 둘째 누나는 내게서 그것을 빼앗으려 했지만 나도 귀한 양말을 얻은 만큼 절대로 주지 않았다.

그런데 못사는 동네일수록 좀도둑이 넘쳐흘렀다. 못사는 동네라 빨래 말리는 것도 그냥 전선으로 빨랫줄을 만들고 대충 말리고 살았다. 그런데 어느 날 밤 아끼던 양말이 전부 없어졌다. 물론 한 번 신고 고이 빨았던 내 양말도 같이 사라졌다.

며칠간 너무 아까워서 미칠 지경이었다. 하지만 어디에도 없는 물건을 찾을 수는 없었다. 내가 물건 주인이 아니었다고 스스로 위로하면서 어렵게 아쉬움을 이겨 낼 수밖에 없었다.

그 당시 생활보호대상자, 즉 영세민은 중학교 학비를 보조받고 싶으면 통장 승인하에 추천서를 학교에 갖다 내야만 했다. 우리 집은 학생이 4명인 관계로 필히 통장의 승인서를 받아야 했지만 그것도 잘 아는 사람만, 아니 조금이라도 뭔가를 통장에게 상납

해야만 승인서를 떼어졌다. 처음에는 우리 집은 탈락했는데 어머니가 술 먹고 은성이 형 집을 쫓아가서 한바탕 뒤집어 놓은 후에 어렵게 받을 수 있었다. 처음에는 다른 사람에게 학비 보조가 넘어갔다고 했지만 우리 어머니는 지속적으로 공정성에 이의를 제기하고 신안동 동장님을 찾아간다고 엄포를 놓고 싸운 후에 쟁취할 수 있었다. 그날도 승인서를 가지러 오라는 소식을 듣고 둘째 누나가 은성이 형네 집에 가서 많이 보던 양말이 있어서 자세히 보니 우리 집 양말이었다.

그렇게 믿었던 은성이 형이 우리 집 빨랫줄에서 자신의 이익을 위하여 다 훔쳐 갔던 거였다. 자신의 이익을 위해서 자신을 믿고 따르던 후배 집을 털었다는 것이 화가 나기보다는 허탈하고 기가 찰 뿐이었다. 물론 우리 어머니 성격을 알기 때문에 은성이 형도 바짝 긴장하고 겁이 났을 것이다. 하지만 생활보호대상자를 만들어 준 통장과 싸우기 싫어했다. 아니, 그냥 넘어가기로 한 것 같았다. 나도 분하고 억울했지만 평상시와 똑같이 대했다. 그러던 어느 날 가겟방 앞 들마루에서 놀다가 은성이 형이 자신의 흘러내린 양말을 올리다가 나와 눈이 마주치자 흠칫 놀랐다.

분명히 삼촌이 주신 내 양말이었다. 자신도 내 양말인 것을 나에게 들킨 것에 대한 위기로 인하여 한동안 움직이질 못했다. 그건 어려울 때 같이 의시하며 형제처럼 보낸 시간의 지옥스러운 선물로 배신을 나에게 주었던 것이다. 그때 난 그의 눈에서 나를 두려워하고 있음을 느꼈다. 난 그를 보고 씩 웃었다. 양말 잘 신고 잘 먹고 잘 살라는 나의 신호였다. 지금 생각해도 아주 착한 인상과 부드러운 말투에 뒤로는 온갖 나쁜 일을 꾸미고 이간질시키는 사람이 바로 은성이 형이었다. 유석이 형은 아무리 폭력적이고 고집이 세도 그런 뒤통수는 치질 않았다. 그때부터 의식적으로 은성이 형이 나를 조금씩 피했던 것 같다. 아무튼 이제까지 살면서 가장 크게 분노하고 나의 믿음에 대한 배신을 당한 게 바로 그 일이었다. 아직도 그날을 생각하면 분노감을 떨쳐 낼 수가 없다.

55

"성진아, 너무 억울해하지 마라. 나도 그랬으니."

어디다 하소연하고 싶은 때가 있다. 유석이 형에게 나의 억울함과 배신감을 말하고 어떻게 해야 하나 상담을 받고 싶었다. 그러나 난 내 귀를 의심했다.

"설마 혹시 형도."

"너도 알지. 내가 우표 수집하는 데 내 용돈을 전부 쏟아부은걸."

그랬다. 유석이 형은 그 당시 기념 우표가 발생된다고 하면 밤을 새서라도 줄을 서서 샀다. 유석이 형 우표집에는 희귀하고 남들이 부러워할 만한 좋은 우표가 많았다. 그걸 제일 자랑으로 삼았다. 그게 어느 날 몽땅 사라졌다고 했다. 처음에는 후배들을 의심했다고 했다. 하지만 자신의 집을 마음대로 들어올 수 있는 사람을 선별했고 의심은 확신으로 변했다고 했다. 자신도 똑같이 은성이 형 집에 몰래 들어가서 열쇠로 굳게 잠겨 있는 그의 책상을 장도리로 뜯어내고 살펴보았다고 했다. 자신이 가장 애지중지하던 우표가 전부 있었다고 했다.

좋게 끝나기 위해 유석이 형은 자신에게 잘못한 일을 자진 납세 하라며 은성이 형에게 기회를 주었지만 그는 끝까지 억울하다며 자신의 잘못을 인정하기를 거부했다. 더 이상 참을 수 없던 유석 이 형이 은성이 형의 책상 속에 있는 우표집을 꺼내는 순간, 사택 파악이 빠른 그가 무릎을 꿇고 용서를 구했다고 했다. 하지만 그 것이 진심인지 난 믿을 수 없었다.

56

권력처럼 마약같이 달콤한 것은 없다. 하지만 그런 세계는 나에 게는 맞지 않음을 알았다. 한때 그 권력에 거들먹거리고 어깨에 힘 을 주고 나보다 연약한 영혼들을 유석이 형의 빽으로 눌렀던 내가 한심하다는 생각을 했다. 지금부터는 권력에서 스스로 물러나 주 변에서 살고자 했다. 유석이 형이 말한 은성이 형에 대한 일이 거 짓말인지는 끝내 확인할 수는 없었지만 나는 형들의 행태에 환멸 을 느끼고 있었다. 이익을 위해서는 친구와 후배들에게 안 좋은 일 도 거리낌 없이 행할 수 있다는 사실에 정말로 이제는 내가 그늘 을 버리기로 했다. 하지만 나는 혼자 있는 것에 익숙하지 않았다.

그래서 돌파구를 찾아야 했다. 그 당시에 마음을 추스르고 아 무런 욕심도 가지지 않기 위해서는 다른 것을 찾아야 했다. 그게 바로 영화였다. 난 스스로 영화에 미쳐 살았다. 만화방에서 비디오를 같이 보여 주었다. 일명 복사테이프. 수많은 홍콩 영화가 밀수되어 한국으로 들어왔다. 중국어 번역, 그리고 영어 번역, 마지막은 한국어 번역으로 수많은 외국어가 화면에 그대로 찍혀서 나왔고 화질도 좋을 수가 없었지만 정말로 미지의 세계를 경험할 수 있는 행복한 순간이었다. 특히 성룡 영화를 미친 듯이 보면서 그를 동경했고 언젠간 나도 영화감독이 되고 싶다는, 그때까지 없었던 꿈을 꾸고 있었다. 지금 한류가 전 세계를 강타하고 있지만 그때가 바로 '홍콩류'였다. 그리고 영화를 보고 학교에서 친구들에게 영화 내용을 소개하고 배우들의 활약상을 얘기해 줄 때면 친구들의 눈은 빛났다. 난 실감 나게 말하는 재주가 있었던 것 같다. 그것도 기술이면 기술이었다. 그런 재주로 인하여 학교에서 친구들 사이에서 높은 인기를 누렸다. 그래서 조금은 혼자로의 세계에 성공적으로 안착할 수 있었다. 이제 나 혼자여도 자유롭고 행복할 수 있는 방법을 조금씩 터득해 갔다.

57

사랑이 찾아왔다. 주변인으로 있던 나를 다시 이곳으로 돌아오게 한 그녀.

파스막 멤버들이 모두 사랑하고 그리워하고픈 상대가 나타났다. 그녀는 우리에게 찬란하게 다가왔다. 나의 마음도 한순간에 빼앗아 버렸다. 장은미. 인천에서 사는데 방학이 되면 대전 작은아버지 집으로 놀러 왔다. 여자 동생이랑 같이 왔는데 여자 동생이 나랑 나이가 같았고 은미 누나는 나보다 2살 더 많았다. 아무튼 얼굴은 무척 희고 긴 생머리에 얼굴이 예뻤다. 그리고 항상 치마만 입고 다녔으며 말하는 것도 기품이 넘쳤고 성격이 너무 상냥했다. 항상 얼굴에 웃음이 있었고 여유가 있었다. 같은 나이인 철이 형과는 예전부터 알고 지낸 사이였다. 동네 어귀에서 철이 형과 말을 하고 있는 모습이 처음이었는데 그곳에 있던 모든 사람의 시선이 그녀에게로 쏠렸다. 그녀는 동네 아이들의 시선을 의식하고 조심스럽게 지나쳐 갔는데 바람으로 이끌려온 그녀의 냄새는 향긋하고 꽃 냄새가 났다. 선머슴아 같은 동네 계집애들만 보다가 진짜 아름다운 여자를 우리는 그날 처음 보았고 가슴속에 영원히 남았다. 그날 우리는 가슴속에서 설렘이란 이런 것이라고 다들 느꼈고 그 마음을 확인했다.

58

나 혼자 심부름을 하기 위해서 동네 어귀를 벗어나 시장 쪽으로 걸어가고 있었는데 저 멀리서 한눈에도 알아볼 수 있는 은미 누나가 걸어오고 있었다. 밀짚모자를 쓰고 걸어왔는데 새하얀 얼굴이 모자 속에서 빛나고 있었다. 가슴이 조금씩 빠르게 움직였다. 손에는 봉지 속에 토마토를 들고 있었는데 그녀도 혼자였다.

"맛있겠다."

무의식적으로 내 입에서 작은 말이 튀어나왔다.

"한번 먹어 볼래요?"

그녀가 길을 멈추고 내 말을 듣고 반응하는 것이 아닌가.

"그…게."

나는 갑작스러운 그녀의 말에 가슴이 떨려 말을 얼버무렸다.

"한번 먹어 봐요. 아주 달아요."

그녀는 2개를 꺼내 내게 건네주려고 했다.

"그냥, 괜찮은…데."

"너무 많아서 다 먹지도 못해요. 부담 갖지 말고 받아요."

그녀의 예쁜 손이 내게로 와서 자연스럽게 토마토를 건넸다.

"감사…합…"

난 끝내 말을 끝맺지 못했다. 아주 수줍고 어렵게 토마토를 받았다.

59

나는 처음으로 여자에게 잘 보이기 위해 머리를 스스로 감았다. 그때까지 부모님이 씻으라 해도 계속 버티면서 씻길 싫어했는데 내가 누구에게 잘 보이기 위해서 내 몸치장을 하고 있던 것이다. 한여름 밤 무더위를 쫓아서 우리는 파스막으로 하나둘 모여들었다. 그곳에는 넓은 들마루가 있었는데 그곳에서 우린 장난도 치고 놀이도 하면서 무더운 하루를 마감했다. 은성이 형 동생 중 은하 누나가 있었는데 은미 누나와 자연스럽게 친구가 되면서 그날은 그 두 사람도 그곳에 있었기에 분위기가 너무 자연스럽고 너무 설레는 시간이었다. 종필이 형과 경호 형이 기타를 들고나와서 노래를 불렀다. 정말로 나도 기타를 잘 치고 싶은 마음이 생겼다.

기타 소리가 보태지며 여름밤을 아름답게 만들었지만 가장 큰 이유는 은미 누나가 기타 선율에 감동해 가며 촉촉하게 눈빛이 빛나고 있었기에 내게 너무 행복한 여름밤이었다. 즉석에서 노래 자랑이 시작되었다. 반주는 종필이 형이 해 주었고 한 명씩 차례를 기다리며 자신들의 노래 실력을 유감없이 발휘했다. 드디어 은미 누나 차례가 되었다. 거기에 있는 모든 사람이 그녀의 노래를 듣고 싶어 했으며 모든 포커스가 그녀에게 맞추어졌다.

수줍어하며 그녀는 〈목련화〉를 불렀다.

"오오 내 사랑, 목련화야. 그대 내 사랑 목련화야."

천사가 살아 움직였다. 아름다고 영롱한 노래 가사와 함께 잠시나마 나는 천국을 경험했다. 지금도 그 노래를 들을 때마다 나는 그때 그 시간으로 여행을 가서 잠시나마 추억을 회상하며 행복해한다. 정말로 너무나 사랑하고픈 순간이었다. 그러면서도 '내 차례 때에는 무슨 노래를 불러야 하지?'라며 아니, '어떻게 하면 더 잘 부르고 그녀의 마음속에 남을 수 있을까?'를 연구했다. 그리고 나는 김순애님의 〈4월의 노래〉를 불렀다. 진짜 최선을 다해 노래를 불렀고 살짝살짝 그녀의 얼굴을 살폈다. 몸과 마음이 떨렸고 다리에는 힘이 풀렸지만 끝까지 노래를 무사히 마쳤다.

다른 사람의 평가는 중요치 않았으며 오직 그녀가 내리는 평가가 중요했다.

그녀는 내 노래가 마치자 기쁜 웃음을 머금고 아낌없는 박수를 쳐 주었다. 하늘로 내 몸이 날아올랐다. 기쁨의 탄성으로 내 일생에서 가장 행복한 순간이 되었다.

60

그날 이후 집에서 나와서는 항상 동네에 은미 누나가 있음을 확인했다. 나와 있으면 행복했지만 안 보이는 날에는 실망하고 슬펐다. 지금 생각해 보면 나만 그랬던 게 아니고 그녀를 알고 있던 모든 동네 사내의 생각이었을 것이다. 그녀를 기다리다가 그녀가 살고 있는 집 근처로 그녀를 보기 위해 갔다. 자전거를 끌고 나오고 있는 그녀의 시선이 멈췄다.

"너 노래 참 잘하더라."

그녀가 나를 불렀다. 나는 심장이 멎었다. 너무 행복해서 몸에서 전기가 흘렀다.

"아니… 그게…."

그녀가 나를 바라보면 난 바보가 된다.

"자전거 잘 타니?"

"예, 조금."

"우리 자전거 타러 갈래?"

"정…말요?"

"그래. 나 좀 자전거 타는 거 가르쳐 줄 수 있어? 혼자 배우러니까 잘 안 되네."

"예, 그러세요."

"이름이 성진이지?"

"어떻게 제 이름을…"

그녀가 내 이름을 똑똑히 물어보았다. 내가 선택받았다고 생각하니 기쁨에 힘이 빠지면서도 행복이 밀려왔다.

"너무 노래를 잘 불러서 은하한테 물어봤지. 앞으로 우리 친하게 지내자. 내 이름은 장은미야. 반갑다."

정말 반갑고 고맙고, 행복했다. 그녀가 나를 기억하고 있었던 것이 너무나 큰 축복과 같은 선물이었다.

61

그녀는 그랬다. 나 아닌 모든 사람에게도 친절했으며 항상 웃으면서 사람을 대했다. 그리고 항상 다른 사람을 먼저 배려할 수 있는 따뜻한 마음을 가진 사람이었다. 동중학교에서 단둘이 자전거를 탔다. 내가 뒤에서 잡아 주고 그녀가 자전거를 운전했지만 처음에는 잘 타지 못했다. 나는 최선을 다해 그녀가 자전거를 탈 수 있도록 도와주었으며 시간이 지나자 자유롭게 자전거를 운전했다. 솔직히 그녀가 계속 자전거를 못 타서 매일매일 그녀에게 자전거를 가르쳐 줄 수 있었으면 했다.

　내 인생에 처음으로 온 너무 순수하고 하얀 첫사랑이었다. 은미 누나가 나한테 자전거를 타 보라고 하며 자신은 잠시 자리에서 사라졌다. 운동장 두 바퀴를 돌고 오니 그녀가 아이스크림을 사 가지고 왔다. 우리는 등나무 아래 나무 의자에 앉아 아이스크림을 같이 먹었다. 영원히 아이스크림이 녹지 않아서 계속 그녀와 같이 있었으면 했다.

　"오늘 너무 고맙고 재미있었어. 정말 감사해."

　"언제든지 말만 하세요. 저도 너무 즐거웠네요."

　"요 자 붙이지 말고 편하게 대해."

　"그래도 돼요? 그럼 뭐라고 부를까요?"

　"편하게 누나라고 하면 되잖아."

　"그럴까요. 그럼, 은미 누나."

　"난 남동생이 없어서 항상 부러웠는데 좋은 동생 만났다고 생각할게."

　"정말요?"

　"또 요 자 붙인다. 편하게."

　"나도 고마워, 누나."

　그녀는 너무 사람을 편하게 잘 대해 줬고 항상 자신보다 남을 배려할 수 있는 사람이었다. 가난했고 풍족하지 못한 그때였지만 그런 시간을 보내며 살 수 있었던 그때가 지금도 너무나 그리워진다.

62

'사랑이란 이런 것이구나.'라고 생각했다. 나는 짧은 시간 많이 의젓해졌으며 좋아하는 사람을 위해서는 자신을 희생할 수도 있다는 것을 자연스럽게 배우고 있었다. 그리고 사랑하는 사람과 떨어져 있으면 항상 생각나고 그리워하고 그러다가 만나면 너무 즐겁고 행복해진다는 것도. 은미 누나는 우리들과 함께 자연스럽게 어울렸으며 그녀 때문에 서로가 배려했고 가족처럼 사이가 좋아졌다. 그녀는 짧은 시간에 우리에게 많은 것을 가르쳐 주었다. 그리고 특히 나를 정말로 친동생 이상으로 대해 줬다. 만나면 서로의 안부를 물었으며 당연하게 장난을 치며 사적인 얘기도 거리낌 없이 할 수 있는 처지가 되었다. 그날 밤에도 우리는 여러 형과 자연스럽게 모여 화기애애하게 재미있게 놀고 있었다. 집에서 먹을 수 있는 것을 조금씩 가지고 와서 서로 나누어 먹으며 즐거운 시간을 보내고 있었다. 한참 분위기가 달아오르고 있었는데 며칠 만에 유석이 형이 나타났다.

유석이 형이 우리 곁으로 왔는데 갑자기 분위기가 이상하게 흘러갔다. 그때까지 웃으며 미소를 지었던 은미 누나 인상이 굳어지고 있었다. 이유는 알 수 없었지만 불길한 징조를 느낄 수 있었다. 은미 누나가 유석이 형의 시선을 조금씩 피하면서 쉽으로 늘어갔다. 평상시에 느낄 수 있었듯이 결코 그렇게 하지 않는 누나가 왜 그러는지 조금은 답답했다. 잠시 전까지 즐거웠던 모습은 다 사라졌고 모두들 입을 굳게 닫았다.

"이 자식들이 계집애 한 명한테 다 홀려 가지고. 아주 미치고 즐거워서 환장하겠지?"

유석이 형의 특유에 비꼬는 말투가 이어졌다.

"새끼들이 말이야. 여기 있는 모두 그렇게 놀지 말자고. 언제부터 파스막에 여자가 있었어. 다들 홀려 가지고 헬렐레하고 지랄하고 있네."

유석이 형의 독설은 멈출 기미가 보이지 않았다.

"형, 너무한 것 아냐? 뭘 우리가 잘못을 했는지 알아야 고치지. 다짜고짜 그런 말이 뭔데."

철이 형이 거북했는지 참고 참다가 한마디를 던졌다.

"어쭈, 이것 봐라. 너 많이 성숙해졌다? 이젠 말대꾸도 잘하네. 기분도 꿀꿀한데 너 오늘 한번 피고름 터지고 시작할래?"

"형, 나도 자존심이 있어. 언제나 형 말만 맞는 건 아니라고. 그리고 화도 우리가 이유를 알아야 받아 주는 거라고."

"뭐? 이 새끼가 정말 보자 보자 하니까."

두 사람의 거리가 좁혀지고 있었다. 그러나 간신히 모여 있던 사람들의 중재로 거의 싸움 직전에서 멈췄다. 그래도 기분이 풀리지 않는지 유석이 형은 계속해서 씩씩거렸다.

63

은미 누나가 먼저 내게 영화관에 가자고 제안을 했다. 물론 나는 당연히 찬성을 했고. 그날 난 거울에 내 모습을 여러 번 비춰

보았다. 그리고 옷도 여러 번 바꿔 입으며 최대한 멋을 내려 했다. 왜 이렇게 입을 옷이 없는지 왜 우리 집은 못사는지 그때까지 쌓였던 불만이 정말로 서럽게 느껴졌다.

어두운 영화관 구석에 자리를 잡고 영화를 관람했다. 물론 같이 있는 것이 떨려서 그런지 영화 내용은 아무것도 들어오질 않았다. 그냥 같이 숨 쉬고 있는 시간이 무조건 좋았다. 시간이 영원히 멈췄으면 했다. 그리고 오늘이 영원히 끝나질 않았으면 했다. 내 인생에서 가장 행복한 데이트였다. 그리고 어쩌다가 그녀가 내 손을 살며시 잡았다. 내 가슴은 더욱 심하게 요동쳤다. 꼴깍, 침 넘어가는 소리가 너무 크게 들려서 그녀가 들었다고 생각하니 부끄럽기만 했다. 그녀는 나를 보며 부드럽게 웃어 줬다. 나는 용기를 내며 마주 잡은 손에 힘을 넣었다. 자연스럽게 우린 그 시간을 보내고 있었다. 분명한 건 그녀도 나를 좋아하고 있었다는 것이다.

내 인생에서의 첫 번째 사랑은 과연 어떻게 끝날 것인가. 나는 꼭 이 여자와 끝까지 간다고 다짐했다. 그리고 어떠한 일이 있어도 이 여자를 사랑스럽고 아름답게 지켜 주겠다는 결심을 했다. 나도 그렇게 아름다운 날을 살았다는 사실에 지금도 그때가 사무치고 미치도록 그립다.

64

유석이 형이 왜 그렇게 화를 내고 성질을 냈는지 알 수 있었다.

그도 은미 누나를 보고 첫눈에 반했다. 그래서 그녀의 마음을 얻기 위해서 이벤트를 준비했다.

그리고 그녀의 사촌 동생인 동수를 시켜 둘만의 자리를 만들었다. 거기에서 유석이 형은 꽃다발과 작은 선물을 준비해서 그녀에게 마음을 전했지만 그녀는 부담스러워서 받질 않았다. 그렇게 끝났으면 좋았는데 자신을 무시한다고 생각한 유석이 형이 꽃다발과 선물을 심하게 바닥에 던지고 발로 그것을 밟았던 것이다.

그다음 몇 번을 줄기차게 매달려도 보았지만 그녀의 마음은 넘어오질 않았다.

아니, 역반응이 나서 유석이 형을 보면 겁에 질려 피했던 것이다. 유석이 형만 빼고 모두가 잘 어울리는 것에 질투를 느껴서 그가 바로 우리에게 화를 냈던 것이었다. 남자는 여자 때문에 옹졸해지고 단순해질 수도 있다는 것을 알 수 있었다. 아무튼 유석이 형 빼고는 그녀와의 이별은 모두에게 아쉬움으로 다가왔다.

3일 후면 다시 은미 누나는 여름방학을 끝으로 하고 인천으로 돌아가야 했다. 우리는 너무나 이별을 아쉬워했다. 물론 내가 가장 크게 이별을 서러워했다. 말도 안 되지만 기회만 된다면 우리 집도 인천으로 이사를 가면 어떨까 하는 생각까지 들 정도였다. 그래서 철이 형은 모두 잘 헤어지기 위해서 그녀를 위한 이별 여행을 준비했다. 흑석리로 놀러 가는 것이었다. 흑석리는 기차를 타고 가는 곳인데 물가가 있어서 여름철 피서지로 각광을 받는 곳이었다. 그곳에서 우리는 아쉬운 이별을 잘 견디기 위한 마지막 파티를 하고자 했다. 모두들 찬성했고 은미 누나도 당연히 좋아했다. 하지만 유석이 형은 빼고 가기로 했다. 은미 누나는 절대 그가 간다면 안 갔을 것이고 괜히 분위기를 망치면서까지 그를 데리고 간다는 것은 정말로 너무 부담스러운 일이었다. 하지만 분명히 유석이 형은 자신을 따돌렸다는 것을 알게 될 것이고 그가 화를 낼 것이라는 것을 우리는 분명히 예상했지만 그때는 그녀가 제일로 중요했다.

63

아침 8시 30분. 대전역에서 완행기차를 타고 1시간 정도를 가면 되는 곳이 흑석리였다. 우리는 맛있는 음식도 준비했으며 물고기를 잡아서 해 먹을 수 있도록 어항과 냄비도 준비했고 큰 카세트도 준비했다. 준비는 너무나 완벽했다. 그리고 날씨가 우선 너무 좋았다. 도착하자마자 천막으로 그늘을 만들고 여자들은 준비한 음식으로 요리를 했고 남자들은 수영하며 고기를 잡았다. 안 먹어도 배부르다는 말을 직접 느낄 수 있었다. 정말로 시간 그 자체가 즐거워서 그런지 평상시에 그 좋았던 먹성도 느껴지질 않았다. 은미 누나와 같이 있는 시간이 너무 좋았다.

맛있게 점심을 먹고 나시 아이들은 전부 수영하러 갔지만 난 그늘에 앉아 있었다. 그녀가 나에게 와서 내 옆에 같이 나란히 앉았다.

"서운하네. 내일모레 간다는 것이. 성진아, 너무 즐거웠다. 그리고 앞으로 공부 열심히 하고 건강하게 잘 있어."

잔잔한 그녀의 말에 나도 이별을 느끼고 있어서인지 서운해서 말을 할 수가 없었다.

"그리고 한번 놀러 올 기회 있으면 꼭 연락하고."

"편지 써도 되지?"

"내가 너한테 하고 싶은 말이었는데. 먼저 말을 하네."

"누나 며칠만 더 있다 가면… 안 되겠지."

정작 이별이 현실로 다가오니 더욱더 아쉬움이 진하게 밀려왔다. 먹먹함이란 이런 것이구나 했다.

"머지않아 겨울방학 때 다시 오면 되니까 금방 다시 볼 수 있어."

"알았어. 누나도 꼭 건강하게 잘 있어야 해."

짧은 인연은 그렇게 끝이 났다. 며칠 후 대전역까지 철이 형이 그녀를 배웅을 한다고 해서 난 어쩔 수 없이 가지 못했다. 그녀가 가방을 메고 동네를 벗어나 걸어가고 있었다. 너무 그리워서 이별의 말을 남기고 싶었지만 다른 사람들이 있어 그러질 못했다. 뒷모습을 보며 서운함을 삭였다. 하지만 항상 그녀와 같이 있음을 나는 믿고 싶었다. 내 마음이 항상 그녀의 가슴속에 영원히 남아 있기를 기원했다. 그리고 하루빨리 겨울이 되어서 은미 누나와의 기쁜 만남이 다시 시작되기를 손꼽아 기다렸다. 겨울까지의 시간은 너무나 느리고 느리게 흘러갔다.

66

은미 누나가 집으로 돌아간 후 활기찬 동네의 모습은 찾아볼 수 없었다. 어제와 오늘의 분위기가 완전히 달랐다. 숨 쉬는 공기마저 어제와 오늘이 현격하게 달랐다. 그리움을 잊기 위해서 그날도 자연스럽게 동중학교에서 축구를 하고 있었다. 응원해 주고 손뼉을 쳐 주던 그녀는 없었지만 그녀가 지금 이곳에 있다고 생각했다. 그래야만 조금이라도 우울한 감정을 떨쳐 낼 수 있었다. 한참 공격과 수비를 하고 축구 경기에 빠져 있을 때쯤 유석이 형이 나타났다. 그는 우리를 쳐다보지 않고 한 사람에게만 다가왔다. 그가 경기장 안쪽으로 들어오니 축구 경기가 멈췄다. 유석이 형은 철이 형에게 다가오자마자 느닷없이 그를 넘어뜨리고 무자비한 폭행을 시작했다.

"이 새끼가 사람을 따돌리고 있어. 아주 나를 병신으로 만들고 말이야. 개새끼, 오늘 버르장머리를 뜯어고쳐 주지."

그의 폭행은 강도가 심해져서 전혀 멈출 기미가 없었다. 우린 어렴풋이 예상을 하고 있었다. 흑석리 갈 때 우리는 유석이 형만 빼고 놀러 갔다. 그동안 모든 걸 주도하고 자신의 발밑에서 따라 움직였던 동생들이 자신을 배제했다는 것은 그에게는 용서치 못할 가장 큰 살못이었다. 그리고 물놀이를 주도했던 사람이 바로 철이 형이었다. 그러니 어떻게 해서든 자신의 위엄을 다시 찾으려 했던 것이다. 모여 있던 사람들이 유석이 형을 뜯어말리자 간신히 폭력이 멈췄다.

"너희들도 다 똑같은 새끼들이야. 내가 그동안 너희들을 어떻게 대해 줬는데. 앞으로 두고 보자고. 조금만 기어오르면 아주 다 갈겨 버릴 거야."

유석이 형이 모여 있던 우리들을 차례로 쳐다보며 분을 삭이지 못했다. 철이 형은 아직도 일어나지 못하고 땅바닥에서 고통을 이기지 못하고 신음하고 있었다.

67

유석이 형의 폭력 이후 우리는 그를 보면 피해 다녔고 그는 어떻게 해서든 다른 잘못을 잡아 우리를 통제하려 했다. 자신이 세운 왕국에서 자신이 도태된다는 것은 그에게 있어서 사형선고와 같은 것이었다. 하지만 그에게서 예전 같은 절대적인 권력은 남아 있지 않았고 위엄도 사라진 지 오래였다. 자신의 성질대로 모든 걸 밀어 버리고 말보다는 폭력이 우선시되는 폭군의 완전체가 되어 가고 있었다. 학년으로 한 살 어린 철이 형은 그날의 수모를 미칠 듯이 분하고 억울해했다. 늦은 저녁 유석이 형의 눈을 피해 우린 테니스장으로 모였다. 그날의 분위기는 누군가 먼저 말을 꺼내는 것 자체도 조심스러웠다.

"난 정말 며칠 동안 억울해서 잠도 제대로 못 자고 아주 기분 더럽다. 유석이 형이 대체 뭔데 우리가 이런 수모를 당해야 하지?"

철이 형은 우리에게 동조를 구했고 몇몇이 고개를 끄덕였다.

"우리 모두 힘을 합쳐서 유석이 형을 몰아내자. 우리 동네에서 더 이상 그 자식이 발붙이지 못하게 내쫓아 버리고 다시 예전처럼 서로 사이좋게 보냈으면 하는데."

예상했던 사람도 있었지만 처음 듣는 사람들은 놀라워했다. 그동안 어떤 일이 있어도 유석이 형을 밟는다는 말은 결코 하지 않았다. 그동안의 핍박을 모두 떨쳐 버리고 싶었던 것 같았다. 하지만 유석이 형의 냉철함과 성질을 모두 아는지라 쉽게 결정할 사항이 아니었다.

"철이 말이 모두 맞잖아. 그동안 우리 유석이 괴팍한 성격 맞추려고 얼마나 힘들었냐. 그리고 무슨 그 새끼 장난감도 아니고."

영근이 형도 울분을 자제하며 말을 이었고 분위기는 모두 유석이 형을 제거하자는 쪽으로 흘러갔다.

여기 모여 있는 사람은 이제 어쩔 수 없었다. 유석이 형을 제거하는 데 조금이라도 힘을 보태야 했다. 그렇지 않으면 또 배신자로 몰릴 테니까. 난 이러지도 저러지도 못하고 혼란스러운 선택이 마구 머리에서 흔들렸다.

68

결론은 간단했다. 유석이 형을 잡아서 집단적으로 달려들어 끝장을 보자는 것이었다. 그리고 혁명의 지휘자는 은성이 형을 추대하는 데 모두가 동의했다. 은성이 형은 호전적이고 괴팍한 사람은 결코 아니었다. 남의 물건에 욕심은 부렸지만 매사에 신중한 성격이었다. 하지만 유석이 형을 끌어내리면 자신이 1인자가 되는 것에 대하여 권력의 매력을 느끼고 있었다. 은성이 형도 그동안 말을 안 했지만 자신도 유석이 형에게 매사 조금씩 밀리는 것에 대하여 어떻게든 이번 기회에 털고 싶어 했다.

작전을 이랬다. 우선 은성이 형이 동네 최고의 자문위원인 종필이 형에게 승낙을 받는 것이었다. 그래야만 명분이 생기는 거고 유석이 형을 찍어 눌러도 뒤탈이 없었다. 처음에는 종필이 형도 반대를 했으나 거듭되고 모두의 의견이라는 말에 마지못해 동의를 했다. 대신 폭력적으로 풀지 말고 최대한 대화로 해결하도록 했다. 일단 유석이 형을 극장으로 유인해서 영화를 보고 나오면 대기하고 있던 1년 후배들인 철이 형과 몇몇 친구가 그를 20미터 떨어져 있는 신안동 다리 밑으로 데리고 오는데, 만약 말을 듣지 않는다면 강제로 끌고 오는 것이고 그 후엔 다시는 이 동네에서 어울리지 말고 깨끗하게 물러날 것을 요구한다. 그렇게 약속을 하면 폭력은 없는 것이고 반항을 하면 똑같이 폭력으로 그를 응징한다는 거였다.

사람들이 무서웠다. 어제까지도 유석이 형에게 자신의 모든 것을 바치려고 했던 사람들도 하루가 다 지나기도 전에 새로운 두목을 세우려고 하고 있었다. 난 그런 위치에 오르지 못한 관계로 작전만 알 뿐 유석이 형이 있을 그 다리 밑에는 가지 못했다. 하지만 왜 덕과 아량으로 동생들을 살피지 못했는지 유석이 형이 불쌍하게 느껴졌다. 그리고 성공한다면 그는 다시는 우리와 말을 섞지 못하고 혼자 쓸쓸히 살아갈 것이다. 또한 권력을 잡을 그다음 사람은 더 이상 그가 올라올 수 없도록 철저하게 또 감시를 하고 자신도 그렇게 당하지 않기 위해 또 다른 계략으로 우리를 힘들게 할 것이다.

신안동 그곳에는 먹고 먹히는 먹이사슬이 시퍼런 칼날처럼 꿈틀거리고 있었다.

69

유인은 동욱이가 맡았다. 유석이 형 바로 옆집에 동욱이가 살았는데 평상시 꼴통이라는 별명이 무척 싫었다고 했다. 하도 머리가 안 돌고 둔하다고 해서 지어진 별명이었다. 그 별명을 지어 준 사람이 바로 유석이 형이었다.

동욱이가 공짜 표가 생겼다고 유석이 형에게 같이 극장 구경을 가자고 했다. 유석이 형도 공짜라는 말에 아무 의심 없이 그를 따라나섰다. 그리고 조금 있다가 다가올 위기를 파악하지 못하고 최후의 만찬을 즐기고 있었다. 영화가 끝난 후 두 사람은 밖으로 나왔다. 계획대로 그 앞에는 철이 형을 비롯하여 4명이 유석이 형을 기다리고 있었다. 그가 나오자마자 철이 형과 그 일행이 유석이 형을 불러쌌다.

"영화 재미있게 봤어?"

위협적인 말로 철이 형이 유석이 형을 바라보았다. 동욱이는 자리를 피해 벌써 시야에서 사라졌다.

"뭐 하자는 건데."

유석이 형은 당황하지 않고 담담하게 말을 받았다.

"우리랑 다리 밑으로 가서 얘기 좀 하고 싶은데 그냥 갈 거야, 아님 강제로 데리고 갈까."

영근이 형도 유석이 형을 노려보았다.

"가자면 가겠는데 후회할 짓은 하지 말자, 우리."

"후회할 거면 이러지도 않았어. 지금 우리가 장난치고 있는 것으로 보여? 빨리 앞장서서 가지. 서로 힘 빼지 말고."

철이 형이 더욱더 강도 높게 유석이 형을 위협했다.

"우습네. 며칠 전까지도 꼬리를 살랑살랑 흔들던 놈들이 친구 먹자고 들고."

"자꾸 여기에서 말장난하기 싫은데."

옆에서 조용히 있던 효섭이 형이 유석이 형의 허리춤을 잡으려고 했다.

"야, 내 발로 내가 갈 테니까 내 몸에 손닿으면 그 새끼 먼저 작살 내고 시작한다."

유석이 형의 반격에 좋았던 기세가 조금 꺾였다. 성큼성큼 유석이 형이 앞장서서 길을 나섰고 그 뒤를 다른 형들이 따라가고 있었다.

70

유석이 형의 걸음걸이는 조금도 위축되지 않았다. 유석이 형이

다리 밑으로 먼저 내려왔고 조심스럽게 다른 형들도 내려왔다. 그런데 다리 밑에는 아무도 없었다. 은성이 형을 비롯한 지원 병력이 아무도 없던 것이었다. 철이 형은 몇 번을 확인해 보았지만 그곳에는 지금 유석이 형을 비롯해 5명만 있었다. 하지만 이렇게 된 이상 철이 형도 더 이상 물러날 곳도 없었다.

"야, 말해 봐. 내가 어떻게 해 줄까."

유석이 형이 그들을 노려보았다. 다르게 흘러가고 있는 분위기에 철이 형과 친구들은 기세를 빼앗겨 살짝 뒤로 물러나려 했다.

"야, 무릎 꿇어. 3초 시간 준다. 빨리 꿇어. 이 개새끼들아."

유석이 형의 호통에 모든 주도권이 그에게로 넘어가고 있었다.

"야, 꿀리지 마. 5대 1로 싸우면 저 자식이 당해 낼 수 있을 것 같아? 우리가 이길 수 있어."

철이 형은 물러나고 있는 친구들을 위해 용기로 잡아 주려고 했지만 이미 전의를 상실했다. 유석이 형이 뛰어올라 철이 형의 얼굴에 선방을 먼저 날렸다. 고개가 뒤로 돌아가며 괴로워했다.

"주인에게 아양 떨며 꼬리를 흔들어 대다가 먹이를 조금 늦게 준다고 똥개 새끼들이 주인을 물려고 들어. 이리 와. 한 놈씩 아주 부서 줄 테니까."

이미 모든 기세는 유석이 형에게 넘어갔다. 그래도 유석이 형이 혼사인시라 마시막까지 선열을 성비하려 했다.

"끝까지 버티시겠다? 안 되겠군. 야, 다 나와."

"하하하하."

기분 나쁜 웃음소리가 동굴에 퍼져서 울림으로 되돌아왔다.

숨어서 사태를 지켜보고 있던 동욱이와 철이 형 1년 후배인 기찬이를 비롯 10여 명이 그들을 겹겹이 포위했다. 그랬다. 이중첩자가 바로 동욱이였다.

꽤 오랜 시간 자신의 신분을 속이고 반대 세력에 숨어서 모든 정보를 유석이 형에게 넘겼던 사람이 바로 동욱이였다. 유석이 형은 자신의 세력을 유지하기 위해선 어떻게 하는 것이 가장 현명한지를 정확히 알고 있던 사람이었다. 정말로 무서운 사람이었다. 철이 형이 테니스장에서 세력을 모으고 있을 때 동욱이는 이 정보를 유석이 형한테 넘겼고 위기를 느낀 그는 그들을 제거할 방법을 똑같이 세웠다.

71

기찬이 형은 옛날 돈 모으는 게 취미였다. 어떤 날은 자신이 모은 옛날 돈을 보여 주며 자랑하는 걸 즐거워했다. 그러던 어느 날 유석이 형이 학교에서 엽전 꾸러미를 발견했다. 그것을 기찬이 형한테 보여 주자 그는 여러 날 자신에게 팔 것을 요구했지만 유석이 형은 팔지 않았다. 자신도 돈을 모을 거라고 했다. 어느 날 유석이 형은 자신이 제거될 수 있다는 동욱이의 첩보를 입수했다. 그의 2년 후배 중에 가장 주먹이 센 기찬에게 도움을 요청했다. 자신에게 충성을 바칠 것을 확인한 후 그 엽전 꾸러미를 아무런 보상도 없이 기찬에게 넘겼다. 그리고 친구들을 모으라고 한 후에 철저히 오늘을 대비한 것이다.

철이 형 일행은 그날 초주검이 되었다고 했다. 다시는 일어서지 못하게 유석이 형이 완전히 싹을 잘라 버렸던 것이다. 들리는 말로는 은성이 형도 다시는 그의 일에 관여하지 않겠다고 약속을 한 후 풀려났다고 했다. 그는 오랜 폭군이기도 했지만 가장 완벽하게 자신을 방어할 수 있는 사람이었다. 미래를 대비하여 자신의 심복을 가장 완벽하게 이중간첩으로 변신시킨 후 자신의 위기를 스스로 넘겼다.

그날 이후 유석이 형은 완전한 1인자가 되었다. 아니, 분위기가 완전히 바뀌어서 서로를 믿지 못하는 사이가 되었다. 그만큼 동네 분위기는 삭막했다.

서로 모여서 일상적인 얘기만 할 뿐 자신의 속마음은 서로 말하지 않았다. 유석이 형이 포함된 말을 하면 어느 순간에 그의 귀로 들어갔기 때문이었다. 자유를 빼앗겨 버린 신안동 파스막의 암흑기가 시작되었다.

72

그해 서울. 은미 누나는 오실 않았다. 두 번 정도 편지를 썼는데 그날 이후 답장도 없었다. 그렇게 내 마음도 메말라 갔다. 보고 싶고 찾아가 보고도 싶었지만 난 아무것도 할 수 없었다. 들리는 소문으로는 누나의 아버지가 돌아가시면서 가세가 더욱 힘들어져 먼 곳으로 이사 갔다는 소식만 어렴풋이 들렸다.

시간이 지남에 따라 나도 내 기억 속에서 멀리 있는 사람으로 서서히 머리에서 굳어지고 있었다.

'눈에서 멀어지면 마음에서도 멀어진다.' 현실이 바로 그랬다.

그렇게 5학년이 되었다. 그날 이후 우린 유석이 형의 제안에 아무런 반문도 못 하고 따르고 있었고 자신의 감정은 철저히 배제한 채 로봇처럼 움직였다.

반란 제거의 1등 공신인 동욱이의 콧대가 한없이 올라갔다. 그렇지만 다른 형들도 더 이상 어쩌지 못했다. 그냥 권력을 등지며 자신의 세계에서 조용히 사는 것이 정답이라고 생각했다. 그해 LA올림픽이 열렸다. 공산국가는 참가하지 않은 반쪽 올림픽이 열렸다. 유도 하형주 선수에 열광했고 여자농구가 결승에 올라가 미국과의 경기에서 아주 아깝게 패배했다. 국민들이 하나로 뭉쳐지며 연신 대한민국을 응원했다. 그리고 88년도 올림픽이 서울에서 개최되기 때문에 올림픽은 대한 국민 사이에서 가장 중요한 단어가 되었다. 반란이 있기 전, 나는 내 나이 친구들 중에 가장 완벽한 엘리트였고 중요 인물이었다. 그리고 유석이 형의 사랑을 가장 많이 받는 사람이었다. 그러나 내 자리를 동욱이가 전부 다 가져갔다. 권력에서 철저히 배제된 삶은 정말로 희망이 없었다. 그도 그럴 것이 무슨 놀이나 게임을 할 때 한 사람에게 특혜를 계속 준다면 절대 그를 이길 수 없다. 아니, 주눅이 들고 만다. 그리고 대적할 힘도 아무것도 없이 그냥 시간만 지나갔으면 하는 잉여 인간이 되고 만다.

그해 여름. 안양리로 다시 물놀이를 갔다. 그리고 어떻게 잡았는지는 생각이 나질 않지만 새우를 여러 마리 잡은 기억이 난다. 유석이 형, 나 그리고 동욱이 이렇게 세 사람만 있었다. 왜 그때 세 명만 있었는지는 기억이 나질 않는다.

불씨에 새우를 익혔다. 새우가 익으면서 빨갛게 변했다. 유석이 형은 그 새우를 먹으면서 동욱에게만 먹어 보라고 건넸고 마지막 새우를 다 먹을 때까지 나에게는 한 번도 주질 않았다. 그리고 어떨 때는 다른 동네 아이들과 동그란 딱지치기를 하게 되면 유석이 형은 자신의 대타로 동욱이를 기용했다. 그렇게 힘을 실어 주었다. 운이 맞질 않아 잃게 되는 경우에도 너그럽게 넘어갔다. 나에게는 상상을 할 수 없는 특혜를 동욱이에게 주었다. 서러움이란 이런 것이다. 자꾸만 가만히 있어도 눈물이 나는 것. 이유는 한 가지, 반란이 일어날 때 저쪽 편으로 붙었다는 게 그 이유였다. 광명 이후 다시 어둠, 다시 햇빛 그리고 다시 칠흑 같은 어둠만이 나를 기다렸다.

78

5학년. 운명의 장난인진 몰라도 동욱이 녀석과 같은 반이 된 것이다. 동네에서도 마주치기 싫은 녀석을 학교에서 본다고 생각하니 여간 곤욕이 아니었다.

35년 10개월 동안 일제치하에서 우리나라는 강제적으로 국권이 강탈되었다. 그리고 암흑의 시련을 겪게 되었는데 옛날 어른들은 이렇게 말씀하셨다. 일본 놈들보다 일본 놈들 앞잡이가 더 무서웠다고. 그 말은 분명히 맞는 말이다. 그때 내가 겪고 있는 어려움이 그런 현실이고 그런 슬픈 심정으로 살고 있었다.

3년 전 초등학교 2학년 때 유석이 형은 동욱이 자식과 내게 억지로 싸움을 시켰다. 그때 나는 일방적으로 녀석을 때려눕혔다. 그게 첫 번째 악연이었고 기억은 나지 않지만 편을 먹고 말타기(말뚝 박기)를 한 적이 있는데 내가 녀석과 가위바위보를 했는데 정말로 한 번도 지지 않았다. 그래서 끝날 때까지 우리가 말을 탔던 기억이 있다. 녀석도 그것을 알기에 나를 미워했던 것으로 기억된다.

동욱이 옆에서 유석이 형은 울타리 역할을 단단히 해 주고 있었다. 지금 녀석을 밟을 수는 없었다. 기회가 있을 때까지 참고 기다리는 수밖에는.

수업을 마치고 쉬는 시간에 친구들끼리 씨름을 할 때가 있었는데 녀석은 노골적으로 상대편을 응원했다. 그것도 큰 목소리로 내 귀에 거슬리도록 응원을 해서 내가 실력 발휘를 못 하도록 다분히 의도적인 계략으로 나를 힘들게 했다. 나는 녀석과 사이좋게 가기를 원했으나 동욱이 녀석은 나를 어렵게 하는 그것을 즐겼다.

그러던 어느 날 기훈이라는 친구의 생일날이 다가왔다. 그날은 토요일로 기억되는데 아침부터 초대를 받은 친구들이 선물을 준비하느라 여념이 없었고 난 선택받지 못했다. 내가 친하다고 생각한 기훈이에게 그런 대우를 받으니 정말로 심한 우울감이 밀려왔다. 하지만 어떻게 해 볼 수는 없었다. 선택을 받지 않은 내 잘못

이고 내 허물이었다. 서럽게 그냥 시간을 보내면서 어디에도 희망
은 찾아볼 수 없는 시련의 세월이었다. 그렇게 11월이 되었고 학교
에서는 불조심 강조의 달 표어를 공모하였다. 난 좋은 표어가 생
각났다. 그래서 쉬는 시간에 내 짝과 상의하면서 어떠냐고 했는데
너무 좋다고 하였다. 그런데 그때 동욱이 녀석이 있었다.

　나는 전날 밤 정성스럽게 쓴 표어를 제출하려던 순간 나의 표어
내용과 똑같은 것을 발견했고 그걸 쓴 사람이 동욱이라는 것을
알았다. 더 이상 나의 분노는 나 스스로 통제를 할 수 없었다. 이
대로 넘겨 버리면 평생을 후회하면서 살 것 같았다. 유석이 형한
테 배웠다. 밟을 때는 더 이상 올라오지 못하도록 싹까지 다 잘라
버리라고. 그리고 공포감을 극대화할 수 있도록 모두 있는 자리에
서 조지라고.

　점심시간, 난 빨리 식사를 마쳤다. 선생님도 교실에 없었다. 결
전의 시간으로 오늘을 넘기면 내 성격에 다시 흐지부지하게 되고
또 녀석에게 당하게 될 것이다. 그렇게 생각하니 용기가 일어났다.
난 조금은 떨리는 심정을 가다듬으며 녀석에게로 다가섰다. 녀석
은 다 먹은 도시락을 정리하고 있었다. 난 플라스틱 도시락을 손
으로 쳤다. '탕' 소리와 함께 교실 안에 있던 친구들의 시선이 내게
로 쏠렸다.

　"너 내 표어 베껴서 제출하고 아주 싸가지 없이 요즘 생활하는
데 내가 계속 참을 줄 알았지?"

　"뭔…데."

　더 이상 들으면 타이밍을 놓치고 마는 것이다. 난 그 자리에서

바로 녀석의 얼굴을 가격했다. 그다음 녀석을 눕히고 분노를 담아 유석이 형이 했던 것처럼 똑같이 표출했다. 그리고 옆에서 놀라고 있던 기훈이 녀석을 노려보았다.

"너 개새끼 너. 나랑 있을 때는 알랑방귀 까고 딴 놈들 앞에선 이간질하고. 너도 이리 와. 오늘 아주 갈아 마실 테니까."

기훈이 녀석은 겁을 집어먹고 다리를 떨고 있었다.

"이리 와. 여기로 오라고."

기훈이는 어쩔 수 없이 아주 천천히 나에게로 왔다.

"성진아, 네가 서운했다면 정말 미안하다. 하지만 너를 따돌리고 그럴 이유는 정말 없었어. 하다 보니까 나도 모르게."

"좆까, 씨벌 놈아."

난 기훈이의 따귀를 올렸다. 녀석은 가만히 맞고 더 이상 대응하지 못했다. 그게 바로 유석이 형한테 배운 것이다. 싸우게 되면 다른 사람들이 최대한 무섭고 치를 떨게 만들어야 더 이상 대꾸를 못 한다는 거였다. 사람의 심리를 아주 정확하게 잘 이용하는 사람이 바로 유석이 형이었다.

동욱이 녀석에게 내가 살아 있다는 것을 제대로 보여 줬다. 녀석은 그 한 방으로 나에 대한 이간질을 멈췄으며 유석이 형한테 말하지도 못했다. 난 녀석에게 분명히 말했다.

"맞았다고 유석이 형에게 또 꼰질러. 그땐 더 심하게 네 새끼 죽일 거고. 내가 당한 만큼 몇 배로 네게 똑같이 돌려줄 테니까. 믿지 못하겠으면 어디 한번 해 봐. 그땐 똑똑히 알게 해 줄게."

그 말은 확실히 효과가 있었다. 녀석은 겁을 먹고 더 이상 나대지 않았으며 나를 보면 그다음부터는 일단 머리를 조아렸다.

74

　아직도 유석이 형에게 난 찍혀 있는 상태였다. 그의 마음은 조금도 열리지 않고 간을 보며 자신에게 도움이 될 수 있는 사람들만 선별해서 기용했다.

　자신이 선택한 사람에게는 무척 관대했지만 자신에게 서운함을 주었던 자들에겐 매우 엄격하고 눈길 한 번 주질 않았다. 하지만 언제까지 불만을 짓이기며 가둬 놓을 수는 없었다. 그렇기 때문에 밖으로 욕구를 표출할 그 무엇이 필요했다. 그래서 그는 자신의 중학교 반 학생들과 우리 동네 멤버들 간에 야구 시합을 주선했다.

　타이틀도 엄청 파격적이었다. 9대 9 야구 경기에서 1인당 천 원씩 내기로 했고 거기에 천 원을 더 합하여 만 원 내기를 하게 된 것이다. 물론 그 돈은 전부 유석이 형이 준비했으며 이기면 무상으로 돈을 나누어 준다고 했다. 그러니 대표 선수들은 야구 준비로 하나가 되었다. 그리고 유석이 형에 대한 불만도 조금씩 사라지고 있었다. 난 후보였다. 아니, 아직은 내게 내려진 형벌을 끝내시 않았나.

　억지로 끌려 나와서 후보라 공만 줍고 물 떠다 주고 실력으로 이길 자신은 있었지만 유석이 형은 내게 기회를 주지 않았다. 자체 청백전 할 때만 야구를 할 수 있었고 진짜 시합을 할 때는 난 항상 후보였다.

시합이 시작되었다. 우리 팀이 먼저 수비를 하였고 유석이 형의 반 친구들이 공격을 시작하였다. 몇 년 동안 손발을 맞추고 틈만 나면 연습했던 우리 팀은 절대로 쉽게 지지 않았다. 하지만 다른 팀도 실력이 좋았다. 정말로 팽팽한 경기가 계속 이어졌다. 다른 팀에서 점수를 뽑으면 우리 팀이 계속 쫓아가는 그런 경기였다.

경기는 7회 말까지 하기로 했고 7회 초에 다른 팀이 1점을 더 뽑아서 6대 4로 우리 팀이 밀리고 있었다. 그리고 마지막 공격만이 우리 팀에게 남아 있었다.

첫 번째 타자가 아주 간발의 차이로 아웃이 되었다. 남은 아웃 수는 2개. 그러나 그렇게 쉽게 질 우리 팀이 아니었다. 연속으로 2안타가 나오면서 주자 1, 2루가 되었다. 그리고 다음 타자의 빗맞은 타구를 투수가 놓치면서 주자 만루가 되었다.

그리고 다음 타자가 삼진을 당하면서 한 번만 아웃이 되면 우리 팀이 지는 경기였다. 그런데 유석이 형이 타임을 요청했고 대타를 기용했다. 바로 나를 대타로 기용한 것이다. 아무런 기대도 하지 않았고 준비를 하고 있진 않았지만 내가 선택된 이상 난 어떻게든 성공시켜야 했다. 숨을 고르고 타석에 들어섰다.

첫 번째 공과 두 번째 공을 그냥 보내고 숨을 고르며 세 번째 공을 마음껏 휘둘렀다. 서러움을 담아서 혼신의 힘을 다해 배트로 공을 쳐 냈다. 배트 중심에 정확히 공이 맞았고 공은 총알처럼 빠르게 3루수 베이스를 뚫고 외야로 빠져나갔다. 주자들이 빠르게 홈으로 들어왔고 우리 팀은 극적으로 7대 6으로 승리를 했다.

우리 팀 모두는 뛰쳐나와 승리의 기쁨을 함께 누렸다. 유석이 형도 정말로 잘했다고 나를 인정해 줬다. 그것으로 내게 내려졌던 형벌은 풀렸다. 그리고 나는 권력의 중심으로 다시 돌아갔다. 그 날 우리는 짜장면과 탕수육까지 푸짐하게 먹으며 단합대회를 했다. 그날 나는 유석이 형 옆에서 식사를 했다. 그것으로 나는 다시 파스막파의 엘리트가 된 것이다.

75

내 어릴 적 친구 종혁이가 있었다. 부모님이 제사상에 올라가는 사탕, 과자 등을 만드는 공장을 했다. 자식은 너무 풍족한 삶을 살았다. 난 그 녀석에게 아양을 떨면서 과자를 얻어먹었다. 그리고 어떤 날은 과자 한 상자를 얻어 와서 누나에게 주는 날이면 누나는 너무 맛있게 잘 먹었다. 그래서인지 종혁이 집에 놀러 간다고 하면 작은누나는 은근히 과자를 먹을 수 있다는 기대감에 휩싸였다. 그렇게 친하게 지내다가 우리 집이 이사를 하면서 녀석과는 멀어졌고 학교에서 보면 그냥 알은체하는 정도로 조금 멀어졌다. 하지만 어렸을 적부터 친한 사이였으므로 만나면 허물없이 대했다. 그날도 학교를 마치고 집으로 가는데 정문 앞에서 우연히 종혁이를 만났다.

우린 서로 안부를 묻고 나란히 집을 향해 걸어갔다. 그런데 말이 많고 장난치기를 좋아했던 녀석이 말수가 옛날보다 현저하게 줄었다는 것을 알 수 있었다.

녀석이 이상하게 보였지만 얼굴이 어두운지라 나도 이유를 물어 보지 않고 묵묵히 걸어가고만 있었다. 그런데 녀석이 집으로 가는 길을 가지 않고 골목으로 방향을 틀어 걸어가고 있는 것이 아닌가.

"야, 어디 가. 집에 안 갈 거야?"

"그냥. 너 먼저 가라. 나 할 일이 있어서."

종혁이는 말을 얼버무리고 가던 길을 멈추지 않았다. 뒤에서 녀석의 모습을 보니 어깨가 축 처져 있고 기운이 하나도 없었다. 나는 무슨 일인가 하고 녀석의 뒤를 밟기 시작했다. 녀석에게 들키지 않기 위해서 아주 조심스럽게 뒤를 따랐다. 종혁이는 나를 의식하지 못했다. 대략 5분 정도 걸어가자 많은 패거리가 종혁이를 기다리고 있었다. 종혁이는 자신의 가방 속에서 과자 봉지를 꺼내 힘없이 내밀었고 녀석들은 아주 당연하다는 듯이 받고 있었다. 난 그들을 알 수 있었다. 패거리는 부모님 없이 고아원에서 생활하던 고아들이었는데 언제나 몇십 명씩 몰려다녔다.

그리고 학교에서 그들과 싸움을 하면 떼거리로 몰려들어서 같이 복수를 했다. 부모님도 없이 사랑도 받지 못한 그들이었기에 사회에 대한 불만이 있어서 그런진 몰라도 항상 얼굴에 인상을 쓰고 다녔다. 물론 그들과 어울리기를 꺼려 했으므로 철저히 자신들 끼리만 어울렸다. 무슨 약점을 잡힌 건진 몰라도 종혁이는 그들에게 상납을 하고 있었다. 난 종혁이를 기다렸다. 아직도 녀석은 완전히 맥이 풀려서 걸어오고 있었다.

"종혁아, 너 무슨 일이야?"

나를 보자 녀석이 놀라는 기색을 보였다.

"뭐 때문에 그래?"

"그냥."

"뭐가 그냥이야. 똑바로 말해 봐."

종혁이는 두 달 전 같은 반 한 아이와 싸웠다고 했다. 일방적으로 자신이 때렸는데 그 애가 바로 고아였다. 집을 가는데 종혁이를 포위를 하고 일방적으로 끌려갔다고 했다. 겁에 질린 종혁이가 잘못했다고 하자 용서하는 대신 매일 집에서 생산되고 있는 사탕이며 과자를 갖다 바치라고 한 것이다. 물론 누구에게든 말하면 더 처절한 복수를 한다고 협박을 하는 바람에 어쩔 수 없이 종혁이는 그들에게 시달리고 있었다.

"그냥 모르는 척해. 이러다가 말겠지."

종혁이가 다시 힘없이 말했다.

"가만히 있긴. 야, 빨리 부모님한테 말해. 왜 네가 당하고 살아야 되는데."

"처음에는 나도 억울해서 부모님한테 말하려고 했는데 나도 모르겠어. 그리고 그 새끼들 정말로 칼까지 가지고 다녀. 그걸 꺼내서 위협하는데 그냥 내가 주고 말지. 성진아, 너도 그냥 비밀 지켜 주라."

한참을 나는 어떠한 방법이 좋을지 생각을 해 보았지만 나도 방법이 없었다.

"그럼 언제까지 갖다 바칠 건데?"

"녀석들이 앞으로 두 달만 더 갖다주면 없던 일로 해 준다고 하니 기다려 봐야지."

"그러다 또 갖다 달라고 하면 그땐 어떡할 건데."

"아냐 틀림없이 약속 지킨다고 했어."

"종혁아, 내가 너희 부모님한테 말씀드려 볼까?"

"다시 말하지만 절대로 넌 모르는 척만 해 줘. 그 새끼들 정말로 한다면 하는 놈들이야. 억울하지만 할 수 없지 뭐."

더 이상 어쩔 수 없었다. 종혁이 그 당사자가 그렇게 나오는데 나도 달리 도울 방법이 없었다.

76

초등학교 1학년 어느 비 오는 날이었다. 막내 누나와 나는 작은 비닐우산 한 개를 가지고 두 사람이 같이 쓰면서 집으로 오고 있었다. 안세근이라는 누나와 같은 반 형이 있었는데 그는 누나와 나를 보면 항상 쌍둥이라고 놀렸다. 그날도 가는 길을 막고 계속 우리에게 장난을 걸었고 심지어 우산까지 빼앗았다. 누나와 나는 울고 있었는데 그때 정의의 사도인 고학년 어떤 형이 나타나서 세근이 형을 혼내 줬던 기억이 있다. 그리고 우리가 불쌍한지 가지고 있던 사탕까지 주며 울던 우리 남매를 달래 주었던 사람이 있었다. 얼굴은 기억이 나질 않지만 누나와 나는 비가 오는 날이면 그 형에게 감사했으며 평생 은인으로 생각했다.

그런 사람이 지금 종혁이한테는 필요했다. 난 유석이 형을 믿어 보기로 했다.

그가 전국구 대장인지 아니면 일개 동네 두목에 불과한지 한번
나 스스로도 시험해 보고 싶은 생각에 종혁이의 어려움을 그에게
말하고 도움을 요청했다. 종혁인 조금 떨어진 동네에서 살았지만
오다가다 유석이 형도 그를 알고 있었다.

"그냥 조금 더 주고 한 방에 끝내라고 해."

유석이 형은 남의 일에는 상관하지 않는다는 투로 말을 했다.

"내가 그렇게 당하고 있다면 형은 날 도와주지 않을 거야?"

"물론 네가 당한다면 무조건 잡아 족치고말고. 하지만 종혁이는
네가 아니잖니."

솔직히 유석이 형이라면 무조건 도와줄 거라고 예상을 했었는
데 그는 냉철하게 접근하려 했다. 나는 살짝 서운한 마음까지 들
었다. 하지만 강요할 수도 없는 입장이었다.

"형, 내 가장 오랜 친구인데 꼭 한 번만이라도 도와주고 싶어서
그래. 그리고 하도 몸이 축 처져 있는 것을 보니까 너무 불쌍하기
도 하고."

내 말을 듣고 유석이 형은 한참을 사색에 잠겼다.

"그래도 이건 아니다. 그리고 종혁이 말대로 그냥 두 달간만 어
려워도 참고 견디라고 해. 녀석들도 약속은 지키겠지."

정말로 너무 서운했다. 무조건 내 말이면 부탁을 들어줄 것이라
고 생각했는데 내 마음 같지 않았다. 눌론 잔잔히 따져 보니 나
같아도 나와 상관없는 일에는 관여하지 않았을 것이다. 아무튼 종
혁이에게 친구로서 어떠한 도움도 줄 수 없는 나 자신이 초라해
보였다.

77

나는 정말 몰랐다. 유석이 형이 종혁이를 앞세우고 그들에게 간 걸 예상조차 할 수 없었다. 그런데 정말로 그런 일이 일어났다. 그날은 종혁이가 한 사람을 더 데리고 나타나자 고아들은 의아해했다. 그리고 경계 태세를 갖추고 그를 바라보았다. 하지만 유석이 형은 당당하게 그들 앞에 서 있었다. 그리고 10여 명이 유석이 형 앞에서 날카롭게 그를 쏘아보고 있었다.

"너 뭐 하는 놈이냐?"

고아들 중 리더 격으로 보이는 아이가 불편한 심기를 드러냈다.

"너희들이 우리 동생 잘 보살펴 준다고 해서 상 주려고 왔지."

유석이 형은 조금도 흔들림이 없었다.

"상 같은 소리 하고 있네. 야, 피차 빨리 줄 것 주고 계산 깔끔하게 끝내자."

"야, 좋은 것 준다는데 뭐가 그렇게 바쁜데. 서두르기는."

종혁이는 이 사태가 빨리 좋게 마무리되기만 바라며 많은 겁을 먹고 있었다.

"너 진짜로 좋은 거 아니면 오늘 작살 난다."

"작살이 누가 날지는 조금만 지켜보면 알겠지."

"이 새끼가 장난하나."

리더가 눈치를 보내자 고아들이 조금씩 다가서고 있었다. 유석이 형은 가슴속에 있던 소주병을 꺼내서 벽 모서리에 터트렸다. 유리 파편이 사방으로 퍼지자 고아들은 더 이상 접근하지 못했다.

유석이 형은 병을 자신의 입속에 넣고 씹기 시작했다. 아그작…
아그작…. 기분 나쁜 소리가 사방으로 퍼졌다.

"너희들도 한번 먹어 볼래? 맛있어."

유석이 형이 피와 섞여 있는 침을 뱉으며 그들을 노려봤다. 고
아들은 겁에 질려 아무 말도 할 수가 없었다. 가지고 있던 유리병
을 바닥으로 던지자 놀란 고아들이 파편을 피하려고 우왕좌왕거
렸다. 그리고 유석이 형은 다른 병도 다시 꺼내 모서리에 병을 쳤
다. 날카로운 유리 날이 곤두섰다.

"이걸로 너희들 몸에 꽂아서 회를 뜨려고 하는데."

고아들은 더 이상 말을 하지 못하고 공포를 맛보고 있었다.

"이러지 말고 말로 하자고. 무슨 오해가 있는 것 같은…데."

"오해? 오해라서 내가 쫓아온 줄 알아? 그리고 너희 칼도 가지고
다니면서 위협한다고 그러던데. 빨리 안 꺼내?"

고아 중 리더는 손을 떨며 칼을 꺼내 조심스럽게 바닥으로 내려
놓았다.

"무릎 꿇어, 씹새끼들아."

유석이 형의 지시에 아무 저항도 못 하고 무릎을 꿇었다. 그들
에겐 가장 무섭고 공포에 얼룩진 하루였다.

"잘못했습니다. 용서해 주세요."

"그냥 바로 용서해 줄 수 있나. 벌은 받아야지."

유석이 형은 무릎 꿇은 고아들에게 따귀를 올리고 있었다. 고
개가 돌아갈 만큼의 강도로 내려치자 뒤로 넘어지는 아이들도 있
었다. 그들은 종혁이에게 진심으로 용서를 빌고 끝날 수 없었다.

그리고 다시는 몰려다니면서 나쁜 짓은 결코 하지 않을 거라고 몇 번이고 다짐을 받고 나서야 풀려날 수 있었다.

난 왜 내 부탁을 거절하면서 몰래 그들에게 갔는지 궁금했다. 그리고 그 이유를 알게 되었다. 만약 복수에 실패하면 나한테까지 불똥이 튀지 않기 위한 유석이 형의 깊은 뜻이었다. 그때 유석이 형은 독재가 끝나지 않을 정도로 무자비했지만 그렇게 사나이답고 멋있는 점도 있었다. 나의 유년 시절 최고의 보스는 바로 유석이 형이었다. 영원히 멈출 수 없고 또한 독보적인 존재가 바로 그였다.

78

6학년이 되었다. 너무 찬란하고 행복했지만 또한 너무 서럽고 치욕스러운 시절이기도 했다. 내가 난생처음 공부에 가장 큰 흥미를 가진 해였지만 나의 잘못으로 가장 친하고 싶었던 동무를 잃은 해였다. 최동헌 선생님이 담임이었다. 그 선생님은 국어 시간의 요점 및 가장 중요한 문단을 학생 스스로 선택하게 했으며 토론을 통해 자연스럽게 선정하도록 하는 교육 방식이었다. 지금까지 생각해 보면 가장 우수하고 미래를 내다본 학습 방식이었다. 물론 토론과 발표를 하다 보면 남자와 여자가 자신의 주장이 맞다며 대립했는데 그때마다 아주 멋지게 중재를 잘 해 주시던 선생님이셨다. 얼굴도 미남이라 여자들에게 순정만화 같은 선생님이셨다.

그때 매사에 긍정적이고 친구들 사이에선 항상 친절하고 얼굴도 잘생겼으며 예의 바른 김수인이라는 아이가 있었다. 공부도 잘했지만 가장 매력적인 것은 언제나 남의 입장에서 생각하는 아주 배려 있고 섬세한 소년이라는 점이었다. 물론 여학생들에게도 가장 인기가 높은 친구였다. 난 학기 초반 의도적으로 그에게 접근했다. 맨 처음은 친절과 배려를 가졌고 운동을 잘했으니까 내가 학급을 주도했다. 그렇게 친하게 되고 나, 수인, 그리고 영훈이 세 명이 삼총사를 했는데 솔직히 영훈이는 별로였다. 그리고 왜 그랬는지 모르겠지만 수인이와 영훈이가 조금만 친하면 질투를 했고 수인이를 어렵게 했다. 나도 내가 놀랐다. 그것은 내가 가장 안 좋다고 결론 내린 유석이 형의 경영 방침, 바로 그의 생트집을 그대로 다른 사람에게 하고 있던 것이다. 그렇게 하면 안 되는 줄 잘 알고 있었지만 싫어하면 할수록 난 더욱더 심하게 그렇게 했던 것이다. 그러다가 나에게 지친 수인은 2학기가 되고 10월이 되는 시점에 나를 보면 말없이 피했다. 아니, 아무 말도 하질 않았고 나를 배제한 채 영훈이와는 더욱더 돈독하게 생활했다. 돌이킬 수 없을 정도로 나는 많이 멀어져 있었다.

그것이 너무 나를 힘들게 했다. 지금 나는 그때의 잘못된 나의 그것을 느낄 수도 있고 바로잡을 수도 있었지만 시간이 너무 멀리 시나쳐 왔다. 사람들 산에 속박하고 구속하면 절대 안 되는 것이 인생사다. 그리고 너무 다그쳐서는 절대 안 되며 고집을 피우면 서로의 신뢰가 무너진다. 자연스럽게 따라올 수 있도록 배려와 사랑으로 대해야 한다는 가장 기초적이고 중요한 생각을 왜 그땐 할 수 없었을까. 만약 수인이를 다시 만나게 된다면 진정으로 좋은 친구가 될 수 있었을 것인데. 중학생 이후 아직 그를 만나 보질 못했다. 6학년 때 나의 가장 문제점은 내 의견을 반대를 하면 다른 사람은 괜찮지만 수인이에게는 서운해서 그런지, 아니 너무 믿어서 그런진 몰라도 내 성질이 그대로 묻어 나오면서 그를 너무 힘들게 다그쳤다는 것이다. 난 그때 그랬다. 행동이 유석이 형 복사판이었다. 내가 축구를 하자고 해서 수인이가 반대하면 씩씩거리다가 이렇게 말했다.

"수인이 너 다시는 축구하자고 하면 축구공 빵꾸 낸다."

난 완전히 싸움닭이었다. 그러니 가을부터 인기가 좋고 사람 좋은 수인이가 나에게 등을 돌리니 모든 친구가 떨어져 나갔다. 솔직히 공부는 열심히 해서 우등상이란 것을 처음 타 보았지만 마음은 너무 외롭고 슬펐다. 그렇게 외로운 초등학교 시절을 마치고 밤톨 머리의 중학생이 되었다. 수인이와 같은 중학교가 된다면 정말로 친하게 될 것으로 믿었는데 다른 중학교를 다니면서 그날 이후 한 번도 보질 못했다.

29

그때 우리는 '빵빵이 돌린다'고 했다. 그렇게 해서 중학교가 정해졌다. 우리 동네에서 나와 동갑인 친구 중 나만 동중학교로 떨어졌고 다른 친구들은 충남중학교로 학교가 결정되었다. 그때 유석이 형은 나만 다른 학교에 떨어졌다고 해서 고아라고 부르면서 장난을 쳤다. 유석이 형은 고등학교로 진학했는데 성적도 안 좋았지만 돈을 벌어야 했다. 그래서 야간 고등학교로 갔는데 그때 야간생을 올빼미라고 불렀다.

낮에는 신문을 돌리면서 돈을 벌고 야간에는 학교를 다녔다. 중학교 1학년 담임은 박문순 선생님이셨는데 술을 너무 좋아하셨다. 항상 아침에 보면 얼굴이 벌겋게 달아올라 있었다. 도덕 선생님이었는데 볼펜 짤그락거리는 소리를 가장 싫어했다. 자신이 수업 중 설명을 하려고 할 때는 손을 앞으로 나란히, 옆으로 나란히, 뒤로 나란히 시켜서 일체 움직이질 못하게 했다. 그리고 떠들거나 말을 안 듣는 학생들은 쓰레기라고 해서 바로 책상을 뒤편 쓰레기통 옆에서 공부를 시켰다.

그래서 다른 과목 선생님이 들어오셔서 뒤에 있는 학생들을 보며 "자네 뭐 하는데 책상이 떨어져 있냐"고 물어보면 다들 "쓰레기요." 이렇게 설명했다. 정말로 초등학교와는 정반대로 폭력적인 선생들만 있었다. 박문순 선생님은 항상 혼낼 때 이렇게 말씀하셨다.

"이런 못생긴 새끼. 네 애비 데리고 와."

그러면서 싸대기를 아주 신경질적으로 힘을 다해서 때렸다.

그리고 자습 시간에는 항상 뒷좌석에 앉아서 잠을 잤다. 정말로 교실 안에 코 고는 소리가 들렸지만 우리는 서로 쳐다보면 웃기만 했다. 그러다가 교장 선생님이 돌아다니면서 자는 것을 발견하고 문을 흔들면 손으로 턱을 바쳤다. 그 모습이 어찌나 빠른지 우리도 선생님 자는 모습을 흉내 내며 서로 웃었다.

학교 시설이 너무 낙후되었다. 복도에 이중창이 없는 건물로, 겨울이면 바람이 너무 들어와서 추웠지만 난로는 설치만 했을 뿐 가동은 일체 없었다. 이중창이 없는 관계로 고개를 빼면 바로 위층에서 침을 뱉어 머리에 맞추곤 해서 한 번 당한 학생들은 절대 고개를 복도 밖으로 빼지 않았다. 그러다가 언젠가 한 번 단체로 기합받던 날이 있었다. 엎드려 뻗친 자세로 담임 박문순 선생님은 봉걸레 자루로 두 대씩 때린 후 발로 차서 넘어뜨렸는데 덩치가 큰 홍세민이라는 아이가 다리로 차면 안 넘어지려고 힘을 줬다.

박문순 선생님이 다리로 차는 순간 자신이 뒤로 넘어가면서 칠판에 머리가 부딪혔다. 그다음부터 맞는 아이들은 아주 곡소리가 났다. 아주 풀 배팅을 하면서 때렸다.

중학생이 되자 만화책 읽는 것을 너무 좋아하게 되었다. 그때는 만화책을 읽다 보면 다음 내용이 너무 궁금해서 만화방에 가서 살다시피 하였다.

그리고 특이한 점은 만화방, 당구장엔 꼭 빠칭코 기계가 있었다는 것이다.

물론 불법이었는데 100원짜리 동전을 넣고 기계를 돌리면 세븐, 수박 등이 3개 이상 맞으면 바구니에 동전이 쌓이는 단순한 기계였다.

잔돈이 있는 사람들은 자연스럽게 게임을 즐겼고 미성년자도 아무런 제재 없이 돈만 있으면 게임을 할 수 있었다.

"성진아, 맛있는 거 사 줄까?"

유석이 형이 다정하게 나를 불렀다. 아주 자신감 가득한 표정을

164

짓고 있었다.

"형, 돈 있어?"

"야, 돈 있어야 맛있는 거 사 먹을 수 있는 게 아니다."

인생을 다 가진 사람처럼 여유를 부리고 있었다.

"야, 따라와."

그렇게 해서 신안동 동사무소 옆에 있던 만화방을 갔다. 유석이 형은 100원짜리 동전을 넣고 빠칭코를 했는데 하나도 그림이 맞질 않았다. 몇 번 반복 후 만홧가게 주인집 아주머니 눈치를 보더니 시선이 없다는 것을 확신한 유석이 형은 다른 주머니에서 동전을 꺼냈는데 10원짜리 동전이었다. 그런데 특이한 것은 10원짜리 동전 주위로 노란색 테이프가 붙여져 있었는데 100원짜리 동전과 같이 홈이 파여 있었다. 신기하게도 10원짜리 동전을 넣었는데 코인이 계속 올라가고 있었다. 그리고 자연스럽게 반환투입구를 누르자 진짜 100원짜리 동전이 나왔다. 유석이 형이 어디서 그런 걸 알아 왔는지 나는 진짜로 혀를 내둘렀다. 양쪽 주머니엔 100원짜리 동전이 가득했다. 정말로 불법적인 것에는 천부적 재능을 타고난 사람이 유석이 형이었다.

그날 누릴 수 있는 모든 것을 누렸다. 유석이라는 이 사내가 어른이 되면 어떻게 될 것인지 그때부터 난 끝까지 지켜보고 싶어졌다.

용이 되는지 나방이 되는지 이 사람은 두 가지 중 한 가지가 될 거라고 생각했으며 중간은 없을 거라고 확신했다.

80

5월로 넘어가는 시점에 우린 한가로이 동네에서 들마루에 앉아 놀고 있었다. 어둠으로 넘어가는 시점에 경호 형이 담배를 피우며 우리에게로 왔다. 계속해서 줄담배를 피우고 있었는데 그 모습이 평소와는 달랐다. 항상 웃으면서 우리를 즐겁게 해 주던 형의 모습이 아니었다.

"야, 너희 중에 오백 원 있는 사람."

그날 이상하게 돈을 가진 사람은 아무도 없었다. 우리는 담배를 사기 위해서 그런 줄 알았다. 경호 형은 공부를 잘해서 동아공고를 장학생으로 졸업한 상태여서 무슨 걱정이 있는지는 아무도 몰랐다. 그런데 그게 마지막이었다. 그다음 날 소식을 들었다. 자살했다는 소식을. 오백 원을 구해서 그것으로 쥐약을 사서 먹고 음독자살을 한 것이었다. 이유는 그랬다. 아버지랑 단둘이 살았는데 아버지가 막노동을 해서 경호 형을 키웠다. 아니, 경호 형 혼자 잘 컸다. 형은 고등학교를 졸업하고 대학교에 진학하고 싶어 했다. 그런데 아버지는 이제 돈을 벌어 오라고 경호 형을 달달 볶았다.

"이 병신 자식아, 그동안 그렇게 키워 줬으면 이제 보답을 해야 될 것 아녀. 빨리 취직해서 돈 벌어라."

그런 여린 마음에서 희망이 없어지니 삶이 싫어졌고 죽음을 택했다. 경호 형 집 밖에는 그가 쓰던 물건이 쓰레기가 되어서 쌓여 있었다. 기분이 정말로 우울했다.

경호 형은 죽음 앞에서는 독한 사람이었다. 유서도 남기질 않았다. 경호 형과 가장 친한 친구였던 종필이 형은 술을 먹고 하루 종일 기타만 쳤다. 기타 소리가 아주 구슬프게 동네에 퍼졌다. 경호 형 아버지는 정말로 괴팍한 성격이었다. 초등학교 시절 친구들과 숨기 장난을 했는데 그날 나는 술래를 피해 경호 형 집 부엌에 숨었고 인기척이 나자 형의 아버지가 나를 보았다. 나는 손가락으로 쉿 하는 표정을 지었는데.

"이 쌍놈의 새끼, 빨랑 안 꺼져?"

아주 큰 소리로 내게 호통을 쳤고 혼비백산하면서 도망갔던 기억이 생생하다.

시간이 지나감에 따라서 경호 형의 죽음으로 인한 상처는 조금씩 치유되어 갔다. 그리고 어느 순간엔 그를 생각하면 가슴이 먹먹해져 갔지만 슬픔이 오래 남질 않았다. 그렇게 중학생이 되고 겨울방학을 맞이하게 되었는데 유석이 형이 동네 멤버들을 집합시켰다. 그날 멤버들에게 친구 집에서 자고 온다고 거짓말을 치고 모이도록 했다. 그렇게 승낙을 받고 나온 인원이 10여 명 정도가 되었다. 물론 무조건 돈을 많이 가지고 와야 한다는 조건이었다. 동네에 쓰러져 가는 빈집이 있었는데 그곳에서 지금으로 말하면 파티를 하자는 거였다. 그곳에 이미 연탄불이 있었으며 촛불도 준비되어 있었고 과자와 음료수도 있어서 우리는 신나게 그것을 먹으며 시간을 보내고 있었는데 유석이 형이 어디에서 구했는지 화투를 꺼냈다. 왜 돈을 가져오라고 했는지 이제야 알았다. 나도 천 원 정도 있었던 것으로 기억되는데 그날 난 처음으로 섰다를 알게 되었다. 어린 나에게 색다른 경험이었다. 그곳에서도 나이와 관계없이 돈만 있으면 무조건 정정당당하게 승부를 펼칠 수 있었다. 결과는 시작한 지 20분 만에 남아 있는 돈은 아무것도 없었다. 가슴이 약하고 나이가 어린지라 높은 패를 잡고 있어도 상대방이 무섭게 치면 난 겁을 먹고 죽기 일쑤였던 것이었다. 그리고 옆에서 유석이 형은 지금으로 말하면 고리대금업으로 돈을 꾸어 주고 있어서 돈을 잃고 억울하다고 생각한 나 같은 사람들이 객기를 부리며 눈덩이처럼 빚이 늘어 가고 있었는데도 그 무서움을 모르고 있었던 것이다. 난 철저하게 가슴속 마지막까지 털털 털리고 기가 차다는 생각밖에는 들지 않았다. 그렇게 쉽게 돈이 없어질 수도 있고 그렇게 빠르게 빚이 늘어 갈 수 있다는 것에 대해 인생은 쉽게 절대로 갈 수 없다는 것을 알게 되었다. 그만큼 나도 조금씩 성장해 가고 있었다.

내가 알던 유석이 형은 조금씩 인생과 타협을 하며 자신의 이익을 위해서 살아갔다. 여느 일반인처럼 어찌 보면 당연한 것인데 그가 그렇게 변하는 것에 내 기대가 조금씩 틀릴 수도 있다고 느꼈다.

81

영웅이 조금씩 타락해 갔다. 그리고 썩어 갔다. 유석이 형은 고등학교에 들어가면서 도박과 술에 빠졌다. 어렵게 고생해서 돈을 벌면 술을 사 먹었고 취하면 친구들과 항상 대립했다. 그리고 말도 안 되는 억지 주장을 폈고 자신의 뜻이 관철되지 않으면 악담을 퍼붓고 다시 술을 마셨다. 그리고 수금한 신문 대금으로 도박에 빠져서 그 돈을 탕진하면 다시 빚을 지고 생활을 했다. 그 당시 유석이 형 친구 중 한 명이 더 포함되었다. 정수 형. 그는 건너 동네에 살았는데 어머님이 무당이었다. 정말로 인상은 아주 여자처럼 예쁘게 생겼다. 그러나 성질은 아주 더러웠다.

그는 우리 동네처럼 선배 말에 일사천리로 움직이는 그런 곳을 항상 동경해 오다가 자신이 좋아서 먼저 유석이 형과 어울렸다. 그리고 기분 나쁜 일이 있으면 먼저 유석이 형에게 말했다.

"유석아, 애들 집합시켜서 푸닥거리 한번 하자."

그러면 술에 취한 유석이 형은 우리를 집합시켰고 이유도 없이 폭력을 가했고 정수 형 또한 신나게 우리를 구타했다. 사람을 패는 것은 두 사람이 아주 잘 맞았지만 다른 것에는 항상 두 사람 의견이 갈렸다. 그래서인지 술만 먹으면 유석이 형과 가장 심하게 대립했다. 유석이 형은 초등학교 때 키가 인생의 키였다. 한 160센티 정도 되는 키로 크면서 아주 보잘것없는 외모로 변했다. 그리고 사람들이 체구가 작은 자신을 무시하면서 옛날 같은 위엄은 조금씩 사라지기 시작했다. 그때는 펜팔이 아주 유행했었다. 대중가요 음악책을 사면 뒷면에 펜팔란이 있어서 편지를 주고받다가 살 이어지면 충주 등 타지로 만나러 갔고 아니면 대전으로 초청해서 만남을 이어 갔다. 그런데 은성이 형과 정수 형은 항상 성공하는데 유석이 형은 언제나 여자들이 관심을 가져 주지 않았다. 그래서 밀린 유석이 형은 술을 마시면서 자신을 한탄하고 자신에게

서운하게 하면 무섭게 달려들어 싸우려고 했다. 그렇게 지내다 보니 그 당시 동네에는 소문이 퍼졌다. 유석이 형이 술이 올라와서 얼굴이 빨갛게 되면 무조건 도망가라고, 무조건 피하고 보라고 했다. 그만큼 유석이 형은 폭탄처럼 변해 갔다.

82

은성이 형네 집은 연탄 장사를 했다. 여름에는 연탄이 배달 안 되는 관계로 창고가 비어 있었다. 그곳에 모여 도박을 했다. 빨리 판을 끝내야 하는 관계로 섯다를 했는데 그날따라 긴장감이 넘쳐 흘렀다. 처음에는 유석이 형의 일방적인 끗발로 시작되고 있었다. 그의 자리 앞에 많은 지폐가 쌓였다. 기분이 좋은지 나에게 만 원을 줬다. 그렇지만 도박판은 끝나 봐야 안다. 그러다가 불꽃이 튀면서 서로 눈치를 살폈다. 천 원짜리 지폐가 수북하게 쌓였다. 내가 보기에도 10만 원이 넘어 보였다. 유석이 형이 호기 있게 달려들었다. 담배 연기가 주위를 가득 메웠다. 돈만 있으면 할 수 있는 곳이라서 처음 보는 사람들도 있었다. 6명이 모두 자신이 가지고 있던 돈을 걸었다. 첫 끗발이 개끗발이라고 유석이 형은 처절하게 깨졌다. 처음 본 사내가 전부 휩쓸었다. 유석이 형은 잠시만 기다리라고 하고 자리를 비웠다. 유석이 형의 성질을 아는지라 다른 형들은 작게 베팅을 하면서 그를 기다리고 있었다. 유석이 형은 어디에서 먹었는지 술에 푹 빠져서 다시 돌아왔다.

나는 그가 준 돈을 다시 그에게 건넸다. 어디에서 구해 왔는지 만 원짜리 지폐가 가득했다. 술에 취한 그는 요리하기 쉬운 가장 큰 먹잇감이었다. 그때부터는 무조건 걸었다. 무조건 죽질 않았다. 그리고 막상 패를 펴 보면 항상 개패로 패배를 했다. 술에 절자 그는 조금의 인내심도 가지지 못하고 끝도 없는 자신감으로 무섭게 베팅을 했다. 그러니 가지고 왔던 돈도 20여 분이 되지 않아 바로 막을 내렸다. 그리고 돈을 꾸어 달라고 했지만 도박판에서는 돈이 없으면 바로 찬밥 신세고 바보 병신이 되는 것이다. 그는 친구들에게 땡깡을 부리며 뛰쳐나갔다.

83

그렇게 총명하고 뛰어났던 보스는 어디에도 없었다. 그냥 막무가 내인 폭군으로 유석이 형은 변해 있었다. 그리고 친구들에게 항상 이용만 당하는 아주 이용해 먹기 쉬운 사람이 되었다. 은성이 형과 정수 형이 여자를 꼬셔 오면 돈은 유석이 형이 냈고 여자들은 항상 두 사람이 챙겼다. 그리고 여자 앞에서는 말도 제대로 하지 못하는 사람이 되었다. 그리고 그와 이야기를 하다 보면 너무 짧은 식견에 여자들은 두 번 다시 만나기를 꺼려 했다. 그리고 옛날 버릇 때문인지는 몰라도 후배들을 만나면 무조건 자신이 돈을 내야 했다. 돈에 대한 개념도 없어졌다. 조금만 단골이 되어도 무조건 먹고 외상부터 해야 했으며 월급을 타면 그 돈을 갚고도 계속 외상값이 남아 있었다. 친구들은 어떻게 해서든 실리를 추구하는데 자신은 매일 손해만 보는 장사를 했다. 난 솔직히 무너져 가는 유석이 형이 불쌍했다. 하지만 그는 내가 진정으로 바라는 사람이 되기는 이미 어려워졌고 서서히 사회 부적응자로 변해 가고 있었다. 그리고 항상 사회에 불만만 있어서 일단은 쌍욕부터 나오는 사람이 되었다. 모두들 그를 만나는 것을 꺼려 했다. 나는 그를 사람으로 만들고 싶어 했지만 그는 내 말을 들을 사람이 결코 아니었다. 그리고 고집불통에 말이 안 통하는 사람, 그때부터 그의 별명은 '개유석'이었다. 술 먹으면 개, 말싸움하면 꼴통, 매사에 불만만 있는 막가파. 무너져 가는 보스는 더 이상 일어날 수 없을 정도로 자신을 학대했으며 친구들이 하나둘 그의 곁을 떠나갔다. 내가 세상을 변화시킬지도 모른다는 사람이 바로 유석이 형이었는데 내 예상은 아주 보기 좋게 빗나갔으며 아주 한 방에 무너져 내렸다.

84

중학교 2학년부터 민주화에 대한 열망이 일어나면서 대전역에서는 연일 데모가 일어났고 역전 뒤편에 우리 동네는 항상 최루탄 가스 때문에 눈을 뜨기도 힘들어서 매일 기침을 했다. 동네에서 살기가 너무 힘들어졌다. 하나둘 동네를 떠났다. 그리고 신안동은 집주인만 사는 동네가 되었다. 세 들어 사는 사람은 살기가 힘들고 최루탄 때문에 동네는 너무 조용해졌다. 그해 겨울, 은미 누나가 왔다. 더 예뻐지고 더 성숙한 얼굴을 가지고 나타났다. 2년 6개월 만에 내 첫사랑이 온 것이다. 나는 너무 기뻐서 무슨 말을 해야 하나 하고 여러 가지 생각과 어떻게 하면 누나를 더 즐겁게 해줄까 무슨 선물을 할까 고민했지만 그녀는 어른스러운 고등학생이 되어서 더 이상 나에 대한 정 같은 것은 하나도 없었다. 아니, 나를 완전히 어린아이 취급을 했다. 무슨 일이 있었는지는 모르지만 예전에 애틋한 감정을 가진 그녀가 아니었다. 나는 그냥 그녀에게 어린아이였다. 그래도 예전에 나를 대하던 감정이 조금이라도 남아 있기를 바라고 그녀에게 매달려 보고 싶었지만 바로 거절당할 것을 알았기 때문에 도전도 하지 못했다. 하지만 밑에서부터 끓어오르는 오기가 발동해서인지 그녀를 불러 세웠고 내 감정을 전달해서 결판을 보고 싶었다. 어떻게 해서든 끝을 봐야 했다. 난 원동사거리 빵집으로 그녀를 불러냈다. 내가 먼저 왔고 기다리는 시간이 무척 지루했다. 그리고 막상 창문으로 그녀가 오는 걸 보니 가슴이 뛰었다. 속 깊은 곳에서 먹먹함이 올라왔다. 내 기분이었는지 모르겠지만 그녀는 조금은 무표정한 자세로 시간이 빨리 지나가기만 바라는 것 같았다.

"누나, 정말 서운했어. 그동안 편지를 보냈는데 답장도 써 주질 않고."

"응, 그서. 바빴어. 아주 많이."

그녀는 사무적인 말투로 내 말을 받았다.

"나 솔직히 지금 약속 있는데 할 말 있으면 빨리 좀 해 줄래?"

"누나 많이 변했네. 예전에 참 따뜻했는데."

"내가 그랬나. 옛날이라 생각이 좀 나질 않네."

나는 할 말을 잊었다. 내가 지금 큰 잘못을 하고 있는 것처럼 느껴졌다.

"나 10분만 있으면 가야 하는데."

"철이 형 만나기로 했어?"

"성진아, 내가 누굴 만나든지 너에게 말할 의무는 없다고 보는데."

그녀는 너무 차갑고 옛날의 천사가 아니었다.

"나 솔직히 누나 너무 많이 기다리고 보고 싶었는데."

"나도 보고는 싶었는데 그때의 감정이라는 게, 너도 더 크면 알겠지만 별거 아니더라. 그리고 우리가 그렇게 죽고 못 사는 사이는 아니잖니. 넌 어려서 아직 많이 몰라."

나를 아주 깔아뭉개고 있었다. 더 이상 말을 하면 내가 더 초라해질 것만 같았다. 그녀와의 짧은 인연은 그렇게 끝났다. 아주 처절하게 차였다.

속이 후련했다. 막상 그렇게 끝나고 나니 나도 더 이상 미련 따위는 없었다. 하지만 나에게도 정말로 아름답고 찬란했던 그런 날이 있었다. 한때는 아름답고 순수한 사랑을 했던 세상에서 내가 제일 행복하던 때가 있었다.

85

그렇게 시간은 빠르게 흘러갔다. 유석이 형을 간간히 스치듯이 만났지만 예전처럼 많이 만나지는 못했다. 그냥 예전하고 똑같이 곤조통이 되었다는 말만 들었을 뿐 그때는 모두가 다 바쁘게 살았다. 난 중학교 3학년이 되었고 고등학교를 위한 학력고사를 준비하느라 동네 친구들과도 어울리지 못했다. 그리고 유료 독서실에서 마지막 수험 준비에 박차를 가하고 있었다. 그날은 일요일로 기억된다. 저녁을 먹고 다시 독서실로 가기 위해서 자전거를 타고 집을 나섰다. 동네 어귀를 벗어나는데 유석이 형과 정수 형이 보였다. 나는 반가운 마음에 그들을 보았다.

"유석이 형."

그는 나를 보았고 나를 불러 세웠다. 그게 실수였다. 얼굴은 벌겋게 올랐고 입에서는 술 냄새가 진동했다.

"성진이 이리 와."

"형, 왜?"

"이리 와서 벽에 서."

"형, 왜 그러는데."

난 솔직히 겁을 먹었다. 유석이 형의 안 좋은 인상이 더욱더 험상궂게 보였다.

"야, 가슴 펼쳐."

"형…"

"가슴 펼치라고."

난 아무 죄도 없이 벽에 기대어 섰다.

"내가 지금 너를 때릴 거거든. 그러니까 너희 엄마한테 꼰질러도 좋고 네 마음대로 해. 가슴 펼쳐."

"유석아, 네가 오늘 기분 나쁜 것은 이해하고. 그런데 성진이는 보내 줘라. 반가워서 알은체했는데 이러면 안 되지."

옆에 있던 정수 형도 이건 아닌지 유석이 형을 말렸다.

"넌 됐어. 내가 알아서 할 테니까 저기 가서 담배 피우고 있어."

"네 마음대로 해라."

정수 형이 자리를 비우고 저쪽으로 빗겨 갔다. 내가 믿었던 마지막 구원의 끈이 없어졌다. 나는 포기하고 가슴을 내밀었다.

"넌 씨발놈아, 싸가지가 없어. 그러니까 오늘 정신 개조를 해야 돼."

퍽 소리와 함께 내 가슴에 주먹이 날아왔다. 너무 아프고 고통을 느꼈지만 너무 억울해서 신음은 내지 않았다. 수십 대의 펀치가 날아왔다. 이유도 없이 맞는 것보다 저렇게 사리 분별도 없이 변해 버린, 내 어린 날의 우상이 저런 쓸모없는 인간이었다는 게 슬펐다. 진짜로 독서실에 와서 한없이 울었다. 분하고 속상하고 안타까워서 울었다. 그때 사실 내가 머리 하나는 더 커 버렸다. 힘으로 했으면 내가 이길 승산도 컸지만 난 참았다. 내 우상에 대한 마지막 배려라고 생각했다. 그러나 차후에도 이런 일이 벌어진다면 내가 쓸어 버리겠다고 다짐했다. 억울함이 울분으로 변해서 가슴 밑에서부터 올라왔다. 그리고 몇 년이 훌쩍 흐른 뒤, 서로 군대도 제대해서 만난 적이 있었다. 그리고 그날의 서운함을 말한 적이 있는데 그는 기억하지 못했다. 아니, 그런 일은 절대 없었다고 했다. 자신은 술 먹으면 절대 폭력은 행사하지 않는다고 했다. 술만 먹으면 생각을 못 하는 건지 안 난다고 하는 것인지 확인할 수가 없었다. 아무튼 그는 인생 최악의 내리막길로 끝없이 추락하고 있었다.

중학교 3학년 때 옆 동네에 살던 이유복이라는 친구를 만났다.

살결이 무척 검은 편이었는데 조금은 무식한 구석이 있던 친구였다. 이름이 '흐를 유'에 '복 복' 자를 쓰던 친구였는데 아버지는 어머니 배 속에 있을 때 돌아가셨다고 했다. 그래서인지 유복이라는 이름이 유복자로 더욱더 각인되었던 친구였다. 참 특이한 녀석이었다. 녀석이 살고 있던 동네는 유독 혼자 사는 여자들이 많았는데 밤마다 남자들이 수시로 들락거린다고 했다.

번데기 장사를 하던 아주머니에게 남자가 있다고 했다. 그것도 새벽에 몰래 방문했다가 아침 일찍 도둑고양이처럼 자신의 집으로 도망간다고 했다. 그래서 동네 아주머니들이 그 집을 보며 '기둥서방 집'이라고 하는 소리를 유복이도 듣게 되었는데 그는 그때 당시 자신이 살아오면서 들은 가장 멋있는 말이 기둥서방이라는 말이라고 했다. 일을 마치고 집에서 쉬는 어머니를 본 유복이는 이렇게 말했다.

"엄마, 나 커서 기둥서방 될 겨."

"이런 미친 또라이 새끼가 어디 그게 할 소리여? 지랄 염병하고 자빠졌네. 이야, 우리 아들 아주 장하다. 아주 훌륭해. 참 큰 인물 될 거야."

사리에서 박자고 일어난 어머니가 재떨이를 집어 던졌다고 했다. 그때가 살면서 어머니에게 가장 심하게 혼난 날이라고 했다.

중학교 3학년 때는 같은 반이 되었는데 머리가 나빠서인지 공부를 못했다. 그래도 집요하게 공부 잘하는 녀석을 사이에 두고 줄

기차게 부정행위를 열심히 했다. 그러다가 부정행위에 협조를 하지 않으면 아주 갖은 방법을 동원해서 못살게 굴었다. 한 번은 수업 시간에 떠들다가 선생님에게 혼난 적이 있었는데 그 선생님은 구둣발로 유복이의 무릎 아래를 계속 찼으며 녀석은 뒤로 물러나며 계속 선생님의 공격을 피하고 있었고 화가 난 선생님의 미간이 잔뜩 찌푸려졌다.

"이 새끼가 죽으려고. 빨리 앞으로 안 와?"

그의 말을 들은 유복이 녀석은 어떻게 생각했는지 몰라도 탱크처럼 무대포로 선생님의 앞으로 전진을 했다. 갑작스러운 녀석의 행동에 선생님은 스텝이 꼬였고 그대로 뒤로 넘어졌다.

쿵!

선생님은 벌떡 일어났는데 우리는 입을 막으며 웃음을 참아야 했다. 그날 유복이 녀석은 한 시간 동안 곡소리가 나도록 매질을 감수해야 했다.

그래도 그때가 지나면 아무렇지 않게 행동하는 녀석이었다.

중3인 우리는 고입 준비를 위해서 독서실에서 같이 공부를 하고 있었는데 녀석은 유독 의협심인지 뭔지 모를 게 있었다. 토요일 오후, 고2 여학생 두 명이 독서실에 왔었는데 복장이 화려했다. 그 당시 노는 언니를 일명 날라리라는 은어로 불렀는데 딱 그 스타일이었다.

그녀들이 옥상 위로 올라가는 것을 유복이 녀석은 보게 되었고 몰래 숨어서 담배 피우는 장면까지 목격하게 되었던 것이다.

"아, 이건 아니지. 어떻게 여고생들이 담배를 피우지? 이건 내가 용납 못 해."

녀석은 정의의 사도처럼 자신만만하게 자신의 주장을 굽히지 않았다.

"야, 공부 좀 해라. 독서실에 공부하러 왔지 놀러 왔냐? 자식아, 시험이 얼마 남지 않았는데 작작 하자."

난 녀석이 아주 한심하게 느껴졌지만 자신의 생각을 꼭 실천해야 하는 그였다. 그리고 다시 여고생 두 명이 밖으로 나가는 것을 보고 그들을 미행하기 위해 녀석은 길을 나섰다. 한참 후 갑자기 살려 달라는 비명을 지르며 유복이 녀석이 사색이 되어서 나타났다. 그 여학생 두 명이 다시 골목길 구석에서 담배를 피우고 있었다고 했다. 그리고 아주 당당하게 녀석은 그녀에게로 다가섰다.

"학생이 담배를 피우면 나쁜 짓입니다. 저도 몇 달 전까지 담배를 피웠는데 건강에도 안 좋고 아무튼 담배를 피우시면 안 되는 겁니다."

유복은 그녀들 곁으로 다가서며 계속 말을 이어 나갔다.

"그래요. 아주 눈물 나도록 고맙네요."

살기를 비치며 그녀 중 한 명이 주머니 속에 있던 칼을 꺼내 유복을 찌르려는 시늉을 했던 것이다. 녀석은 "으악" 비명을 지르며 사람 살려 달라는 비명에 가까운 굉음을 내며 독서실로 돌아왔던 것이다.

녀석은 어땠는지 몰라도 독서실에 있던 친구들과 형들은 웃겨서 쓰러질 뻔했다. 그래도 녀석은 안정을 찾은 후 이렇게 말했다.

"내가 운동신경이 발달해서 그 칼을 피했지. 성진아, 너 같으면 벌써 병원 실려 갔다. 나니까 아무런 상처도 없는 거다."

"병신, 생쇼를 하시네. 살려 달라고 한 지가 십 분도 안 지났는데 참 특이한 케이스다 넌."

어이가 없어서 녀석을 보며 한동안 쓴웃음을 지었던 기억이 생생하다.

그런데 녀석이 성인이 되고 이사 가면서 자연스럽게 연락도 끊겼다.

아무튼 유석이 형과 견줄 만한 내 인생의 특이한 녀석이 바로 이유복이었다.

86'

고등학생이 되었다. 동대전고등학교에 입학했다. 남녀공학이었고 고등학교 옆에는 한남대학교가 있었다. 연일 대학교에서 데모를 했고 축제도 했다. 나는 새로운 친구를 만났다. 탤런트 조경환처럼 운동을 해서 몸이 딴딴한 인한이도 만났고 성일도 만났으며, 모경호도 만났다. 우리는 대학 캠퍼스를 누비며 대학생처럼 담배를 피우고 야간 자율학습 시간에 땡땡이를 치고 대학 축제 때는 막걸리도 마시면서 어른 흉내를 내고 있었다. 그때는 교복자율화 시대로, 우리는 한 번도 교복을 입지 않았다. 그래서 대학생과 고등학생이 차이가 나질 않았다. 그리고 무서운 10대였으므로 대학생이 뭐라고 하면 싸우려고 들었다. 그때 우리는 무서운 것이 없었다. 고등학교 뒷산으로 넘어가면 한남대학교 국문과가 있었는데 어느 날 그곳을 친구들과 지나는데 예쁜 대학생 누나가 우리를 잡았다. 국문과 지하에서 영화 상영이 있는데 초청한다는 것이었다. 물론 빵과 우유도 준다고 해서 얼떨결에 따라 들어갔다. 재미있는 홍콩 영화를 상영하는 줄 알았다. 그때 가슴이 먹먹하고 슬퍼서 울었다. 5·18 광주민주화운동 비디오였다.

공수부대에게 짐짝 끌려가듯 사람들이 마구 맞아서 정신이 없는데 트럭에 사람들을 던지듯 버렸다. 버스 위로 태극기를 흔들고 있는 청년이 갑자기 총에 맞아떨어지면서 피를 흘리고 죽어 갔다. 탕탕 총소리에 광주시청에 모여 있던 사람들이 넘어지고 쓰러져 갔다. 2시간 동안 상영하는 그 영상 속에서 저런 일이 대한민국에서 일어났다는 것이 믿기지가 않았다. 그 영상이 끝나고 대학생 형들과 누나들이 〈임을 위한 행진곡〉을 불렀다. 같이 부르면서 셀 수 없는 눈물이 내 눈을 감쌌다. 그때부터 며칠 동안 난 악몽에 시달려야 했다.

87

유석이 형이 군대를 갔다는 소리만 들었다. 훈련소에서 가서 자대에 배지받았는데 전부경찰로 빠지고 그 유명한 백골단이 되었다는 소리를 들었다.

그런데 갑자기 유석이 형의 아버님이 돌아가셨다. 동네에서 장사를 치렀는데 나도 유석이 형 집으로 가서 절을 올렸다. 은성이 형이 어떻게 해서 국방부로 전화를 했고 어떻게 해서 경찰서로 연락을 했다. 유석이 형이 막 자대배치를 받자마자 머리를 빡빡 깎은 모습으로 최고참 선임자를 동행하고 장사 마지막 날 특박을 나왔다. 침통한 표정의 그를 보았다. 그때 동정심이 흘렀고 그가 참 불쌍하다는 생각을 했다. 지난날의 원망은 모두 사라졌다. 그는 정말 키가 작았다. 그리고 최고참 군인은 몸집이 매우 컸다. 유석이 형이 매우 초라하게 느껴졌다. 그리고 비통한 눈물을 흘리고 있었다. 너무 슬퍼 보였기에 그때 그에게 위로의 말조차 하질 못했다. 그리고 그가 다시 자대로 들어간다고 했다. 사육장에 끌려가는 소처럼 불쌍해 보였다. 3년을 빡빡 기어야 집으로 온다고 하니 불쌍했지만 몇 년 후 나도 군대에 간다는 생각에 두려움에 한숨이 흘러나왔다. 하지만 군대는 유석이 형에게는 또 다른 기회였다.

백골단. 이름만 들어도 무시무시한 데모 진압 부대였다. 청재킷에 안전모와 안전봉을 가지고 대학생 한 명을 찍으면 무서운 속도로 쫓아가서 작살을 내는 임무를 부여받은 부대였다. 그의 이제까지 인생에서 가장 잘 맞는 옷을 입었다고 나는 생각했다. 내 예상 그대로였다. 데모 진압을 잘했고 한 번 지시를 받으면 무조건 지명수배 대학생을 끝까지 쫓아가 잡았다고 해서 경찰청장상까지 받았다고 했다. 그래서 특박은 거의 그가 차지하고 심심치 않게 휴가를 나왔다. 그리고 그때는 또 볼 때마다 당당한 모습이었다. 다시 옛날의 보스처럼 생동감이 넘쳤고 자신을 자랑스럽게 생각했다. 잊혔던 기대가 다시 조금씩 올라왔다. 이렇게 간다면 내 예상이 맞을지도 모르겠다는 생각이 불현듯 밀려왔다. 그가 세상을 다시 한번 멋지게 바꿀 수 있는 당사자가 될지도 모른다는, 어릴 적 내가 잠시 품었던 기대감이 다시 밀고 올라왔다.

88

　유석이 형은 충북 진천에 있는 육군 훈련소에 입대했다. 마지막 가는 길을 은성이 형 등 친구들이 배웅했는데 조금도 울지도 않았으며 아주 당당히 들어갔다고 했다. 특히 마지막 훈련소 들어가기 전엔 술까지 거나하게 먹고 들어갔다고 했다. 그리고 입소 시간 1시간 전까지 자신은 아직은 민간인이라고 큰소리를 쳤다고 했다. 진짜 꼴통 중에 상꼴통이었다. 훈련소 내무실 배치는 U 자 형태로 키가 작은 그룹과 키가 큰 그룹이 마주 보는 형태로 생활을 했다고 했다. 그러니 점호 시간, 훈련 시간에 훈련 조교에게 기합을 받은 날이면 키가 큰 동기들이 몸짓이 작은 동기들에게 화풀이를 하고 욕을 해 가며 못살게 굴었다고 했다. 그중 유석이 형이 키가 제일 작았으니 그 고충을 그대로 안고 생활했었다고 했다. 하지만 그렇게 호락호락하게 당할 그가 아니었다. 몇 번은 참았으나 계속되는 횡포에 그는 사생결단을 내렸다. 총검술을 어렵게 마치고 내무실로 들어왔는데 몸십이 큰 동기가 유석이 형의 옆 전우에게 총기 소지까지 시키는 걸 그는 참지 못했다. 유석이 형은 총기를 들어 개머리판으로 녀석의 얼굴을 강타했고 갑작스러운 공격에 키가 큰 동기가 쓰러졌다. 그리고 M-16 소총 장검을 녀석의 얼굴 옆에 그대로 찍었다고 했다. 나무판의 내무실 바닥 속으로 장검이 20센티가 박혔다.

"개씹새끼, 계속해서 그렇게 생활해. 다음번에는 네 눈깔에 박을 거야. 한 번 깨끗하게 박아 버리고 남한산성으로 가면 돼. 어디 못 믿겠으면 다시 한번 그렇게 해 보시던가."

동기는 바지에 오줌을 지렸다고 했다. 그리고 훈련소 퇴소하는 날까지 유석이 형과 눈도 못 마주쳤다고 했다.

89

자대를 배치받은 유석이 형은 외모와 키 때문에 항상 불이익을 많이 받았다. 특히 인상이 안 좋아서 그런지 선배들에게 구타를 많이 당했지만 그는 잘 이겨 냈다. 민주화의 열기로 연일 서울에 위치한 대학교들 주변은 최루탄과 화염병으로 몸살을 앓았다. 대학생들이 정문 앞에 모여든다. 그리고 복면으로 얼굴을 가린 학생들이 데모가를 부르며 전경들과 맞선다. 그리고 불을 붙인 화염병을 전경들에게 던지면 퍽 소리와 함께 불길이 도로에 차오른다. 전경들이 하늘에 사과탄을 발포한다. 학생들 주위에 떨어지면 고통을 참지 못하고 학생들이 사방으로 도망간다. 이때 백골단 대원들은 한 명을 찍고 2인 1조가 되어 그를 추격한다. 그러다가 잡히면 안전봉으로 인정사정없이 가격하여 쓰러지게 되면 질질 끌면서 버스로 잡아 온다.

그날도 유석이 형은 선두에선 남학생을 찍었다. 그리고 자신의 후임과 함께 폭풍 질주를 시작하며 골목 끝에서 그를 잡았다. 그리고 자비 없는 폭행으로 그를 기절시켰다. 그러나 그때 유석이 형과 그의 후임은 고립되어 있었다. 연이어 10여 명의 대학생이 그 두 사람을 에워쌌고, 수도 없는 발길질이 이어졌다. 유석이 형은 정신을 차리려 했지만 역부족이었다. 그리고 이미 후임자는 안전모까지 벗겨지며 정신을 잃고 있었다. 간신히 반격을 하며 상황을 벗어나려 했지만 큰 돌멩이가 후임자의 머리에 그대로 박혔다. 피를 흘리며 후임자는 완전히 정신이 나갔다.

그래도 유석이 형은 후임자를 끝까지 사수했다. 후임자를 몸으로 보호하며 조금이라도 주위를 벗어나려는 순간 이번에는 후임자의 몸에 화염병이 날아와서 불길에 휩싸였다. 자신의 재킷을 벗어 몸에 번지는 불길을 간신히 막았다. 그리고 바로 정신을 잃었다. 수많은 매질이 그를 내리치고 있었다.

90

깨어나 보니 병원이었다. 유석이 형은 전치 12주의 부상을 입었고 후임자는 산신히 생명은 건졌지만 뇌를 심하게 다쳐 저능아가 되었고 의가사 제대를 했다.

그의 분노가 미치도록 변했고 광기로 나타났다. 3개월 후 그는 머리를 기르고 대학교 캠퍼스에서 정보를 수집하고 데모의 징후가 보이면 바로 보고하는 사복경찰이 되었다. 대학가 동아리 건물을 항상 순찰하고 감시했다. 그리고 한 동아리 모임에서 화염병을 만드는 것을 발견했다. 그리고 몇 개월 전 자신과 후임자를 쓰러뜨렸고 후임자를 저능아로 만든 주범을 보게 되었다. 그는 생각이 안 났지만 유석이 형의 머릿속에서 그는 단단히 박혀 있었다. 24시간 밀착 감시가 시작되었다.

거리를 유지하며 항시 그 사내에게 따라붙었다. 데모가 시작되었다. 유석이 형은 대학생들 편에 서서 데모에 가담하는 척했다. 그리고 그 사내와 거리를 유지하며 바로 뒤에서 그를 잡기 위해 기회를 노렸다. 데모가 시작되고 대학생들이 밀리면서 사방으로 흩어졌다. 유석이 형은 그 대학생과 같이 도망쳤다. 백골단이 따라붙자 유석이 형의 안내로 사내와 그는 같이 한 작은 식당에 숨었다. 식당 문을 잠그고 두 사람은 숨을 고르고 있었다. 유석이 형은 기회를 놓이지 않았다. 그 사내 뒤에서 조용히 철제 의자를 집어 들었다. 그리고 조금의 망설임도 없이 세차게 내리쳤다. 아무런 반항도 못 하고 대학생은 자리에서 쓰러졌다. 짐짝처럼 사내를 끌고 와서 전경버스에 실었다.

91

경찰서는 시장처럼 사람들이 넘쳐흘렀다. 대학생들은 포승줄에 묶여서 줄줄이 차례대로 들어왔다. 많은 대학생을 모아 두기에는 사무실이 너무 작았다.

그래서 임시방편으로 경찰서 강당에 모아 두었다. 대학생들은 걱정거리가 없는 것처럼 보였다. 어느 순간 조금 안정이 되자 자신들끼리 장난을 치면서 웃고 있었다. 그리고 담배도 나누어 피우고 있었다. 유석이 형이 조용히 시키자 그때뿐이었고 바로 시끄러워졌다. 유석이 형은 최대한 화를 참으려고 노력했지만 금방 다시 분노가 일어났다. 그곳에 있으면 무슨 일이 터질 것 같아서 강당을 빠져나오려고 했다.

"경찰 아저씨, 밥은 언제 주나요?"

한 대학생이 담배를 피우며 유석이 형을 바라보았다.

"맛있는 밥 드려야죠. 바로 배달시켜 드리죠."

유석이 형은 체육실에 가서 야구 방망이를 가지고 왔다. 그리고 대학생들 곁으로 다시 왔다.

"옛다. 밥 처먹어라. 맛있는 밥이다. 처드셔."

유석이 형은 사정없이 방망이를 휘둘렀으며 보이는 족족 대학생들은 고통에 겨워하며 쓰러져 갔다. 여기저기에서 비명 소리가 들렸다. 하지만 그를 막는 사람은 아무도 없었다. 유석이 형은 군기 교육대 30일 징계를 받았다. 하지만 자신의 잘못은 절대 인정하지 않았다. 자신은 병신이 된 후임자를 위한 어쩔 수 없는 복수라고 생각했다. 그날 이후 설대 그는 자신의 행농에 대하여 변명하거나 합리화하질 않았다. 그냥 자신이 했으면 그건 최선의 방법이라고 믿었다. 무조건 자신의 행동은 정의를 위한 처신이라고 자신 스스로를 위로했다. 그러니 그와는 더욱더 대화로의 해결은 볼 수가 없었다. 그게 유석이 형이었다.

92

유석이 형은 전역을 했고 나는 입대했다. 그리고 나의 뇌리에서 잠시 그가 잊혔다. 나도 군대에서 박박 기었다. 일병을 달고 휴가를 나갈 쯤에 북한의 김일성이 죽었다. 전군의 휴가가 중지되었고 진돗개가 발령되었다. 어쩔 수 없었다. 더럽게 재수도 없는 인생이라고 자책했지만 나만 그런 게 아니었기 때문에 그냥 시키는 대로 주는 밥 먹고 근무하라면 하면 되었다. 군대에서는 그냥 한 달, 일년을 생각하지 말고 하루만 잘 보내면 되었다. 그렇게 다시 몇 개월이 흘렀고 상병을 달고 10일간 휴가를 받고 집으로 왔다. 며칠간의 시간이 흘렀고 나는 유석이 형이 생각났다. 그의 집에 갔는데 노모가 나를 반겼다. 그리고 유석이 형은 지방으로 일을 하러 갔고 주말에 집으로 온다고 했다. 형이 오면 내가 왔다고 전달해 달라고 하고 집으로 왔다. 어떻게 생활하고 있는지 어떻게 변했는지 무척 궁금했지만 그는 집에 없었다. 부대 복귀 이틀 전, 유석이 형이 반갑게 우리 집으로 찾아왔다. 우린 정말 반가워서 악수를 하고 그는 나에게 저녁밥을 사 준다고 했고 우리는 대전 시내로 나왔다. 그는 나를 무척 반겼다. 그리고 자신도 군대를 어렵게 제대한 터라 내 고충을 잘 알았다. 그는 가난했지만 동생에게 그런 모습은 보이기 싫었는지 최고급 고깃집으로 데리고 가서 소고

기를 샀다. 소주가 몇 잔 돌고 대화를 시작되었는데 그는 옛날보다 많이 변해 있었다.

"형님, 지방에서 무슨 일 하십니까?"

나는 군인이었으므로 말투도 '다나까'로 끝났다.

"기술이 있냐, 자본이 있냐? 막노동하고 있다. 하루 일당제로."

"그래도 정확하게 무슨 일…?"

"아파트에 보일러 코일 깐다."

그가 소주잔을 막 입으로 털었다.

"힘들다, 인생 사는 것이. 뜻대로 되는 것도 없이 나이만 먹고. 성진아, 앞으로 군대 생활 얼마 남았냐?"

"아직 2년 정도 남았습니다."

"몸 다치지 말고 건강히 잘 제대해야 한다. 군대에서 빨간 줄이 제일 쉽게 올라간다. 절대 객기 부리지 말고. 그냥 나 죽었다 생각하고 조용히 있다 전역해. 그게 가장 잘 보내는 거니까."

"예."

"부족하면 더 시키고 오늘은 돈 걱정하지 말고 먹고 싶은 거 다 먹고 들어가라."

"형, 고맙습니다."

"그래도 후배라고 찾아 주니 내가 고맙지. 부모님은 잘 계시지? 옆에 살면서도 사는 게 지옥이라 인사노 제대로 하지 못했다."

"그럼요."

유석이 형은 익은 고기를 내 앞으로 올려 주었다.

"성진아, 그동안 많이 생각해 봤는데 내가 어렸을 적 동생들에게 잘못했던 게 참 많다고 생각했다. 미안하다는 말도 하지 못했고."

"미안하긴요. 다 그때는 그게 정답이었고 지금은 이게 정답이고. 그래도 형님 만나서 아주 신나게 놀았습니다. 그래서인지 형님이 생각나서 꼭 찾아뵙고 싶었는데 이렇게 만나게 돼서 무척…"

"그렇게 좋게 생각해 주니 정말로 고맙다. 꼭 건강하게 제대 잘하고 다음번엔 편하게 만나서 더 좋은 회포 풀자고."

그날 우리는 거의 쓰러질 정도까지 술을 마셨다. 그래도 유석이 형은 잔정이 있는 사람이었다. 그리고 새벽녘 헤어질 쯤 그는 내게 봉투를 건넸고 그 안에는 만 원권 10장이 들어 있었다. 나는 잘 부대에 복귀했고 열심히 군대 생활을 했다. 그리고 다음번에는 꼭 내가 그에게 베풀어야겠다고 다짐했다. 시간은 계속 흘러갔고 나도 드디어 국방의 의무를 잘 마치고 사회에 복귀를 했다.

93

몇 해 전, 평화 기원 및 세계 경제 협력을 도모하기 위해서 대한민국 서울에서 40여 개국의 지도자들이 모인 적이 있었다. 경호 근무가 최고 단계인 1단계로 상향 조정되었다. 군, 경찰, 소방 그리고 가스, 전기 등 관련 공무원들이 그 행사에 동원되었다. 1988년 서울올림픽 이후 가장 중요한, 대한민국에서 개최된 가장 품격 높았던 국제 행사였다. 그때는 그랬다. 까라면 아무런 이유도 모르고 그냥 동원되었던 시절이었다. 제대 말년 일선 서에 배치된 유석이 형도 그 행사에 아무런 이유도 모르고 동원되었다. 그리고 서울시 한 호텔에 배치되었다. 그의 임무는 경찰 제복을 입고 호텔 3층 연회장 입구에서 그냥 서 있는 거였다. 그리고 왜 서 있는지도 몰랐다. 있으라니까 그냥 있는 거였다. 그런데 그곳은 아침부터 바쁘게 돌아갔다.

검은 양복을 입은 사내들이 아침부터 그곳을 철저하게 관리하기 시작했다. 그러나 유석이 형은 근무 서라고 해서 그냥 있는 거였다. 그는 사내들이 바쁘게 움직이는 것도 그냥 그렇게 흘려보냈다. 검은 복장의 사내는 유석이 형이 아주 걸리적거렸다. 자신들이 움직이면 일단 눈치를 보면서 그들에게 지시를 받았지만 유석이 형은 그들의 눈치 또한 보지 않았고 그들이 왔다 갔다 해도 자신의 자리에서 조금도 벗어나지 않고 자리만 지킬 뿐이었다. 검은 양복의 사내는 유석이 형이 그 자리에 없어도 아무런 지장이 없다고 판단했다. 그리고 일단 유석이 형의 인상이 너무 볼품없었다. 키도 작고 얼굴도 못생긴지라 그곳에 있으면 왠지 우리나라를 비웃을 것이라고 생각했다.

"어이, 경찰 아저씨. 이곳엔 안 서 있어도 되니까 다른 곳에서 근무해. 여긴 내가 맡을 테니."

사내는 자신의 말에 무조건 유석이 형이 따를 줄 알았지만 그는 눈빛으로 바라볼 뿐 조금의 미동도 없었다.

"야, 이곳에서 벗어나라니까 뭐 하고 있어?"

사내는 핏대를 세우고 유석이 형을 노려보았다.

"당신이 뭔데."

유석이 형이 쓴웃음을 지으며 사내 말을 직접적으로 무시했다.

"이 어린 자식이 어디…."

사내는 자신의 인내심을 잃어버렸다. 사내는 손가락으로 유석 형의 머리를 여러 번 눌렀다.

"이런 개념 상실한 의무경찰 아저씨가 아주 죽으려고 빽을 쓰고 있네. 야, 너 어느 경찰서 소속이야. 서장이 누구야?"

사내의 손이 다시 한번 유석이 형을 찍어 누르려고 하자 그는 사내의 넥타이를 잡으며 벽으로 밀어붙였다.

"네가 누군진 몰라도 나에게 명령을 할 수 있는 사람은 경비대장님과 서장님뿐이야. 알겠어?"

사내가 캑캑거리면서 아주 고통에 겨워했다.

"잘난 이빨 한 번 더 지껄여 봐. 아주 이번에는 짓이겨 버릴 거야. 알겠어?"

사내가 힘들게 고개를 끄덕이자 유석이 형은 사내를 풀어 주었고 사내는 씩씩거리며 자리를 피했다. 그날 유석의 형의 상관들은 어디지 모르는 곳에서 이틀 동안 감찰 조사를 받아야 했다. 그리고 풀려났을 땐 얼굴에 뼈만 남았다고 했다. 그러나 경비대장은 더 이상 유석이 형의 행동을 나무라질 않았다. 오래간만에 자신의 지시를 몸으로 사수하는 모범 의무경찰로 표창까지 상신해 주었다고 했다. 유석이 형이 짧지만 다시 한번 비상할 수 있는 여건이 마련되는 순간이었다.

94

대전시 유천동. 환락의 거리였다. 돈만 내면 언제든 여자를 살 수 있는 곳이었다. 밤 10시가 넘으면 유리 속에서 짙은 화장을 한 젊은 여자들이 드레스를 입고 손님을 기다렸다. 다른 말로 기생거리라고 했다. 술 먹은 남자들은 그곳에서 자신의 욕구를 풀었다. 하루에 현금으로 몇천만 원씩 통용되었다. 술 먹은 사내들이 그 거리로 들어가면 많은 여자가 달라붙어 자신이 거래하는 가게로 데려가려고 몸싸움까지 했으며 심하면 길바닥에서 머리채를 붙들고 싸우기까지 했다.

그리고 어쩌다 그곳에서 탈출을 시도하는 여자들이 있었기에 유천동 외각으로 사내들이 철저하게 경비를 서고 있었고 어쩌다 손님들과의 다툼에서 보호하기 위해서라도 건장한 건달들이 필요했다. 경비대장의 내연녀가 유천동에서 기생집을 개업하였다. 25살 미만의 처녀 12명을 데리고 장사를 시작했는데 믿을 만한 영업부장이 필요했다. 그래서 경비대장이 유석이 형을 소개해 주었다. 처음에는 체격이 작아 실망하였지만 경비대장은 석 달 동안만 지켜보라고 했고 유석이 형은 완벽하게 억센 그 일을 잘 해결하고 있었다. 그리고 그 거리에서 가장 매상이 좋은 가게가 되었다. 유석이 형에게 가상 살 맞는 옷을 입은 느낌이었다. 어떠한 분쟁도 유석이 형은 상황에 맞게 잘 해결했다.

은성이 형은 작은 협동조합 은행원이 되었고, 정수 형은 군대 생활에서 운전병으로 복무했었고 1종 대형면허를 취득하여 제대

후 대형트럭을 운전하는 고속도로의 마도로스가 되었다. 그리고 유석이 형은 영업관리부장이 되었다. 그곳에서 유석이 형의 호칭은 무조건 삼촌이었다. 삼촌을 부르면 언제든지 출동하여 분쟁을 해결해 주었다. 그리고 그 좋아하던 술도 딱 끊어 버렸다. 술을 입에 대면 자신의 판단이 흐트러져 버린다는 것을 그는 잘 알고 있었기에 그는 스스로 자신의 단점을 극복해 버렸다. 그의 인생에서 가장 계획적이고 절제하는 생활을 이어 갔다.

"삼촌, 이 새끼 좀 어떻게 해 봐요."

밤 11시가 넘은 시간, 앙칼진 여자의 음성이 유석이 형을 찾았다. 그는 바로 연애를 하는 방문을 열었다. 그곳에는 작은 수건으로 자신의 은밀한 부위를 가리고 있던 여자와 대머리가 벗겨지고 남아 있는 머리조차 흰머리로 변한 늙은 사내가 배를 내밀고 있었다.

"삼촌, 이 아저씨 좀 끌어내요. 아니, 40분 동안 별 지랄을 해도 안 나와서 그만 가시라고 했더니 안 나오면 돈 다시 환불해 달라고 내 머리채를 붙잡잖아요."

여자는 담배에 불을 붙이고 고단한 연기를 내뿜었다. 유석이 형은 고개만 끄덕였다.

"여기 사장 나오라고 해. 내가 그동안 여기서 매상을 얼마나 많이 올려 줬는데 이렇게 문전박대해도 되는 거야?"

"예, 사장님. 저희 애가 조금 잘못한 것 같네요. 여긴 영업 계속해야 하니까 일단 옷 입고 나오시면 제가 돈 돌려 드리겠습니다. 그렇게 하시죠?"

유석이 형은 담담하게 상황을 정리하려 했다.

"젊은 양반이 머리가 깨 있구만. 그래도 난 이 년이 예의 바르게 잘못을 시인하고 용서를 빌기 전까지는 여기에서 절대 일어나지 않을 거야."

유석이 형이 여자를 쳐다보며 눈치를 주었다.

"사장님, 제가 다음번 손님 때문에 잠깐 실수를 했네요. 오늘은 그만 돌아가서요. 죄송해요. 다음번에 오면 서비스 제대로 해 줄 테니까. 알았죠?"

"내가 이 젊은 양반 때문에 용서하는지나 알아. 얼마나 서운했는데. 켁."

늙은 사내는 재떨이에 신경질적으로 침을 뱉어 버리고 일어났다. 유석이 형은 더 젊고 잘하는 아가씨 소개시켜 준다고 달랜 후 늙은 사내를 다른 방으로 안내했다. 그리고 곧이어 유석이 형이 다시 들어가자 늙은 사내 얼굴에서 노여움이 일기 시작했다.

"젊은 양반, 이게 뭐 하는 짓인가? 이건 약속과 다르지. 이러면 나도 지금부턴 가만히 있진 않을 거야. 내가 누군지 알고."

"돈 환불해 달라고 해서 이렇게 다시 온 거지요."

유석이 형은 가지고 있던 쓰레기 더미를 늙은 사내 앞에 어지럽게 펼쳤다. 그 속에는 사용한 콘돔이 여러 개 있었다.

"받은 돈 가만히 줄 사람이 세상에 어디 있습니까? 하지만 내 말대로 하시면 10배 드리지요."

"무슨 말을 하는 건가? 그리고 내가 왜 자네 말을 들어야 하는데."

"어이, 늙은이. 까라면 까, 새끼야."

유석이 형은 날이 선 흉기를 사내 앞에 꽂았다. 사내는 겁에 질려 조금 물러났다.

"이게 완전 엑기스야. 순단백질 덩어리지. 이걸 3개만 짜 먹으면 화대비 10배 준다니까."

유석이 형은 사용한 콘돔을 가리켰다.

"어서 빨리 꼭꼭 짜 먹어. 아님 오늘 이곳에서 살아 못 나가."

늙은이는 조금도 거침없는 유석이 형의 행동에서 살기를 느끼고 몸을 떨었다.

"잘…못했네. 내가 그냥 돌아갈 테니 우리 이러지 말자고."

사내는 이미 전의를 상실했다.

"그냥 간다고? 당신 때문에 얼마나 많은 영업 손실이 있었는데. 조용히 사라져 주겠다? 계산법이 그게 아닌데. 딸 같은 어린 처자와 떡칠 때는 좋았고 당신 때문에 놓쳐 버린 그 시간, 비용은 우리 가게가 손해 봐야 한다? 야, 씹탱구리야. 오늘 인생 마감하고 싶지?"

유석이 형은 칼을 집어 들고 사내의 목에 정확히 조준하고 그를 위협했다.

"주지. 모두 주지. 제발 칼 치우고 우리 말로 하세. 제발 한 번만 그냥 넘어감세."

사내는 손은 허공에서 마구 흔들리고 있었다.

"역시 세월을 오래 사신 분이라 말뜻이 바로 전달되네. 진작 그렇게 나오셨으면 우리도 최대한 공경해 드리는데. 아무튼 빨리 계산 끝내고 좋게 헤어집시다."

그날 늙은 사내는 몇 곱절 돈을 지불하고 나서야 유석이 형의 위협에서 벗어날 수 있었다. 유천동 그곳에서 유석이 형은 '꼬마 악마로 불리기 시작했다. 꼬마 악마라면 모르는 사람이 없었다. 깡다구 하나로 동네를 접수해 가고 있었다.

95

내가 사회에 돌아온 후 유석이 형은 누구보다 바쁘게 생활했다. 내가 몇 번을 만나기를 원했으나 그때마다 그는 미안해하며 약속 자체를 잡으려 하지 않았다.

솔직히 너무 서운했다. 그래도 20여 년을 형과 동생으로 알아 온 사이로서 너무하다고 생각했다. 난 친구들과 술을 먹고 난 후 무작정 유천동에 가서 그의 삐삐에 메시지를 남겼다. 안 나오면 다시는 형 얼굴 보지 않을 거라고 엄포를 놓고 전화를 끊었다. 술 한 병을 거의 마실 쯤 유석이 형이 나타났다. 나는 먹던 잔을 닦은 후 그에게 술 한잔을 권했다.

"미안하다, 성진아. 내가 요즘 완전히 술을 끊었다. 그리고 아직 근무 시간이라 이렇게 한가하게 보낼 시간이 없다. 다음에 만나면 내가 좋은 곳에 가서 한잔 쏠게. 오늘은 이만하고 그냥 헤어지자, 응?"

"아니, 형님. 동생이 술 한잔 따라 주겠다는데 이것도 무시하는 서예요? 형님 많이 변했네."

예전에 그렇게 어울리기 좋아하고 친형제처럼 보낸 시간이 덧없음을 느끼자 그때 나는 막말을 쏟아부었다.

"역시 형님도 별수 없네. 그래도 군대에서 박박 기던 시간에 형님과 편안하게 술 마실 희망으로 이겨 낼 수 있었는데."

그래도 유석이 형은 벽걸이 시계를 계속 응시했다. 내 말을 무시한다고 생각이 들자 격한 서운함이 그대로 밀려왔다.

"됐슈, 형님. 다시는 찾아오는 일 없을 테니 돈 많이 벌고 사장되슈. 그리고 언젠가 형님이 나를 찾아오게 되면 나도 똑같이 할 테니까 그런 줄 아시고. 그럼 내가 지금 품었던 생각을 형도 알게 되겠지."

난 유석이 형 앞에 놓였던 술잔을 세차게 털어 버리고 자리에서 일어나 밖으로 나갔다. 그는 나를 따르지 않고 나오질 않았다. 난 택시를 잡아타고 주위를 벗어났다. 택시 백미러로 뒤를 확인해 보았지만 그는 결코 나오질 않았다. 다시는 그와 만날 일 따위는 없다고 스스로 다짐을 했다.

96

그때쯤 숙희라는 20대 초반의 여자가 유천동 바닥으로 흘러 들어왔다. 도박에 집을 날린 그녀의 아버지가 빚 대신 그녀를 넘긴 것이다. 얼굴은 차분하게 생기고 수줍음이 많게 보이는, 아직도 어린 티를 벗지 못한 소녀였다. 처음 사장인 포주가 데리고 와서 골방에 넣었을 때 그녀는 새벽 내내 울고 있었다. 하지만 그렇다고 아가씨가 곧 돈인 그곳에서 그녀를 놓아줄 수는 없었다. 어떻게 해서든 어르고 달래서 화류계에 데뷔시켜 사장이 투자한 돈을 받아야 했다. 더 이상 도망갈 수 없다고 판단이 선 숙희는 일주일 후 손님을 받았다. 하지만 금방 여사장에게 따귀를 맞고 다시 골방에 감금되었다.

"저 쌍년이 누굴 망하게 하려 들고 있어. 어제 저년 젖탱이 좀 손님이 만졌다고 손님 손을 물어뜯어서 내가 깽값을 얼마나 물었는지 알아? 저년 빚에 다 포함시킬 거야. 삼촌, 어떻게 좀 해 봐. 저년 고분하게 손님 받을 수 있도록 힘 한 번 써 줘야지 이러다간 우리 다 같이 굶어 죽는다니까?"

포주인 여사장은 맞은편에 앉아 있던 유석이 형을 바라보았다.

"제가 어떻게 할 수 있는 기술도 있는 것이 아니고. 사장님, 그냥 더 달래 보세요. 제가 여자에게는 약해서요."

"삼촌, 내가 삼촌한테 이런 말 들으려고 그 많은 월급 주는 줄 알아? 내가 어려우면 그걸 해결하는 게 삼촌 할 일이야. 안 되면 저 쌍년 확 회를 떠 버려. 미친년, 저년 거시기에 금테를 둘렀나."

포주인 사장이 하소연하며 큰 소리로 말을 이었다. 모두가 들으면서 겁을 먹고 생활을 잘하라는 일종의 계획된 경고성 메시지였다.

"알았습니다. 얘기나 한번 해 보지요."

"말로는 안 돼. 순순히 하루빨리 손님 받도록 해야 해. 삼촌이 잘 알잖아. 저년한테 얼마가 들어간지를…."

97

유석이 형이 골방에 들어가자 숙희는 쪼그려 누워 있다가 얼른 일어나 그를 경계하며 벽 쪽에 몸을 기댔다. 눈빛은 이미 겁에 질려 있었다.

"널 어떻게 하겠다고 온 게 아니야. 현실적으로 머리를 맞대고 이 위기를 같이 돌파해 보자는 거고."

숙희는 아무런 대꾸도 못 하고 유석이 형을 바라보고만 있었다.

"인생 아주 좆같은 거지. 그리고 이유가 어찌 됐든 이 바닥까지 왔으면 완전히 인생 종 친 거라고 생각할 테고."

"…"

"며칠 생활했으니까 너도 알 거야. 이곳에서는 돈이 최고라는 것을. 넌 절대 이곳에서 빚진 돈을 다 털어 버리기 전엔 살아서 나갈 수 없어. 물론 이렇게 만든 아버지를 원망하며 괴롭기도 하겠지만 이제부터 죽지 못한다면 다시 좋은 꿈을 품고 이곳에서 벗어날 수 있도록 빨리 떨치고 일어나야 해."

유석이 형은 봉지에 쌓여 있던 빵과 우유를 그녀에게 내밀었다.

"안 넘어가겠지만 맛있게 먹어. 힘이 나야 울 기운도 있는 거고. 누가 그러더군. 지옥도 맞추어 살다 보면 천국이 된다고. 이곳도 사람 사는 곳인데 안 좋은 일만 있는 건 절대 아니고."

유석이 형이 품속에 항상 준비되어 있던 칼을 꺼내 그녀 앞에 내려놓았다. 그녀의 눈이 크게 흔들렸다.

"그래도 생활을 못 하겠으면 이걸로 깨끗하게 끝내. 그러면 이곳에서 완전히 벗어날 수 있으니까. 지금 이 시간부터 어떤 결정을 하든지 네가 판단을 한 거니까 다 정답인 거야. 나야 물론 좋은 판단을 할 거라 믿는다. 그리고 마음 고쳐먹고 이곳에서 생활 한

번 잘 해 보겠다면 내가 잘 돌봐 줄게. 내가 오빠 같아서 진심으로 하는 얘기니까 잘 판단하라고."

유석이 형은 진심으로 그녀를 걱정하며 그녀의 판단을 존중하기로 했다. 그녀는 빠득빠득 빵을 목구멍에 넘기지 않고 수백 번을 되새김했다. 그리고 판단이 섰는지 깨끗하게 빵과 우유를 비웠다. 그리고 그날 저녁 거울에 자신의 모습을 보며 화장으로 단장하기 시작했다.

98

그날 이후 숙희는 손님도 받았지만 팁이 생기면 유석이 형에게 주며 저금해 주기를 원했다. 유석이 형은 한 푼도 딴 곳에 쓰지 않고 그녀 명의의 통장을 만들어 주고 매일 저축을 해 주었다. 돈이 통장에 쌓일수록 두 사람의 사랑도 쌓였다.

유석이 형 인생에서 처음으로 사랑하게 된 사람이 바로 숙희였다.

"오라버니, 나 같은 여자도 오라버니 사랑해도 되는 건가요?"

숙희는 자신을 처지를 한탄했지만 유석이 형에 대한 마음만은 순수했고 절대적이었다.

"나노 살 살시 않았어. 못된 거로 지자면 내가 제일 나쁜 놈일 거야. 그런 말 하지 말고 우리 하루빨리 같이 노력해서 이곳에서 벗어나 행복하게 살자고. 알겠지?"

숙희가 약속하며 머리를 끄덕였다. 유석이 형도 육체의 순수함을 중요시하는 보편적인 남자였지만 그래도 그것을 극복할 수 있는 마음을 가진 멋진 사내였다.

그리고 1년 6개월 후 유석이 형과 숙희의 노력으로 그 많던 빚을 다 청산하고 다른 사람들의 축복을 받으며 그곳을 벗어날 수 있었다. 그리고 용운동에 작은 부엌에 방 1개가 있는 집을 사글세로 얻고 동거를 시작했다. 숙희는 손재주와 눈썰미가 뛰어났다. 그래서 미래를 위해 미용 학원에 등록했고 그녀도 열심히 기술을 배웠다. 두 사람에게 다가올 미래는 행복만 있을 거라고 확신했다. 유석이 형은 하루하루 사는 자체가 모두 행복이었고 숙희도 그에게 감사했으며 헌신적으로 그를 모셨다.

99

난 대학 예비역 친구들과 밤늦게까지 단합대회를 했고 막 잠이 들어 꿈속을 헤매고 있었다. 그런데 갑자기 삐삐 진동음이 새벽을 깨웠다. 못 보던 번호를 의아해하며 메시지를 확인한 순간 잠이 번쩍 달아났다. 유석이 형이었다. 1년 넘게 연락이 없던 그에게 메시지가 온 것이었다.

"성진아, 정말 미안하다. 새벽에 이러면 안 되는데 내 부탁 좀 한 번만 들어줘라."

그의 목소리에는 정말로 힘이 없었으며 내가 그동안 서운했던 감정도 한순간에 날아간 후였다. 걱정스러워서 바로 만났는데 그

202

는 며칠 동안 수염도 깎지 못해서 그런지 아주 초라하게 보였다. 그리고 그동안 고민을 했던지 눈은 심하게 충혈되어 있었다. 며칠 전 처음으로 숙희와 함께 유석이 형 어머니에게 인사를 하고자 하는 날이었다고 했다. 그리고 저녁 5시에 신안동 동사무소에서 만나서 인사를 드리려고 했는데 약속 장소에 그녀가 나타나지 않아서 몇 시간 기다리다 걱정스러운 마음에 용두동 집을 확인한 결과 그녀가 흔적도 없이 사라졌다는 내용이었다.

그래서 걱정스러운 마음에 몇 군데 수소문해 보았는데 찾을 수 없었고 집주인에게 알아본바 나머지 방세를 빼서 계획적으로 도망간 것을 알게 되었는데 유석이 형은 그것을 시인하려 들지 않았다. 이건 분명 무슨 사고였다고 믿고 싶어 했다. 그러나 난 조금만 들어도 바로 알 수 있었다. 그녀가 모든 걸 정리하고 의도적으로 도망갔다는 것을.

그때 우리 큰누나는 꽃집을 했는데 주말 빼고는 언제나 배달에 쓰는 봉고 차량이 주차되어 있었다. 내가 운전면허를 취득한 걸 알기 때문에 그 차로 숙희를 같이 찾아보자고 부탁했다. 난 현실적으로 변심한 그녀의 마음을 유석이 형에게 일깨워 주고 싶었지만 그러면 그가 자포자기할 것 같아 어쩔 수 없이 그렇게 해 보자고 마음에도 없는 말로 그를 위로하고 전국으로 숙희를 같이 찾아 길을 나섰다.

그녀의 고향은 충남 예산이었다. 어렵게 생각해 낸 주소를 가지고 그녀의 집 앞에 차를 세우고 그녀를 기다렸다. 집은 거의 다 쓰러져 가는 전형적인 시골집이었다. 집으로 어린 동생들이 나왔다

들어갔다 했지만 숙희는 결코 보이지가 않았다. 두 밤을 차에서 그녀를 찾기 위해 쪽잠을 자 가며 기다렸지만 그녀는 끝내 나타나지 않았다. 난 찾을 수 없다고 포기하자고 말하고 싶었지만 유석이 형은 간절했다. 그때 그만큼 유석이 형의 전부가 숙희였다. 그 후 며칠 동안 대도시 주변의 식당, 밤에는 사창가를 찾아보았지만 그녀는 연기처럼 사라졌다.

그는 그때부터 망가지기 시작했다. 어렵게 끊었던 술을 입에 다시 대면서 더 심한 폭음을 했고 술에 취하면 아무한테나 시비를 걸었다. 유천동 영업 관리부장으로 돌아왔지만 그는 예전의 그가 아니었다. 술만 취하면 숙희와 친했던 여자들에게 윽박지르며 그녀가 있는 곳을 대라고 협박했다. 그러다가 기분 나쁘게 하는 손님에게는 의도적으로 폭력을 심하게 가해서 포주인 여사장이 합의를 보기 위해 자신의 돈을 써야 했으므로 이곳저곳에서 그에 대한 원망이 계속 흘러나왔다.

"내가 삼촌 때문에 얼마나 손해를 봤는지 알아? 제발 정신 좀 차리라고. 나는 뭐 땅 파서 장사하는 줄 알아. 정말 이렇게 할 거야? 그 미친년 때문에 아까운 인생 허비하지 말라고. 이미 좀 친 거야, 삼촌. 왜 다른 사람은 다 아는데 본인만 모르냐고."

"누님, 돈 몇 푼에 이러지 맙시다. 내 월급에서 까면 될 거 아녜요."

유석이 형이 탁자에 있는 양주를 급하게 털어 넣었다.

"아이고, 소 귀에 경 읽기야. 이 사람아, 그 알량한 월급 사라진 지 오래고 내 돈 갚으려면 2년은 무일푼으로 일해야 돼. 이런 얘기까진 하고 싶지 않았는데 뭘 몰라도 단단히 모르고 있군."

"걱정 마십시오. 도둑질을 해서라도 누님 돈은 꼭 갚을 테니 서운하게 우리 이러지 맙시다."

여사장이 담배에 불을 붙였고 입안 가득 연기를 내뿜었다.

"그럴 필요 없어. 내일부터 그냥 깨끗이 정리하자고. 다른 영업부장이 내일부터 대신 근무하게 됐으니 오늘만 일하고 출근할 필요 없어. 그리고 이건 내 마지막 성의니까 퇴직금이라고 생각하고. 솔직히 삼촌도 알아야 돼. 나도 참을 만큼 참았다는 걸."

유석이 형 앞에 흰 봉투가 놓였다. 유석이 형은 떠나갈 듯 웃었다. 너무 크게 웃어 어느 누구도 그를 막지 못했다. 그러다가 어느 순간 웃음을 멈추고 자리에서 일어났다. 그리고 알량한 자존심인진 몰라도 그 봉투를 챙기지도 않고 가게를 빠져나왔다. 그는 작은 슈퍼에서 소주를 사다가 숨도 안 쉬고 세 병을 단숨에 입으로 넣어 버렸다. 유석이 형은 갑자기 또 큰 소리로 웃다가 몇 걸음 걸어가지 못하고 길바닥에 엎어져서 그대로 정신을 잃어버렸다.

100

3개월 후 유석이 형의 군대 동기인, 지금은 경찰에 투신한 그에게 연락이 왔다.

유석이 형의 간곡한 부탁으로 불법인 줄 알면서도 숙희를 찾아보았고 경북 김천의 어느 작은 개척교회에서 생활을 한다는 내용이었다. 그날 유석이 형은 깎지 않던 자신의 수북한 수염을 모두

밀어 버렸다. 그리고 품속에는 숙희와 처음으로 사랑을 이어 준 시퍼런 날이 선 칼을 숨겼다. 여차하면 같이 죽겠다는 그의 결심이었다. 점심때 그곳에 도착해서 어렵지 않게 교회를 찾았다. 그곳은 마침 독거노인에게 식사를 무료로 제공하고 있었다. 유석이 형은 어렵지 않게 숙희를 찾았다. 앞치마를 두르고 국을 퍼 주고 있던 그녀를 보고 마음에 분노감이 치밀어 올랐지만 어렵게 마음을 가라앉히고 있었다. 그리고 그녀 옆으로는 다리가 한 짝 없는 휠체어에 몸을 기대고 있는 젊은 사내가 반찬을 퍼 주고 있었다. 금방 두 사람의 관계를 알 수 있었다. 예사 관계가 아니라는 것을 어렵지 않게 예상할 수 있었다. 유석이 형이 마지막 줄에 섰다. 그때까지 그녀는 유석이 형을 발견하지 못했다.

그리고 드디어 차례가 되자 유석이 형이 그녀 앞에 섰다. 그때까지 미소를 머금고 있던 그녀의 얼굴이 심하게 굳어졌다. 유석이 형은 국을 받아 구석 자리에 앉았다. 밥을 먹기 시작했고 그의 앞에 날이 선 칼을 내려놓았다. 그녀는 그것을 확인했고 더 이상 어디에도 갈 수 없으며 어떤 결과가 있을지 몰라도 자신이 해결해야 할 일이라고 생각했다. 더 이상 피할 수 없다고 생각했다. 오늘이 인생의 마지막이 될지라도 유석이 형에게 꼭 용서를 빌고 싶었다.

101

유석이 형은 숙희를 노려보면서 밥을 먹고 있었다. 그녀도 자신을 향한 눈초리를 알고 있었다. 조용히 숙희가 다가와 유석이 형 앞에 앉았다. 유석이 형은 아무런 대꾸도 하지 않았지만 음식이 목에 넘길 수 없을 정도로 모래 씹는 맛이었으므로 심하게 인상이 일그러졌다.

"오라버니, 언젠가는 이런 날이 올 줄 알았어요. 저를 찾아와서 용서하지 않으실 거라는 것을 알았지만 막상 이런 날이 오니 오히려 마음이 편안해지네요."

그녀는 의외로 담담했다.

"오라버니가 어떤 말을 하고 어떤 벌을 내려도 난 무조건 받아야 하는 걸 알면서도 왜 이리 변명만 하려고 할까요."

"그것뿐이 할 말이 없어? 시간은 충분하니까 나를 한번 속 시원히 이해시켜 봐. 내가 수긍할 수 있게 해 주면 난 깨끗이 돌아갈 거라고."

유석이 형은 목까지 내뱉어 주고 싶은 욕을 가까스로 참고 있었다.

"전 더 이상 할 말이 없어요. 오라버니 처분을 무조건 받아들일 거예요. 다 내 잘못인걸요. 오라버니, 정말로 너무 죄송하고 죽을 죄를 지었네요."

숙희가 앞치마로 나오는 눈물을 닦아 내고 있었다.

"내가 너 눈물 따위나 보려고 이곳에 왔는지 알아? 왜 그럴 수밖에 없었는지 속 시원히 말해 보라고. 난 지금 그걸 듣고 싶은 거야."

그때 휠체어를 끌고 젊은 사내가 그 두 사람 곁으로 왔다.

"얘기 많이 들었습니다. 다 내 잘못입니다."

그는 억지로 웃어 보이려고 했지만 두려움이 억누르고 있었다.

"사실을 말씀드리겠습니다. 저는 태어났을 때부터 기형아로 태어 났습니다. 초등학교 때부터 친구들에게 놀림당하고 울고 그렇게 생활했습니다. 그때 같은 동네에서 유일하게 저를 감싸 준 게 숙희였습니다. 그렇게 마음이 따뜻한 사람이 여기 있는 이 사람입니다."

유석이 형은 주먹을 폈다 다물었다 했다. 마음이 안정이 되지 않아서 자꾸 습관이 반복되고 있었다.

"저와 숙희는 이별도 없이 헤어지게 된 겁니다. 그리고 몇 달 전 어렵게 연락이 된 거구요. 전 개척교회를 이끌고 있는 목사입니다. 너무 힘들어서 하나님께 숙희를 만나게 해 달라고 기도했습니다. 물론 제가 이기적이고 나쁜 놈이라는 걸 잘 알고 있습니다. 숙희는 어떠한 일이 있어도 형님을 배반할 수 없다고 했지만 제발 나 좀 살려 달라고 매달렸고 제 욕심에서 이런 사태가 벌어진 겁니다. 제발 숙희는 용서해 주시고 형님의 분노는 제게 다 풀어 주십시오. 저도 언젠가는 형님에게 진심으로 용서를 빌고 싶었습니다. 아무것도 모르고 순수한 여자를 이용한 제 잘못입니다. 제발 숙희는 염치없지만 용서를 해 주십시오. 제 마지막 소원입니다."

사내가 휠체어에서 목을 깊게 숙이며 용서를 구했다.

"아녜요, 오라버니. 제가 죽일 년입니다. 당신의 사랑을 이용한 제가 무슨 변명을 할 수 있겠어요. 제발 이 사람만은 용서해 주시고 저를 원망해 주세요. 그리고 저를 용서치 마세요. 이미 오라버니가 온 이상 어떠한 벌도 달게 받겠다고 스스로 다짐을 했습니다. 제발 저를 화가 풀리실 때까지 어떻게 해 주세요. 정말로 죽을죄를 지었네요. 흐흐흑."

"쌍으로 잘 놀고 있군. 만나면 다 죽여 버리자고 다짐했는데 이렇게 나오면 재미가 없잖아. 끝까지 나만 나쁜 놈이군. 그냥 쌩까기를 바랐는데 그래야 내가 편안하게 작업을 할 수가 있거든. 이거 엿같이 되었네. 정말 눈물 연기 실감 나게 잘하는데."

유석이 형은 자신을 알았다. 자신은 그렇게 매정하지 못하다는 것을.

"좆도 맨날 신파극의 피해자는 나라니까. 이렇게 된 이상 인연은 내게 비껴간 거고 너흰 새로운 인연이 된 거고. 꼭 행복하고 보란 듯이 잘 살아. 여기에 조금 더 있다간 내 분노를 내가 삼키지 못해서 우리 모두 불행해진다는 걸 잘 알기 때문에 나 스스로 널 떠나는 거야. 나도 내 인생… 숙희 너로 인해 끝내 버리긴 싫거든."

유석이 형은 자신의 얼굴을 보여 주기 싫어서 뒤도 안 돌아보고 주위를 벗어나고 있었다. 그는 분명 얼굴에 선명한 눈물이 흐르고 있었다. 그러나 유석이 형은 약한 모습은 절대 보여 주기 싫었다.

"오라버니, 감사해요. 정말로 오라버니를 위해서라도 용서해 주신 기회 다른 사람에게 꼭 보답하면서 살게요. 오라버니를 만날 수 있어서 정말로 감사했습니다. 늦게나마 진심으로 죄송합니다. 오라버니는 나보다 더 행복하시게 될 거고요. 그리고 더 좋은 여자분 만나 행복해지실 거예요. 오라버니를 위해 기도하지요. 감사했습니다."

숙희는 참회의 눈물을 흘리며 유석이 형의 뒷모습을 보고 진심으로 용서를 빌었다. 유석이 형은 자신의 인생은 참 고달프다는 생각을 했다. 그리고 빨리 소주를 마시고 싶었다. 그리고 알았다. 숙희로 인해 몇 달, 아니 몇 년이 힘들어지겠다는 걸.

102

유석이 형이 정말로 딱했다. 그날 난 처음으로 형의 진심 어린 눈물을 보았다.

태어나서 처음으로 가슴 저미는 사랑이 이별로 다가왔으니 그는 앞으로 많은 마음고생을 할 것이다. 난 그의 말을 끝까지 경청해 주었고 참 잘했다고 해 주고 싶었지만 그는 계속 흔들렸고 자신의 결정을 여러 번 번복했다.

"성진아, 내가 잘한 걸까? 그냥 지금 쳐들어가서 다 끝장내고 나도 그냥… 그냥 은퇴해 버리면 되는 걸까?"

그의 눈이 심하게 흔들렸다.

"그렇게 생각하면 형님 생각이 맞는 거겠죠."

"니미. 가슴에서는 잘했다고 하는데 왜 이렇게 지금에서는 후회가 되고 보고 싶은 거야. 사랑 진짜로 별거 없다고 생각했는데."

"형님, 저도 사랑 경험은 별로 없지만 스스로 이겨내는 방법밖에는 아무것도 없습니다. 그리고 진짜로 형님이 보란 듯이 잘 사는 것이."

"나도 방법은 잘 아는데 내일부터 또 어떻게 내 마음이 변하게 될지 그걸 모르니까 그게 지금 가장 무섭다."

"형님, 술이나 한잔 시원하게 하시고 잊어야죠. 깨끗하게."

내가 잔에 술을 따라 주자 바로 마셨는데 진정이 안 되는지 병 전부를 들어 벌컥 마셔 버렸다.

"오… 아주 죽겠구만. 인생이 참 엿같네. 어이, 동생. 어떻게 하면 내가 잘하는 걸까?"

"무조건 형님 스스로 이겨 내고 또 이겨 내야죠. 슬프면 울고 그
렇지만 남들 앞에선 잘 살고 있다고 보여 주셔야죠."

"내가 그동안 나 잘났다고 생각했는데 빈껍데기만 요란했으니
얼마나 나를 비웃을까? 그래, 난 당해도 싸지. 아주 잘 미끄러지
다 못해 일어날 수 없을 정도로 망가져 가니…. 내 무덤 내가 판
거야."

유석이 형은 자조 섞인 말을 혼자 계속 이어 갔지만 그대로 봐
주는 수밖에는 아무런 방법이 없었다. 나도 유석이 형을 원망한
적이 있었지만 몇 달 동안 그는 아주 불쌍할 정도로 바닥으로 추
락하며 살아가고 있었다. 그리고 잘 이겨 내기까진 많은 시간이
필요할 거라고 생각했다. 그날 같은 대답과 질문이 계속 빙빙 돌
아서 곧 제자리로 왔다. 결론은 아무것도 없었다.

103

낮부터 마신 술이 전부 떨어졌다. 유석이 형은 더 이상 가진 돈
이 없었다. 그래서 안방에 어머니가 한 푼, 두 푼 모은 저금통을
깼다. 그리고 동전을 모아서 수머니 속에 가득 담고 슈퍼로 향했
다. 소주를 몇 병 샀는데도 동전은 줄지 않았다.

아직도 쓸 돈이 있어서 그런지 오늘 밤은 잘 이겨 낼 수 있겠다
고 생각했다. 집으로 돌아오는 길목에서 봉고차 한 대가 서 있는

것을 보았다. 별 대수롭지 않게 여겼으나 갈색 양복을 입은 사내가 그를 알아보았다.

"강유석 씨 맞습니까?"

"당신 뭐야."

바로 이어 다른 사내들도 합세했고 유석이 형이 강제로 차량에 태워졌다. 바닥에 놓친 소주병들이 깨지며 알코올로 흙이 얼룩졌다. 그가 차량에 타자마자 무차별적인 폭행이 이어졌다. 갑작스러운 봉변에 그는 정신을 잃고 쓰러졌다.

그렇게 유석이 형을 다시 보게 된 것은 3일 후였다. 솔직히 너무 놀랐다. 얼굴은 성한 데가 없었으며 특히 눈이 너무 많이 부어올라 유석이 형임을 못 알아볼 뻔했다. 그리고 몸은 심한 멍이 들어 멀쩡한 피부를 찾는 것이 더 힘들었다.

난 누구냐며 물어보았지만 형은 절대로 얘기를 하지 않았다. 아직도 나는 그들이 누군지 알지 못한다. 형은 그냥 까불다가 벌 받은 거라고만 했다. 자신은 당해도 싸다고 스스로를 자책할 뿐이었다. 누구였을까? 지금 생각해 보면 유천동 영업부장 생활 때 원한을 산 사람이 아닌가 하고 나 스스로 유추해 보지만 정확하진 않다. 아무튼 나는 아직도 내가 유일하게 알지 못하는 그에 대한 비밀을 안고 살아간다. 꼭 알고 싶었고 왜 그랬는지 이유를 알고 싶지만 그 일에 대해선 절대적으로 입이 닫혀 있다. 아무튼 살아 있다는 것이 신기할 정도였다. 그렇게 그는 올라올 수 없는 바닥으로 타락해 가고 있었고 납치 이후 사람이 완전히 변해 있었다. 생각하는 자체가 너무 저속하고 작은 말싸움에서도 타협이란 없었다. 그날 이후 더욱더 심하고 무조건 이상한 궤변으로 자신을 정당화시켰고 억지로 치장했다. 그의 총명함과 냉철함이 모두 비워져 있었다. 그리고 매사에 불만과 불신만이 그의 머릿속에 있었다.

104

몇 달 후 협동조합 수습 딱지를 떼자마자 은성이 형이 결혼을 했다. 2년간 사귀는 여자가 있었고 외동아들이기에 집에서도 결혼을 서둘렀다. 형수는 은성이 형에게 헌신하고 순종하는 여자였다. 양가에서도 반대하는 사람이 없어 무난히 결혼에 골인했다. 오래간만에 파스막 멤버들이 모여서 그의 결혼을 축하했다.

몇 년간 어쩌다 연락만 하고 지냈던 형들과 후배들이 다 모였다. 모두들 반가웠고 서로의 안부를 물었다. 그런데 문제는 결혼식 전날 터졌다. 은성이 형 처가에 함을 가지고 갔는데 그때 함진아비가 유석이 형이었다. 오징어로 얼굴을 가린 유석이 형은 벌써 거나하게 술에 절어 있었다. "함 사세요." 할 때까지만 해도 분위기는 정말로 좋았다. 동네 사람들이 나와서 구경하고 사진도 찍고 웃음은 그대로 이어졌고 한 발 옮길 때마다 박수와 탄성이 쏟아져 나왔다. 그런데 마지막 세 걸음 전에 완전히 멈춰 버렸다. 아무리 달래고 애원해도 유석이 형은 움직이질 않았다.

친구들이 이젠 지쳐 들어가자고 권유했지만 유석이 형은 절대 움직이지 않았다.

"이 사람아, 내게 계획이 있어. 가만히 좀 있어 봐."

정수 형이 유석이 형을 밀어서 집으로 들어가자고 했지만 이렇게 그를 뿌리쳤다.

"유석아, 시간도 많이 흘렀어. 더 이상 하면 남들이 욕한다. 그만 가자."

"이 사람아, 그냥 지켜보라니까. 내가 다 알아서 한다고."

"아이, 자식 이거 또 곤조 부리네."

은성이 형 친구인 경완이 형도 질려서 고개를 흔들었다.

"이 사람들아, 이러면 재미없다니까. 그냥 지켜보고 있어. 내가 잘한 데도 그러네."

신부 측 오빠들도 화가 나서 인상을 쓰고 있었다.

"이젠 다 나올 건 나왔으니 신사답게 들어갑시다."

"술 한 상 거나하게 나오기 전까진 안 갑니다. 아니, 못 갑니다."

유석이 형이 완강하게 나오자 친구들도 멀찍이 서서 그를 피하고 있었다.

"이제까지 많이 잡수셨잖아요. 이제 그만하고 들어갑시다."

"이렇게 나오면 나도 할 수 없습니다."

유석이 형은 가지고 있던 함을 빼서 어깨띠를 잡고 허공으로 돌리기 시작했다. 모여 있는 모든 사람의 입이 그대로 벌어졌다.

"이거 내 것도 아닌데 지나가던 사람이 가져가도 전 모릅니다."

함을 던지려는 순간 친구들이 유석이 형을 잡고 함을 빼앗았다.

"이 사람들아, 친구 편을 들지 못하면 혼수나 두지 말지. 이게 뭐야. 너희 나랑 해 보겠다는 거야, 뭐야?"

찌렁찌렁한 목소리의 유석이 형이 객기를 부리고 있었다. 친구들은 함을 전달하고 모두 그곳에서 빠져나왔다. 남아 있는 사람은 유석이 형과 나뿐이었다. 솔직히 나도 고개를 저었다. 유석이 형 정신 상태가 온전치 않았다.

　"씨발, 얼마나 행복하게 사는지 내가 지켜볼 거야. 은성이 이게 축하하러 와 준 친구에 대한 예의니? 개새끼, 잘 먹고 잘 살아라. 크크큭."

　유석이 형은 결코 하지 말아야 할 악담을 하고 돌아섰다. 나도 그곳을 벗어나려 하다가 인간이 측은해서 그를 지켜보다가 강제로 부축해서 집으로 데리고 왔다. 형은 집에 오는 길에서도 갖은 욕과 쌍소리를 버럭 질러 대면서 하늘을 향해 침을 내뱉었다.

　"개씹새끼들. 이게 친구한테 할 소리야? 뭐 이제 그만하자고. 니미 누구 연애 안 해 본 사람 있나. 성진아, 넌 날 이해하지?"

　"형님, 내일 얘기합시다. 많이 늦었어요."

　"이 자식도 날 무시하네. 인간 강유석이 그렇게 보잘것없이 우스운 사람이냐?"

　"형님, 그런 얘기가 아니잖아요. 그냥 조용히 집에 가서 자고 내일 만나자고요."

　"야, 다 필요 없어. 내가 알아서 갈 테니 너도 집에 들어가."

　유석이 형은 간판이 켜 있는 여자가 시중을 드는 비싼 술집으로 그냥 들어갔다.

　"어이, 주인 언니. 오늘 내가 다 쏠 테니까 최고급 양주랑 예쁜 언니 좀 데리고 와. 오늘 내가 매상 확실히 올려 준다."

늙은 여주인은 좋아하며 손뼉을 쳤지만 장사에 이골이 난 여자였다. 일단 돈이 있는지 보여 달라고 했다. 유석이 형은 몇 푼 안 되는 술값 누가 떼먹고 갈 것 같냐며 악을 쓰며 위협을 했다. 결국 유석이 형과 나는 소금을 맞으며 술집에서 쫓겨나야 했다. 그리고 그다음 날 결혼식 뒤풀이에서도 유석이 형은 친구들에게 서운함만 끝도 없이 말했고 친구들이 말리면 그만한다고 했다가 또 어느 순간 계속 자신의 주장만 되풀이하다가 모든 친구가 혀를 내두르고 그를 버려 놓고 사라졌다. 그의 계속되는 서운함과 악담은 그 후로도 증상이 너무 심해졌다.

그가 술이 달아오르면 모두들 긴장을 해서 마음이 요동치기 시작했다. 오늘은 누가 표적이 될지 모르니 그와의 약속을 잡으려고 하지 않았다. 그는 서서히 외톨이가 되어 갔다. 그런데 정작 본인은 전날 얘기를 하면 절대 그런 일이 없으며 사람을 병신 만든다고 말을 시작한 사람에게 다시 역정을 내기 시작했다는 것이다. 나의 위대한 영웅은 서서히 병들고 찌들어 갔다. 아니, 불치병에 걸려서 허우적대었다.

105

그는 그 후 끈기 같은 것은 전혀 없었다. 며칠 막노동 일을 하고 주머니에 돈이 생기면 술값으로 다 탕진했다. 돈이 다 떨어지고 그러다가 술이 먹고 싶으면 빈 병을 팔아서 술을 먹고 자신의 세계에 철저히 빠져 살았다. 자신이 그래도 제일 잘나가던 시절 생각에 사로잡혀 있었다. 그리고 어렵게 한 달 일하고 나서 목돈이 생기면 일단 말이 잘 통하는 나를 불렀다. 그리고 하룻밤 사이에 전부 술값으로 탕진하고 나서 본인도 돈이 아까운지 다시는 술집에 안 가겠다고 다짐했지만 술만 먹으면 그런 생각은 어디에도 없었다. 그리고 혼자 술 먹다가 옆의 사람들이 마음에 들지 않는다며 시비를 걸고 결국엔 경찰서까지 끌려가는 것도 심심치 않게 발생하였다. 그러면 나를 찾았고 난 그들과 합의를 봐야 했다. 한두 번은 어떻게 넘어갔는데 시간이 지남에 따라 밤중에 집으로 전화가 오면 내가 불안해서 전화를 받지 않았다. 그의 외줄 타는 인생은 어떻게든 끝내 보고 싶었으나 나에게는 불가항력이었다.

그래도 나의 유년 시절 가장 큰 영향을 준 유석이 형이었기에 더 이상 동정도 남지 않았고 실망만이 남아 있었지만 나마저 등을 진다면 그의 앞날은 뻔한 스토리였기에 아주 조금의 미련은 남아 있었다. 나도 대학 졸업반으로 취업 시험을 준비 중이었으므로 학교 도서관에서 공부를 했기 때문에 어느 순간 그에게서 연락이 오면 피해 버렸다. 그리고 집으로 전화가 와서 연락이 되면 시험 공부 중이라고 그를 따돌렸다. 그는 무척 외로워했지만 나부터 살아야 했기 때문에 어쩔 수 없었다. 그런데 언젠가부터 그에게 연락이 전부 끊겼다. 시험을 잘 마치고 만나 보겠다고 했지만 나도 그를 만나는 걸 무척 부담스러워했다는 것이다. 하지만 어느 순간 유석이 형이 무척 궁금해졌다. 시험도 결과는 잘 나와서 그런지 편안한 마음으로 그의 집을 찾았다. 그런데 두 달간 그는 흔적도 없이 사라져 버렸다. 집에선 늙은 노모가 걱정스럽게 나에게 부탁을 하며 유석이 형을 찾아봐 달라고 애원을 했지만 그의 삐삐는 정지되어 있었다. 걱정이 들었지만 어떻게 해 볼 방법이 없었다. 그렇게 6개월이 흘렀다. 그리고 그가 나타났다. 완전히 변한 사람이 되어서 나에게 연락이 온 것이다.

106

약속 장소를 잡고 난 조금은 망설이고 있었다. 그에겐 실망밖에 본 것이 없었기 때문이었다. 그동안 유석이 형에게 연락이 오면 어떻게 할 것인지 스스로 고민하고 있었다. 아니, 어떻게 살고 있나 궁금도 했지만 조금도 변하지 않고 어디에서 진상짓을 하면서 그렇게 살고 있다고 생각했다. 다른 사람은 다 변해도 유석이 형은 결코 변하지 못할 거라고 스스로도 결론을 내렸다. 또다시 갑자기 나타나서 나를 힘들게 할 것이며 언제나 자신은 아무 생각도 나지 않는다고 뻔뻔한 말로 나를 몰아세울 거라고 확신했다. 하지만 나의 예상은 보기 좋게 빗나갔다. 내 눈을 의심했다. 유석이 형은 말쑥한 정장 차림으로 머리도 2대 8 가르마를 타고 정갈하게 자리에 앉아 있었다. 대체 6개월 동안 무슨 일이 있었는지 무척 궁금했다.

"형님, 어떻게 된 거야?"

"잘 있었냐? 자식, 살이 좀 붙었네."

유석이 형은 말하는 것도 옛날 모습이 아니었다.

"형님, 그동안 대체 어떻게 된 거예요?"

나는 궁금해서 재차 확인하듯이 물어보았다.

"자식, 급하기는. 일단 뭐 좀 마시면서 얘기하자."

그는 아주 능숙한 자세로 커피를 마셨다. 내 기억 속의 그는 이런 모습이 결코 아니었다. 항상 땡깡 부리고 사람을 몰아세우며 힘들게 하는 사람이었다.

"성진아, 넌 인생을 뭐라고 생각하냐?"

두서없는 그의 질문에 난 어떻게 대답할지 갈피를 잡지 못했다.

"형님은 반년 만에 나타나서는 뜬금없이 무슨…"

"인생은 말이야, 기회지. 언젠가 한 번은 꼭 나타나는 기회."

분명히 어디에 또 빠져서 헤어 나오지 못하는 곳에 푹 박혀 있다고 생각했다.

"형님, 또 무슨 일이신데? 솔직히 형님이 이런 말 할 때마다 가슴이 철렁 내려앉아요. 또 뭔데요?"

난 짜증을 내고 있었다. 분명한 건 유석이 형은 항상 사람을 놀라게 했다.

"나 사업 시작했다. 그리고 조금만 있으면 가시적으로 분명히 놀라운 기적이 일어날 거야. 넌 지금 내가 너에게 기회라고 생각하시 않냐?"

"아이, 형님. 빙빙 돌리지 말고 스트레이트로 가죠. 내가 답답하네."

역시 유석이 형은 쌩뚱 맞고 예상을 할 수 없는 사람이었다. 하지만 옛날처럼 조바심 같은 것은 결코 없었다.

"형님 집에 계신 어머니한테 일단 연락부터 드려요. 건강하게 잘 있다고. 그게 급선무인 것 같은데요."

유석이 형이 명함을 꺼내 주었다. '○○개발 사업팀 대리'라고 되어 있었다.

누가 보더라도 어설펐다.

"형님, 이건 또 뭐야. 또 어디 미쳐서 사람 힘들게 할 건데요?"

난 더 이상 참을 수 없었다.

"넌 아직도 내가 생각이 짧다고 판단하고 내가 우습게 보이지?"

"아휴…. 솔직히 형님은 항상 변하지가 않아요. 이젠 정말로 정신 차릴 때도 됐잖아요. 제발 이러지 맙시다. 형님이 뭐 하든지 솔직히 전 상관없지만 형님이 이럴 때마다 항상 형님 어머닌 쓰러지시기 일보 직전이라는 걸 왜 모르고 살아요."

"넌 아직도 내 말은 듣지도 않고 스스로 판단을 내리는데 이러면 내가 다시는 서운해서 연락할 수가 없다. 이건 진심이다."

"제가 바라던 바요. 항상 어린애처럼 제발 이러지 맙시다. 나이를 제발 곱게 자슈. 이렇게 해 봤자 형에겐 하도 실망을 해서 기대도 없으니까. 다음에 마음 바로잡고 잘 살아 보겠다고 하면 그때 봅시다."

나는 어이감이 최고조로 올라서 그 자리에서 내가 먼저 다음을 기약하고 일어났다. 유석이 형이 다음에 무슨 말을 할지 스스로 정답을 내고 있어서 더 이상 듣고 싶지 않았다. 30년 가까이 살면서 아직도 꿈속에 헤매는 사람이 바로 유석이 형이라고 생각했다. 뜬구름 잡는 저 인생이 어디쯤에서 멈춰지나 하고 한숨이 절로 나왔다.

107

유석이 형은 자신의 모든 것을 스스로 죽여 가면서 우울한 나날을 보냈다. 내일에 대한 아무런 기대와 관심도 없었다. 그냥 하루하루 시간만 보낼 뿐이었다. 자신 같은 인생은 어디에도 없다며 스스로를 한탄해 가며 서서히 지쳐 갔다. 그러다가 죽고 싶다는 생각을 했다. 자신을 낳아 주신 부모님이 원망스러웠다. 하지만 원망하기에는 어머니는 너무 늙으셨고 아버지는 이미 세상에 없었다. 속 시원히 누군가에게 자신의 원망을 쏟아붓고 싶었다. 그러다가 아버지가 생각이 났다. 장례식을 빼면 제대하고 한 번도 찾은 적 없는 아버지였다. 자신의 호적에는 지금 사시는 어머니의 이름은 없었다. 그게 어렸을 때부터 너무 싫었고 아버지를 원망했지만 자신의 속에 있는 얘기를 하기도 전에 이미 다른 세상의 사람이었다. 아버지를 찾아뵙고 속에 있는 얘기를 하고 마지막엔 동해를 보고 인생을 마감하고 싶었다. 10여 일 만에 처음으로 거울에 얼굴을 비쳐 보았다. 비쩍 마른 턱선이 보였다. 머리를 감았는데 검은 구정물이 섞여 나왔다. 자기 자신이 너무 초라하고 볼품 없어 보였다. 그리고 생각했다. 자기도 자신을 싫어하고 이 세상에도 자신을 위해 주고 사랑해 주는 사람이 한 명도 없다는 것이 너무 서글펐다.

아니, 한 명 있었다. 지금은 멀리 떠나가 있는 숙희. 그녀가 너무 보고 싶었지만 안 되는 일은 안 되는 거였다. 그리고 그녀가 자신의 몰골을 보게 되면 더욱더 자신이 초라해질 거라는 것을 잘 알고 있었다. 돈을 탈탈 털어 차비를 마련했다. 충북 제천 조상들의 무덤 외곽에 초라하게 잠들어 계신 아버지의 묘소에 가고 있었다.

소주 한 병과 말린 북어 한 마리를 샀다. 그동안 아무도 돌보지를 않아서 아버지의 묘소는 너무 볼품없었다. 술을 한 잔 올리고 큰절을 두 번 했다. 그리고 남아 있는 술을 병째로 들이부었다. 속 쓰린 위 속에서 찌를 듯한 아픔이 한순간에 마취가 되면서 속이 편해지고 있다. 다시 악이 뻗치고 자신의 인생에 대한 원망으로 알 수 없는 힘이 올라왔다. 담배를 한 대 꺼내 깊이 연기를 내뿜고 나머지 담배를 아버지 무덤가에 올려놓았다.

"거긴 편안하십니까? 아버지, 아버지는 골초셨는데 내가 아버질 닮아서 이렇게 골초가 되었습니다. 아버지가 남겨 놓으신 담배꽁초를 몰래 피우며 아버지처럼 나도 골초가 되었습니다. 아버진 참 무책임한 분이셨습니다. 항상 그러셨죠. 중학교만 졸업하고 기술을 배우라고 아버지 말에 따라 살았으면 지금쯤 기술자가 되었을까요? 그럼 지금쯤 잘 살고 있었을까요? 한 번도 아버진 절 예뻐하거나 감싸 준 적이 없었습니다. 수틀리면 먼저 매질부터 시작하셨으니까요. 그렇게 제가 미우셨나요? 그래서 지금도 절 사랑하는 사람은 한 명도 없습니다. 너무 쓸쓸합니다. 아버지, 그곳에서는 행복하신가요? 아버지에 대한 좋은 기억은 하나도 없습니다. 하긴 저도 한 번쯤은 아버지를 기쁘게 해 드리고 싶었는데 매일 사고만 치며 한 번도 웃게 해 드린 적이 없네요. 아버지, 그곳에 가면 저를 꼭 알아봐 주셔서 조금만 잘 적응하게 해 주십시오. 이게 마지막 제 소원입니다. 그리고 그곳에서 만나면 조금만 절 예쁘게 봐

주십시오. 아버지와 한 번쯤은 웃고 떠들며 얘기하는 사이가 되었
으면 합니다. 아버지는 그래도 두 가정을 일구며 살다 가셨지만
전 한 가족도 만들지 못하고 떠날 것 같습니다. 손자 안겨 드리지
못한 점은 정말로 죄송스럽게 생각하지만 아무도 절 특별하게 생
각하는 사람이 없는 점. 그 점이 가장 비참할 따름입니다. 곧 뵙
게 될 겁니다. 그때까지 조금만 기다려 주십시오. 만날 때까지 편
히 계실 거라고 믿습니다. 안녕히 계세요."

　유석이 형은 알 수 없는 눈물로 몇 시간을 흐느꼈다. 멈출 것
같았던 눈물이 계속 흘러 나와서 자신의 감정에 스스로 빠져들고
그곳에서 벗어나지 못하고 있었다.

108

　고속버스 터미널. 동해에 가기 위해 유석이 형은 버스를 기다리
고 있었다. 그런데 갑자기 설사가 밀려왔다. 아까 빈속에 먹은 술
이 속을 뒤집었다. 급하게 화장실에서 볼일을 보고 있는데 자신의
눈앞에 한 장의 스티커가 보였다. '신장 이식'이라는 글귀가 바로
눈에 들어왔다. 그의 마음이 그랬다. 죽기 전에 사람이라도 한 명
살리고 죽고 싶었다. 그리고 돈을 받을 수 있다면 어머니에게 전
해 주고 죽자고 생각했다. 마지막 효도를 하고 싶었다. 그는 공중
전화 부스로 들어와서 스티커에 써 있는 전화 다이얼을 눌렀다.
설마 했지만 상대방의 음성이 들려왔다. 그렇게 술에 찌들어 살았

지만 기초 검사를 받았는데 이상하게 신장이 매우 건강하고 기능이 좋았다.

신장 브로커는 삼천만 원 중 이천만 원을 준다고 했다. 그리고 소개비는 천만 원이라고 했다. 사내는 선택하라며 이행 각서를 내밀었다. 유석이 형은 순 도둑놈들이라고 생각했지만 자신이 지금 할 수 있는 최대로 큰 거래를 놓치고 싶지 않았다. 그리고 이천만 원은 자신에게 너무 큰돈이었다. 조금만 망설였을 뿐 유석이 형은 바로 각서에 사인을 했다. 유석이 형이 잠들기 전 이천만 원이 입금된 통장을 그에게 건넸다. 더 이상 속아도 할 수 없다고 생각했다. 그리고 깨어나지 못하더라도 누구를 원망하거나 노여워 말자고 했다. 이것도 내가 선택한 인생의 일부분이라고 스스로를 위로했다. 차가운 수술용 침대에서 라이트를 바라보고 열까지 셈을 했다. 그리고 기억 없이 꿈속으로 무섭게 빨려 들어갔다. 요 몇 달 사이 그렇게 푹 자 본 기억이 전혀 없었다. 너무 깊은 잠에 취해서 현실과 꿈속을 혼돈하였다. 그러다가 눈을 떴다. 마취로 인하여 조금 몽롱할 뿐 아무런 아픔도 없었다.

아니, 이상하게 몸이 가벼웠다. 다시 태어난 것처럼 힘들지도 않고 몸이 가뿐했다. 수술을 받지 않은 것처럼 아무런 고통도 없었다. 그들이 정해 준 일반 개인병원에서 일주일간 회복할 수 있었다. 화장실을 가기 위해서 일어날 때 조금 뜨끔할 뿐 평상시와 같았다. 그래도 오줌을 눌 때 자신의 성기 위로 선명한 수술 자국이 잡히기 시작했다. 기분이 묘했다. 하지만 자신의 명의로 된 통장에는 이천만 원이 정확히 입금되어 있었다. 신장이 한 개만 더 있다면 다시 수술받고 팔 수도 있을 것만 같았다. 자신이 가장 정직하게 번, 일생에서 가장 큰돈이었다. 돈이 생기고 몇 달은 누구에게 손을 빌리지 않고 살 수 있다는 생각에 이상하게 인생이 아름답고 즐거워졌다. 이상하게 웃음이 나왔다. 돈이 있다고 생각하니 자신을 무시했던 모든 사람에게 복수를 하고 싶었다. 이 돈을 발판 삼아 다시 한번 멋지게 비상하고 싶어졌고 꿈도 생겼다. 자신이 이렇게 돈을 좋아하는 인간이라고 생각하니 세상의 주인 없는 그 많은 돈을 자신도 갖고 싶었다. 그래서 자신도 사람 위에 군림하고 싶다는 욕망이 다시 꿈틀거렸다.

109

일주일 후 유석이 형은 평상시와 다름없이 퇴원을 했다. 집에 가서 나를 만나게 되면 용돈을 주고 싶어 했다. 그래도 자신이 힘들 때 끝까지 자신을 다독이고 옆에 있어 준 동생은 성진이뿐이라고 생각했다. 유석이 형은 대로변 신호등 앞에서 녹색 신호를 기다리고 있었다. 그런데 놀라운 광경을 보고 말았다. 한 건물에 수많은 사람들이 경주하듯이 들어가고 있었다. 왜 그곳에 가는지 무척 궁금했다.

그리고 홍보를 하고 있는 직원들이 사람들을 향해 박수를 쳐 주며 그들을 열렬히 환영했다. 유석이 형은 시간이 넘쳐흘렀다. 자신이 그곳에 들어가면 어떨까 하고 살짝 몸을 돌렸다. 역시나

직원들은 "환영합니다." 하며 그를 반겼다. 대체 그곳이 무슨 곳인지 꼭 확인하고 싶어졌다. 1층에 마련된 강당에는 벌써 빈 곳이 없을 정도로 수천 명의 사람이 모여서 연설자의 말에 박수를 치며 환호성을 지르며 기뻐했다. 유석이 형도 눈과 귀를 집중했다. 연설자의 설명에 유석이 형도 금방 매료되고 신봉자가 되어 갔다. 1990년대 중반 대한민국은 금융 상품 설명서, 일명 금융 다단계, 속된 말로 금융 피라미드 때문에 몸살을 앓았다. 수천억 원이 피라미드에 흘러 들어갔다. 하루에도 수십만 명이 도산하고 파산하였다. 수만 가구가 길바닥에 나앉게 되었다. 수천 명이 가장이 자살을 하고 소년·소녀 가장이 생겨났다.

투자한 금액의 1할을 이자로 준다고 현혹했다. 그리고 더 많은 돈을 투자하면 더 많은 이득이 있다고 홍보를 했다. 부자는 어렵지 않게 된다고 했다. 자신들을 믿고 따르면 대한민국 10%의 부자가 될 수 있다고 확신을 주었다. 여러 번 실패를 경험한 사람들이 더 미치게 빠져들었다. 그러다가 공중분해되면서 책임자들은 해외로 도피하고 구속은 되었으나 그 많은 돈은 연기처럼 사라졌다. 그리고 경제사범으로 형기도 10년을 넘지 않았다. 최고급 변호사들을 선임하여 대법원에서 형량이 반으로 줄었다. 대한민국을 비웃기라도 하듯이 추징금을 선고했으나 돈은 어디에도 없었다. 자신 있으면 찾아보라고 했다. 수천억 원을 횡령했는데 통장에 남아 있는 돈은 270만 원이 전부였다. 검은돈으로 상납받은 국회의원과 고위 공직자들은 사건을 축소하고 언론을 장악했으며 그들의 더러운 힘을 과용했다. 그렇게 축소할수록 수억 원의 정치

자금과 로비 자금이 여러 개의 차명 계좌로 세탁을 거치면서 안전한 수고비가 되어서 돌아왔다. 대한민국은 썩고 말라서 비틀어지고 있었다.

110

유석이 형의 짧은 학식과 경험에도 그들의 말은 머리에 쏙쏙 박혔다. 부자는 태어나는 것이 아닌 만들어지는 거라고 믿었다. 자신의 생명값 전부를 투자했다.

6개월간 계속 원금의 1할이 넘는 이자가 계속 입금되었다. 자신의 노하우를 아는 사람한테 전수하고 같이 부자가 되고 싶었다. 이번만큼은 자신의 정보로 모두가 잘살 수 있다고 생각했고 자신에 말을 따르면 언젠가 자신이 친구들에게 가장 고마운 존재가 된다고 생각했다. 이 기쁜 소식을 하루빨리 친구들과 지인들에게 전수하고 싶었다. 그러나 아무도 그의 말을 들어 주지 않았다. 식사를 대접한다고 하고 사업설명회에 무작정 그들을 데리고 갔다. 잘못 걸려든 사람 몇 명은 유석이 형을 은인이라고 생각하고 똑같이 미쳐 갔다. 그러다가 마지막으로 나를 찾아온 것이다. 하지만 난 유석이 형을 믿지 않았다. 아니, 제발 정신 좀 차리라고 면박을 줬다. 그리고 혼자만 미쳐서 날뛰고 다른 사람에게는 절대 말을 하지 말라고 경고했다.

"그래, 그동안 내가 경솔하게 살았던 건 사실이다. 하지만 이번만은 무조건 형 좀 믿어 줘라. 너무 기회가 아까워서 그래. 내 말이 듣기 싫다면 일단 내가 데리고 가는 곳에서 3시간만 사업설명회 들어 줘라. 그다음에 네가 어떻게 나오든지 무조건 네 말 따를 테니까. 성진아, 형으로서 마지막 부탁이다."

"제발 정신 좀 차리고 하루하루 성실하게 일해서 생활 좀 해. 형은 지금 아주 한 편의 소설을 쓰고 있다고. 왜 그렇게 인생을 허비하면서 살아. 또다시 다른 사람들 힘들게 하지 말고 미치려면 혼자만 조용히 미쳐."

난 유석이 형 말을 처음부터 무시했으며 손사래까지 쳤고 너무 어이가 없어서 반말로 그를 강하게 몰아붙였다.

"너 기회는 한 번이고 다시는 오지 않는다."

"그렇게 기회 좋으면 혼자나 잘 살아. 대신 평생 형한테 도와달라고 하지 않을 테니까 형이 큰 부자 된다고 해도 난 절대 내 선택을 후회하지 않아."

"알았다. 다신 너 찾아오는 일은 없을 거다."

"내가 바라는 바네. 형한테 전화 올 때마다 이번엔 어떻게 뒤집어쓸 건지 걱정했는데 이젠 진짜 발 뻗고 자겠네."

"나쁜 자식. 끝까지 나에게 모욕감을 주는구나."

"말이 되는 소리를 해야 믿고 따르지. 형님, 아주 옛날보다 더 생떼 쓰고 있는 거야. 아주 돌아 버리셨네."

나도 심한 모욕감을 준 것에 대하여 조금은 미안했지만 아직도 유석이 형은 현실에서 살지 못하고 꿈을 꾸고 있었다. 한번 잠들면 영원히 깨지 않을 깊은 수렁에 빠져 버렸던 것이다.

///

그로부터 정확히 3개월 후, 금융 피라미드는 전국을 강타했고 투자금 증서는 쓰레기가 되었다. 연일 금융감독원 앞에서 사람들의 데모가 벌어졌다. 책임자를 즉각 구속 수사하고 투자금을 반환하라고 대한민국이 들썩였다. 유석이 형은 아무것도 남지 않았다. 그리고 그를 믿고 그의 말만 따랐던 친구들 중 하나가 죽이겠다며 그를 찾아 나섰다. 유석이 형의 정신이 반쯤 나가 있었다. 어떻게 나이가 들어도 자꾸 유석이 형은 어린아이가 돼 가는 것 같았다. 벌써 집에는 유석이 형을 잡겠다며 투자한 친구들이 지키고 있었고 그는 집도 들어오지 못하고 도망 다녀야 했다. 혼자만 망하면 되는데 이제는 다른 사람들까지 힘들게 만들었다. 너무 한심하고 어리석었던 그를 생각하면 옛날 내가 좋아했고 그렇게 유능했던 대장이었는지 의심까지 갔다. 확실한 것은 그는 완전히 망했다는 것이다. 왜 그렇게 의심을 하지 못하고 무엇에 빠지면 맹목적으로 그대로 이용당하고 사는지 더 이상 나도 할 말을 잊었다. 그러던 어느 날 새벽녘, 그는 지치고 힘들었는지 다시 나를 찾아왔다. 며칠간 아무것도 못 먹었다고 했다. 가겟방에서 빵과 우유를 사 주자 허겁지겁 숨도 안 쉬고 여러 개의 빵을 그 자리에서 먹었다. 막상 다시 만나게 되니 연민의 정이 있어서 인간 자체가 불쌍하고 측은했다.

"형님, 앞으로 어떻게 할 거예요?"

아무런 계획도 없다는 걸 잘 알고 있었지만 그의 대답이 듣고 싶었다.

"아무것도 모르겠다. 난 왜 이렇게 꼬이고 안 돼도 이렇게 안 되니. 나처럼 이렇게 재수 없는 놈도 없을 거야."

스스로를 원망하고 있었다.

"형님, 형은 안 되는 게 아니라 형님 스스로가 자신을 죽이고 있는 거예요. 왜 그렇게 세상을 바보처럼 사세요."

"나도 잘 안다. 내가 얼마나 한심한지. 솔직히 꼭 보여 주고 싶었어. 나도 당당하게 잘 살고 있다는 걸 보여 주고 싶었는데 난 진짜 왜 이러냐."

더부룩한 머리를 손으로 마구 흔들어 대고 있었다.

"확실한 건 날 이렇게 만든 놈들에게 꼭 복수하고 말 거다."

"형님이 어떻게 복수를 해요. 제발 이상한 소리 하지 말고 성실하게 다시 시작해요. 아직도 살날이 많은데 매번 왜 이렇게 무너지는 건데요."

"네 말이 맞지만 그래도 두고 봐라. 꼭 복수하고 말 거야. 내 믿음을 저버리면 어떻게 되는지 알게 해 줄 거야."

"형, 어머니 생각해서라도 그런 생각 하지 말고 이젠 진짜 정신 차리세요. 이상한 소리 제발 하지 말고요."

유석이 형과 말을 하고 있으면 끊임없이 제자리에서 항상 빙빙 돌았다. 유석이 형은 현실과는 너무도 다르게 살고 있었다. 친동생이었다면 정말로 몇 대 때리면서 시작하고 싶었다. 그는 인생을 항상 언제나 나락에 빠지기 위해서 살고 있는 것 같았다.

유석이 형은 파산 이후 화병까지 올라왔다. 가만히 있어도 억울하고 몸이 뜨거워지고 알 수 없는 분노감에 자신을 제어하지 못했다. 사회에 대한 불만과 불신임으로 자신을 스스로 죽이고 있었다. 자신의 화를 내릴 돌파구가 필요했다. 그때부터 항상 손에는 새총이 들려 있었다. 분노가 일어나면 산에 올라가서 표적을 세워놓고 새총을 당겼다. 맨 처음에는 조그만 돌을 넣고 새총질을 했지만 어느 순간부터는 주머니에 쇠구슬이 가득했다. 하루에 수백 번 새총을 당겼다.

그런 쪽으로는 아주 집요했다. 몸으로 하는 것은 한번 빠져들면 최고조까지 올라갔다. 쓰는 족족 새 구슬은 정확하게 표적에 명중하였다. 쇠구슬의 강도를 높이기 위해 새총 고무줄을 수십 개로 이어 붙었다. 수십 미터 날아와 새 구슬이 각목에 그대로 박혔다. 사람이 맞으면 중상으로 이어질 그런 강도였다. 손에는 군살이 박히고 허물이 벗겨지고 계속 진물이 흘렀지만 그는 새총 연습을 조금도 줄이지 않았고 항상 표적을 향해 새총질을 계속했다. 나무 위에 알 수 없는 새가 앉아 있었다. 유석이 형은 움직이는 표적을 조준했다. 그대로 새총을 당겼다. 바람을 일으키며 날아간 쇠구슬이 정확하게 새 대가리에 맞았고 새는 날개만 남았다. 새 대가리는 어디서도 흔적을 찾을 수가 없었다. 그의 새총질은 백발백중의 명중률을 자랑했다.

일본으로 밀항을 시도했던 금융 피라미드의 주범 김철승 회장이 검거되었다. 부산항에서 검거된 그는 아직도 당당하게 자신은 죄가 없다고 항변했다. 그리고 초호화 변호사 집단이 그를 변호하고 있었다. 수많은 피해자를 양산하였고 수백만의 가정을 파탄시켰지만 그는 떳떳했다. 1심에서 12년 형이 내려졌다. 그렇지만 그는 조금도 위축되지 않았다. 그는 교도소에서도 휴가처럼 편하고 여유로웠으며 호화스럽게 지내고 있었다. 그곳도 돈이 있는 사람이 대우받는 곳이었다. 김철승 회장은 교도소 내 모든 직원을 돈으로 매수했다. 형기를 사는 것이 아니라 잠시 요양하는 것이라고 생각했다. 교도소 앞에서는 그에 대한 철저 수사를 요구하는 집회가 계속 이어졌으나 철승은 눈 하나 깜짝하지 않았다. 시간이 지나면 언제 그랬냐는 듯이 잠잠해질 거라고 생각했다. 밖에서 공수된 보약을 먹으면서 사회에서 보다 더욱더 건강에 힘썼다. 제소자들도 그의 앞에서 언제나 공손했다. 최고의 범털이 교도소를 장악해 가고 있었다. 하루에도 몇 번씩 변호사들이 면접을 신청하면서 자유롭게 전화도 할 수가 있었다. 자기 구명에 관한 힘을 줄 수 있는 사람들에게 전화를 하면서 자신을 도와주면 달콤한 꿀을 준다며 그들을 매수했다.

3심만 가면 자신의 형량은 반으로 줄 거라고 확신했다. 그리고 법관을 매수해서 형 집행 정지를 받아 다시 복귀하면 된다는 계획을 세웠고 지금까지 자신의 생각대로 잘 진행되고 있었다. 대한민국에서 돈의 위력은 대단했으며 모든 것을 바꾸어 줄 수 있는 힘이 있었다. 먹고 싶은 음식은 따로 보관되어 그에게 전달되었고 여유롭게 스테이크를 자르며 30년 이상 된 포도주를 곁들였다. 행동반경이 줄어든 것 빼고는 사회에서보다 더 혈색이 좋아졌다. 그는 영화광이었다. 새로 나온 영화도 교도소장 집무실에서 편히 누워서 시청했다. 그는 그의 세상을 철저하게 입맛대로 조정해 나가고 있었다. 그 때문에 하루아침에 길바닥으로 나앉게 된 사람들이 철퇴를 내리고 싶었지만 대한민국은 법치국가다. 모든 것은 법대로 정해졌으므로 그는 법 때문에 자신의 모든 걸 보호받고 있었다.

114

새벽녘 유석이 형은 자전거를 타고 대전 전 시내를 돌아다니고 있었다. 그의 표적은 다른 곳으로 바뀌고 있었다. 도청 앞에 자전거를 멈춰 세우고 그는 새총에 쇠구슬을 끼워 조준했다. 정확하게 날아간 구슬이 도청 사무실 유리창에 그대로 박혔다. 유리는 산산이 부서졌으며 그는 만족한 듯 바라보고 주위를 벗어나고 있었나.

자리를 이동한 그는 다시 새총을 조준했다. 다시 날아간 구슬은 중학교 교실 유리창에 그대로 박히고 다시 현장을 만족하며 벗어나고 있었다.

그날 대전시 15군데의 관공서 및 학교에 대형 유리가 박살이 났다. 주위에 남은 거라곤 쇠구슬뿐이었다. 의도적인 범죄 행위에 자치 방송에선 연일 범죄자를 하루빨리 검거해야 한다고 떠들어 댔다. 하지만 그는 결코 쉽게 행동하지 않았다.

그는 행동을 개시하기 전 일단 도주로부터 확실히 파악한 후에 자신의 계획을 실현시켰다. 그리고 다시 실행하게 되면 더 많은 관공서, 학교 등의 유리를 손쉽게 박살 내었다. 계속해서 유석이 형은 경찰을 농락하면서 계속 자신의 행동을 이어 갔다. 연일 아무런 단서를 잡지 못하자 경찰을 비난하는 성명이 봇물처럼 쏟아져 나왔다. 경찰들은 새벽녘 순찰을 강화했다. 관공서 주변에는 이중, 삼중으로 경찰 경계가 강화되었다. 그는 위험한 실행을 결코 멈추지 않았다. 그리고 한 번 유리창이 깨진 곳은 두 번 다시 방문하지 않았다. 새로운 곳을 계속해서 발굴해 나갔다. 그러니 경찰의 예상을 벗어나 항상 허를 찔렀다.

유석이 형은 다시 그의 계획을 실행하기 위해 새벽에 자전거를 타고 범행 대상을 물색하고 있었다. 그는 주위에 아무도 없음을 확인하고 다시 새총을 조준했다.

쉬이익 하고 날아간 쇠구슬이 효제2동 동사무소 유리문에 깨끗하게 박혔다. 그 순간 주위에 헤드라이트가 켜지고 경찰들이 그를 포위했다.

"정지, 정지. 당신은 포위되었다. 무조건 그 자리에 정지. 지시에 불응하면 발포하겠다. 자전거 정지."

그는 스피커 음성을 무시하고 도로변 인도 위를 달리기 시작했다. 경찰들은 현행범을 놓치지 않기 위해 사력을 다해 쫓기 시작했고 유석이 형 또한 잡히지 않기 위해 경찰을 따돌리려 했다. 유석이 형은 상가 쪽으로 들어가 다시 골목으로 방향을 틀었다. 한참을 달려서 들어가자 막다른 골목에 몰리게 되었다. 그리고 그는 여유를 부리며 연기처럼 사라졌다. 경찰은 어이가 없었다. 한참을 조사를 해 보았지만 분명히 막다른 골목이었다. 경찰을 농락한 범인의 흔적을 어디에도 찾을 수가 없었다.

115

경찰은 면밀하게 조사하였다. 그리고 그가 사라진 이유를 알았다. 골목 끝 지점 맨홀을 열고 지하 하수도로 도주했던 것이었다. 경찰은 범인의 용의주도함에 다시 한번 탄성을 자아내었다. 신출귀몰한 범인의 행적에 전국적으로 모방 범죄가 기승을 부렸다. 그리고 정확히 한 달 후 대전시 내 모든 관공서와 학교의 유리창이 모조리 박살이 났다. 더 이상은 남아 있는 관공서가 없었다. 그리고 모든 것을 마무리했다고 생각했을 때 유석이 형 스스로 경찰에 자수를 했다.

선국에 뉴스 득보로 그의 범죄 행위가 대서특필되었다. 하지만 당사자는 담담했다. 그리고 경찰에서 나에게 연락이 왔다. 유석이 형이 나에게 면회를 신청하였다고 했다. 나를 만나게 해 주면 자신의 행위에 관한 모든 사항을 하나도 빠짐없이 수사에 협조를 한다고 했다. 나는 몇 번을 망설이다가 유석이 형의 얼굴을 보기로 했다. 아니, 대체 무슨 말을 하려고 하나 궁금증이 너무 컸다.

작은 취조실 내 그와 내가 마주 앉았다. 그런데 그의 표정이 너무 여유로웠다.

옛날에 모든 것을 가지고 있던 그의 안정된 모습이었다. 말투도 모든 걸 통달해 버린 정확한 어조로 나를 지배해 가며 또박또박 말을 이어 나갔다.

"형한테 실망했지? 걱정하지 마라. 다 잘될 거니까."

"어떻게 된 거예요? 이런 일을 벌일 만큼 형 그렇게 막 나가지 않았잖아."

"세월이 그렇게 만든 거지. 내가 만든 게 아니고."

모든 걸 예상한 말투였다.

"형, 앞으로 구상권은 어떻게 할 거야? 그걸 해결하지 못하면 형기는 배 이상으로 늘어난다고 하던데."

"그거 몸으로 때우면 되고. 넌 아무 걱정 하지 말고 지금부터 내 말만 들어 주면 돼."

대책이 없는 건지 자신이 있는 건지 분간이 가질 않았다.

"이거 가지고 대전역 물품보관소에 맡겨진 가방을 찾아."

그의 손에서 번호 찍힌 열쇠가 내 앞에 내밀어졌다. 그리고 빨리 치우라는 눈치가 나에게 던져졌고 무의식중에 얼른 키를 받아 내 주머니 속에 넣었다.

"그 안에 명단이 있을 거야. 꼭 내가 정말로 미안하게 생각하고 고마워한다고 전해 주고 빚 좀 갚아 줘라. 그리고 돈이 남으면 우리 어머니한테 전달해 주고."

"무슨 말인데요?"

"말한 그대로. 그리고 앞으로 절대 면회 같은 건 다 거절할 테니까. 절대 어머님이 너에게 부탁해도 나 찾아올 생각은 하지 말고."

그의 행동은 단호했고 결심이 확고한 것을 느낄 수 있었다.

"성진아, 정말로 네가 옆에 있어 줘서 믿음이 간다. 잘 생활하고 다시 만날 때까지 꼭 건강해라."

유석이 형이 손으로 신호를 보내자 경찰관이 들어왔고 난 그의 안내로 밖으로 나와야 했다. 몇 번을 그를 쳐다보았지만 그는 내 시선을 피했다. 유석이 형이 너무 측은하고 안타까워서 코끝이 찡해 왔다. 하지만 별다른 방법은 없었다. 죄를 지었으니 그에 합당한 처벌을 받아야만 했다. 그날 밤 너무 말하지 못하는 무언가가 스스로 끓어올라서 나도 갈피를 못 잡고 술병을 찾았다.

물품보관소 안에는 수많은 만 원권 돈뭉치가 있었고 그의 말대로 갚아야 할 액수가 적힌 명단이 있었다. 나는 일일이 찾아다니며 유석이 형이 너무 미안해하고 고마워한다는 말을 전하고 돈을 갚았다. 그들은 무척 고마워했다. 그리고 200만 원이 남았다. 그 돈을 전부 형의 어머니에게 전달했다. 어머니는 눈물만 흘리실 뿐 어떠한 말도 하지 못하셨다. 앞으로 그의 인생이 어떻게 될 것인지 어떠한 예상도 할 수가 없이 모는 게 뒤숙박숙 엉켜 버리고 있었다.

116

1심에서 죄질이 안 좋다는 이유로 3년 형의 판결이 나왔다. 그런데 무슨 이유인지 모르겠지만 유석이 형은 항소하지 않았다. 그냥 1심 판결이 확정되었다. 모두 당연히 불복할 줄 알았지만 그는 더이상 어떠한 변호도 거부했다.

유석이 형은 원래 손재주가 좋았다. 특히 나무를 가지고 만드는 걸 좋아했다.

교도소 내에 멈춰 있는 시간을 보내기 위해서라도 징역을 사는 모든 사람은 노역을 해야 했다. 월요일부터 금요일까지 자신이 희망한 직종의 작업실에 가서 노동 등 기술을 익혀야 했다. 유석이 형은 자신이 소질 있는 목공반에서 일을 했다.

그리고 그는 주어진 과제를 끝내면 자투리 나무로 별 모양의 형태를 매일 만들었다. 하루도 거르지 않고 별 모양의 나무를 만들었다. 그렇게 몇 개월이 지나자 몇 분 안에 만들 수 있도록 시간이 단축되었다. 어떤 일인지는 알 수 없었지만 계속 나무로 별을 만들었다. 그리고 만들자마자 바로 파기했다.

목공반에서 만들었던 어떤 것도 외부로 반출이 되지 않았다. 손에 익자 아주 간단한 도구만 가지고도 나무 재질로 된 별 모양을 만들 수 있게 되었으며 눈을 감고도 손에 닿는 느낌만으로도 만들 수 있었다. 유석이 형은 그랬다. 한번 무엇에 꽂히면 절대 멈추지 않는 집요함이 다른 사람보다 월등했다. 그리고 가장 튼튼한 나무로 Y 자 형태의 나무 모양을 만들었다. 그건 바로 만들지 않았다. 가장 심혈을 기울였고 조금씩 완성시켜 나갔다. 크기가 있었기 때문에 조각으로 만들어서 조립할 수 있도록 만들었다. 그리고 그 조각품은 자신의 작업화 밑에 홈을 파고 그곳에 은밀하게 넣어서 보관했다. 입방과 동시에 다음 날 아침 6시 전까지는 자신이 배정된 감방 안에서 나올 수가 없었다. 유석이 형은 자신의 팬티 속과 내복 속에 있는 고무줄을 아주 조금씩 잘라서 보관했다. 아주 소량의 길이만 잘라서 아무도 모르게 보관했다. 길이가 조금이 길어지면 아교풀로 그것을 이어서 탱탱하게 만들었다. 만들어진 고무줄은 자신이 즐겨 보는 책 틈에 비밀스럽게 보관했다. 그 후 1년이 지난 시점에 모범수로 선발되었다. 그리고 다 정해진 것처럼 취사실에서 일을 하기 시작했다. 열심히 음식을 만들고 수감자들에게 만든 음식을 배분해 주며 생활했다. 평상시 자신이 해 왔던 일처럼 아주 능숙하게 일을 처리했다. 항상 웃음으로 사람들에게 친절을 베풀며 자신의 일에 최선을 다했다. 유석이 형은 그곳에서 인기가 좋았다. 그리고 교도관들까지도 그의 성실함에 조금씩 따뜻한 마음으로 믿어 주기 시작하였다.

117

김철승 회장은 항상 저녁 식사 전에 따뜻한 물로 샤워를 했다. 두 명의 주먹이 늘 곁에서 그를 보좌했다. 그는 언제나 제일 먼저 샤워를 했다. 그가 샤워를 하는 동안은 아무도 그곳에 들어갈 수 없었다. 철승은 항상 자신이 제일이라고 생각했기 때문에 자신보다 앞서서 무엇을 하는 것을 결코 용납하지 않았다.

따뜻한 물로 샤워를 하면서 그날을 정리했다. 그리고 향후 앞으로 어떻게 할 것인가에 대하여 계획까지 세우고 있었다. 샤워를 할 때 따뜻한 수증기가 피어올라 피부에 물이 닿으면 그제서야 살아 있다는 것에 대한 쾌감을 느끼곤 했다.

여자만 있다면 이곳도 살 만한 곳이라고 생각했다. 그것 빼고는 모든 걸 할 수 있는 곳이 이곳이었다. 아니, 그는 이곳을 자신의 왕국으로 만들고 있었다.

그는 생각했다. 누구보다 더 길게, 더 강하게, 더 세게, 살아남아서 가지고 있는 수천억을 다 쓰고 죽을 거라고. 그는 대한민국을 비웃었다. 아니, 자신에게 필요한 사람 중 돈으로 해결 못 할 사람은 한 명도 없다고 확신했다. 그것이 이제껏 자신이 행했던 일이고 자신이 설계한 방법으로 한 번도 목표로 삼은 것 이상의 돈을 써서 실패한 적이 없었다. 그만큼 철승은 모든 것에 자신이 있었다. 충분한 샤워를 마친 후 뜨거운 온수 밸브를 잠그려고 하는 순간, 자신의 목에 무언가 묵직한 것이 박혔다. 목을 잡는 순간 사방으로 피가 튀고 있었다. 꿈인 줄 알았지만 자신의 피가 입과 목을 통해서 수없이 쏟아지고 있었다. 도와달라고 말을 하고 싶었지만 온몸에 힘이 빠지며 쿵 하는 소리와 함께 자신이 넘어지고 있었다. 아무 말도 할 수가 없었다. 손을 잡고 일어나고 싶었지만 정신을 잃으며 아무 생각도 나지 않았다. '사람이 이렇게 피가 많이 날 수도 있구나.'라고 생각했다. 바닥에 자산의 피와 물이 마구 섞이며 어떤 것이 피며 어떤 것이 물인지 아무 구분도 가질 않았다. 무언가 몸에서 다 빠지며 어릴 적 생각이 머리에 스치며 지나갔다.

118

텔레비전에 드라마가 멈추고 뉴스 속보가 방송되었다. 내용은 교도소에서 수감 중인 김철승 회장의 죽음이었다. 사인은 경동맥 파열로 인한 과다출혈이었지만 왜 경동맥이 파열되었는지 조사 중이라고만 나왔다. 그리고 이틀이 지나고 삼 일이 지났지만 왜 죽었는지는 끝내 밝혀내지 못했다. 사람들은 죗값을 죽음으로 치렀다고 좋아했다. 금융 사기 피해자들도 뻔뻔한 얼굴 다시는 들고 다니는 일 없다고 하며 하늘에서 벌을 준 것이라고 생각했다. 그러나 음모일 수 있다는 소문은 계속해서 일어났다. 대통령이 나서서 철저한 조사를 지시했다. 그리고 재조사가 이루어졌는데 죽었다는 것은 틀림없으나 왜 죽었는지는 아직도 밝혀내지 못했다.

그리고 극적으로 철승이 빼돌린 수천억 원의 돈이 입금된 수백 개의 차명 계좌가 발견되었다. 정부가 나서서 계좌를 동결하고 피해자들을 위하여 피해 복구를 실시하였다. 피해가 최소화로 이루어지면서 이번 성권이 가장 살한 업석으로 국민들의 머리에 오래도록 남았다. 하지만 철승의 죽음은 끝까지 밝혀내지 못했고 사람들의 기억에서 조각되면서 서서히 지워졌고 어느 순간 조각까지 깨지면서 멀어져 갔다.

119

한 사내가 있었다. 그는 자신의 생명값을 가지고 마지막 희망을 불태우고 싶었다. 그러던 어느 날 김철승의 강연을 보고 심장이 멎는 듯했다. 자신이 알지 못하는 신세계가 있었고 그 사내는 철승을 종교처럼 믿었고 자신을 바쳤다.

그리고 자신의 목숨값은 물론 지인들까지 같이 부자가 되자며 철승을 소개했다. 그의 강연을 본 지인들도 철승을 종교처럼 받들었다. 할 수 있는 모든 자금을 모아 철승에게 바쳤다. 하지만 그건 허황된 꿈이었고 자신들이 바친 자금은 연기처럼 사라졌다. 경찰에 검거되었지만 철승은 끝까지 자신은 아무 잘못도 없다며 시종일관 억울해했다. 수백만 명의 피해자가 양산되었지만 아무도 잘못한 사람이 없었다. 특히 그 사내는 철승의 행동을 보고 분노를 넘어 복수를 하겠다는 일념에 사로잡혀 모든 목표는 그를 죽이는 것이 되었다. 그리고 계획이 조금씩 실행으로 바뀌어 가고 있었다. 대한민국은 총을 쏠 수도 총을 가질 수도 없는 나라였다. 그래서 한 방에 보내는 무기를 계속 연구했고 날카로운 실탄만 있으면 새 총으로도 사람을 죽일 수가 있다는 결론에 도달했다. 하지만 흔적이 남으면 무조건 안 되는 것이다. 무기는 있되 흔적을 남기면 안 되는 무기를 사용해야 한다는 조건을 일단 충족시켜야 했다. 일단 새총의 정확도를 높이기 위해서 하루에 10시간 이상 새총을 당겨서 표적에 명중시키도록 노력했다. 3개월 연습 후 어디에서건 사정권 안에만 들면 모든 표적에 정확하게 명중시킬 수 있었다.

철승은 지금 교도소 안에 있다. 그와 같은 곳에 있어야 그를 죽일 수 있었다.

그래서 그 사내는 직접 죄를 짓고 그와 같은 곳에서 숨 쉴 수 있는 그곳으로 들어갔다. 살인에 필요한 장비는 교도소 내에서 해결해야 했다. Y 자 모양의 나무틀을 조립식으로 만들어 작은 조각을 자신의 은밀한 부위에 숨겨서 원하는 곳으로 옮길 수 있었다. 자신의 팬티와 내복에서 조금씩 뺀 고무줄을 아교풀을 사용해서 단단하게 결합했다. 탄력이 충분히 있음을 여러 번 점검했다. 단 한발에 철승을 잡아야 했지만 곁에는 항상 두 명의 어깨가 그를 경호하고 있어서 접근해서는 승산이 없었다. 날카로운 무기를 만드는 것. 별 모양으로 만들어서 날카로운 모서리가 목에 박히면 한 방에 끝낼 수 있었다. 하지만 나무는 흔적을 남기기 때문에 재료로는 쓸 수가 없었다. 그래서 언제 어디서나 작은 연장으로도 별 모양을 만들 수 있도록 연마를 했고 어디에서건 눈을 감고도 그것을 만들 수 있었다. 그리고 조금은 자유롭게 교도소 내에서 돌아다닐 수 있는 방법은 모범수가 되어서 취사실에서 일하는 것이었다. 집요한 그 사내는 1년을 위해 모든 어려움을 감내하고 있었다. 철승이 하루에 한 번 저녁 배식 전 경호원은 뒤로하고 혼자 샤워를 한다는 것을 알았다. 오늘이 그날이었다. 무더운 여름이 시작되었다. 3일에 한 번 식자재가 들어오는데 오늘 자냥에 설치된 냉동고가 고장 나면서 고기가 상하지 않도록 얼음과 드라이아이스로 채워진 물품이 들어왔다. 사내는 사역을 하는 동안 단단한 드라이아이스를 꺼내 가지고 있던 부엌칼로 별 모양을 만들기 시작했고 몇 분 후 바로 만들 수 있었다.

저녁 식사가 완성되면 배식 기구를 통해서 교도소 내로 반입되는데 이때도 엄중한 교도관이 항상 동승하며 만일에 있을 사고를 대비한다. 그 사내는 변비 증세로 약을 타서 조금씩 모아 두었다. 그리고 후식으로 만든 수박화채를 교도관에서 따라 주면서 그 컵 속에 변비약을 뿌렸다. 하지만 바로 교도관은 증세가 나타나지 않았다. 교도관이 움직이지 않으면 모든 것이 수포로 돌아간다. 교도관을 대동하고 저녁 식사를 교도소 내로 이동시키고 있었고 샤워실을 지나갈 쯤 더 이상 참지 못한 그가 미친 듯이 화장실로 달려갔다. 사내는 짧은 시간 혼자가 되었다.

샤워실은 지하 1층으로 1층 지상에서 보면 안을 볼 수 있었다. 사내는 일부러 고장 낸 환풍기 밑으로 와서 땅을 파고 새총을 꺼냈다. 그리고 자신의 주머니 속에 종이로 둘러싸인 드라이아이스별을 꺼내 새총에 장전했다. 한 방에 끝내지 않으면 안 된다. 숨을 참았다. 그러자 철승이 보였다. 하나, 둘, 셋. 수를 세고 조준된 고무줄을 놓았다. 손에서 떠난 별이 철승의 목에 그대로 박혔다. 바로 목을 잡고 쓰러져 가는 철승을 발견했다. 그리고 바로 새총을 분해해서 밥 속에 깊이 찔러 넣었다. 드라이아이스 별은 더운물에 섞여 바로 흔적도 없이 사라졌다. 그리고 아무 일 없다는 듯 저녁 배식을 무사히 마쳤다. 배식이 거의 끝날 쯤 교도소에 사이렌이 울리기 시작하였다. 처절하고 계획된 복수가 막을 내리고 있었다. 그리고 사내는 더 친절하고 더 바보처럼 제소자들을 위하여 무한 봉사를 하고 최고의 모범수로 선정되어 몇 개월 빨리 가석방될 수 있었다.

120

나는 취직이 되어서 서울로 올라왔다. 신안동 파스막에는 정말로 유석이 형 한 명만 남았다. 그 많던 친구들은 이제 흔적으로만 남았고 쓸쓸한 빈집만이 흉물스럽게 남아 있었다. 그리고 큰 찻길이 생기면서 수십여 채가 허물어졌다.

가끔씩 들리는 이야기도 있었다. 최고의 지존이었던 종필이 형은 아이스크림 회사에 다녔는데 수금받은 공금을 유용해서 교도소에 있다는 것, 은성이 형은 협동조합 상무까지 올라 자신이 맡고 있는 조합에서 조합장이 되려고 노력은 하는데 매번 막판 심사에서 떨어진다는 것, 우리가 셋방을 살았던 주인집 아들 관태는 교통사고를 크게 당해서 얼굴이 말할 수 없을 정도로 흉이 심하게 남아서 고생하고 있다는 것, 동욱은 밤무대 디제이가 되었는데 정규앨범을 내려고 계획하면 이상하게 막판에 계속해서 틀어진다는 것, 정수 형은 결혼을 동갑내기와 했는데 오래 못 살고 이혼했다는 것, 종혁이가 극단적으로 삶을 마감했다는 소문, 영근이 형은 봉고차를 운행하는데 맨 처음에는 열심히 운전을 했는데 어쩌다가 정신분열증에 걸려서 지금도 치료를 받고 있다는 것, 경완이 형은 울산으로 가서 컴퓨터 부품 수리업을 하는 데 성공해서 논을 많이 벌었다는 것, 마지막으로 우석이 형은 대전시 세부공무원이 되었는데 나약한 성격에 정신과 치료를 받았고 현재는 위암 수술을 받고 회복하고 있다고 했다. 그리고 유석이 형은 다시할 일이 없는 관계로 하루 벌어 하루 먹는 노동판에서 일하고 있었다. 나 또한 평범하지 않았다. 직장에서 업무 흐름을 잘 이해하지 못해서 여간 힘에 부치는 것이 아니었다. 어릴 적 꿈 많고 무엇이든 다 될 줄 알았던 친구들이 모두 현실에 적응하지 못하고 심하게 흔들리고 있었다.

내가 직장에 적응하고 조금씩 안정을 찾아 가고 있을 때 2년여 만에 사무실로 유석이 형의 전화가 왔다. 내 전화번호는 부모님을 찾아가 물어보았다고 했다. 그날도 전날 회식으로 오전은 아픈 속을 잡고 힘들게 버티고 있었다.

사무실 미스 신이 나에게 전화를 돌려주었다.

"성진아, 나다. 유석이."

"형, 어쩐 일이야?"

나는 갑작스러운 전화에 반갑기도 했지만 조금은 긴장을 하고 있었다.

"어때, 직장 생활은 잘하고 있고?"

"그럼. 먹고살려면 해야지. 그런데 형은 요즘 어떻게 지내?"

"나도 그냥 그렇게 생활하고 있다."

"그럼 뭐라도 하면 되지. 형, 미안한데 나 급한 일을 처리하고 있어서 다음에…."

"아니, 그게 아니라 잠깐이면 되는데."

유석이 형이 다급하게 말을 이어 갔다.

"할 얘기 있었구나. 그게 뭔데?"

"진짜 오래간만에 미안한데 나 삼십만 해 줘라. 한 달만 쓰고 줄게."

"왜, 무슨 일 있어?"

"우리 큰형 알지? 옛날에 신문사 했던."

"생각나는 것 같네."

"그 형이 지금 이혼하고 우리 집에서 어머니와 같이 사는데 간질병에 걸린 것 같아서. 매일 정신 줄을 놓고 그래. 병원에서 마지막으로 CT 촬영해 보자고 하는데 그동안 병원비로 벌어 놓은 돈 다 쓰고 지금은…."

"할 수 없지. 조금 있다 삐삐로 계좌번호 음성 남겨."

"정말로 고맙다. 몇 년 만에 전화해서 이런 부탁을 해서."

"그래, 알았어. 형, 나 바쁘거든? 다음에 전화해."

수화기를 내려놓고 다른 생각을 했다. 또 무슨 속이는 말로 나를 힘들게 할 것 같다는 생각과 이번에는 진짜겠지 하는 생각이 교차되면서 갈피를 잡지 못하고 흔들렸다. 그렇지만 이번에는 꼭 진심이기를 바라면서 돈을 송금했다. 그리고 이 돈은 받을 수 없을 것 같다는 생각이 불현듯 들었다. 생각을 잊고 그냥 도와줬다고 편하게 생각하기로 했다.

121

6개월 후 휴가를 받고 대전으로 내려왔다. 일단 부모님에게 인사를 드리고 한 번은 유석이 형을 만나 봐야 했기 때문에 연락을 해서 약속 장소를 잡았다.

그동안 형은 새치가 너무 많이 나서 백발이 되어 있었다. 그의 나이보다 열 살은 더 들어 보였고 고생을 많이 한 것 같았다. 나는 받을 돈을 잊었는데 유석이 형이 미안했던지 먼저 돈을 갚겠다고 했다. 사실 안 받아도 되는 금액이었는데 그가 먼저 은행 내 현금인출기로 나를 이끌었다. 받아도 다시 돌려주고 싶었다. 하지만 유석이 형은 꼭 돌려주겠다고 했고 현금인출기에 자신의 카드를 넣었다. 난 당연히 돈을 인출하겠구나 생각했는데 잔금이 0원이었다.

"아이고, 이게 뭐야? 너 주려고 현금 넣어 놨는데 돈이 없다. 왜 이러지?"

유석이 형은 억울해했다. 그러나 난 그때 알 수 있었다. 결코 그에게 돈이 없었다는 것을.

"아, 참. 카드비 빠져나갔나 보네. 이거 어떡하지?"

"형, 됐어. 그냥 없는 걸로 해. 그럴 수도 있지. 그렇게 은행에서 돈만 있으면 바로 빼 가거든. 나도 그런 적 있어."

"아, 진짜 은행 이 새끼들 정말 얄짤이 없다니까. 아, 진짜 기분 좋게 갚으려고 했는데…"

"형, 됐어. 신경 쓰지 마. 어디 가서 밥이나 먹자고. 내가 돈도 많이 벌었는데 오늘 부담 없이 쏠 테니까 형이 잘 아는 곳으로 가자고."

유석이 형이 그냥 잘됐으면 하고 생각했다. 그리고 옛날의 두목처럼 당당하게 시대 위에 군림하면서 살았으면 했다. 그날은 그를 만나면서도 쓸쓸하고 우울했다. 나의 우상은 더 이상 일어나서 비상할 기미가 어디에도 없었다. 그리고 1년이 넘은 시점에 유석이

248

형에게서 다시 연락이 왔다. 자신의 큰형이 돌아가셨다는 내용이었다. 자신의 친구며 후배인 나에게 전화를 했다. 영안실은 초라했다. 손님이 거의 없었다. 그리고 어렵지 않게 알 수 있었다. 유석이 형의 손님으로 온 사람은 내가 유일하다는 것을. 난 영정 사진에 예를 표하고 옛날보다 너무 늙어 버린 유석이 형의 어머님에게 인사를 드렸다. 유석이 형과 잠깐 자리에 앉아 이야기를 마치고 그가 안 보는 사이에 그의 어머니에게 가지고 있던 돈 전부를 몰래 드리고 돌아섰다. 어머니는 몇 번인가 거절을 했지만 난 무조건 드리고 싶었다. 그녀는 너무 미안해하며 돈을 받았다. 유석이 형과 그의 어머니를 생각하면서 돌아오는 길에 마음이 너무 무거웠다. 이제 어디에도 유년 시절의 여유는 없었다. 시간에 찌들어 살면서 시간 때문에 괴로워하는 현재의 그와 내가 있을 뿐이었다.

122

유석이 형은 돈벌이가 안 됐다. 그리고 그는 성격이 성실하지 못했다. 조금 돈이 모이면 술 먹기 바빴고 조금만 날씨가 안 좋으면 일을 가지 않았다. 그리고 누굴 만나든지 무조건 자신이 쏴야 하는 사람이었다. 그러니 낭연히 빚만 늘어 샀다. 무슨 일을 하든시 6개월을 넘기지 못했다. 일을 하다가도 상관과 마음이 맞지 않으면 자신을 우습게 보는 것으로 생각해서 크게 싸우고 그만두기를 반복했다.

직업이 또 한 번 바뀌었다. 이번에는 택시운전수를 한다고 했다. 지금도 그렇지만 하루에 일정 금액을 회사에 납부해야 하는데 그는 그것을 채우지 못했다. 12시간씩 근무를 했는데 7시간 이상을 하는 날이 손에 꼽을 정도였다. 그에게서 모든 친구가 떠났고 자신도 이 세상에 친구는 없다고 했다. 간간히 나에게 전화가 왔는데 "형, 제발 택시운전 열심히 해."라고 하면 "너무 힘들다."라고 하면서 자신의 인생을 비관했다. 나도 내 생활이 있고 서울에 있었기에 그의 기억을 조금씩 기억 저편으로 밀어 버리고 있었다. 이번에는 들리는 소문에 누구 소개로 등산복 등을 도매로 떼어 와서 전국장터나 행사 때 트럭에서 파는 사람을 따라다닌다고 했다. 자신에게 제대로 잘 맞는 일을 찾았다고 했다. 너무 바빠서 시간을 내질 못한다고 했다. 그러나 말 그대로 종업원이었다. 주인이 있고 그 아래 돈을 받고 일을 하는 사람이었다.

유석이 형은 붙임성이 있었으며 조금은 느끼하면서도 특히 자신이 처음 보는 여자들에게 장난처럼 말을 잘 건넸다. 그게 장사에 그대로 묻어났다. 자신이 하루에 벌어들이는 매상이 상당했다. 시간이 지나면서 주인장의 오래된 노하우를 그대로 전수받았다. 자신이 그 일을 직접 하면 충분히 승산이 있다고 생각했고 주인보다 더 잘할 수 있다고 생각했다. 정말로 꼭 하고 싶었다. 그는 인생에 마지막 희망을 품었다. 그리고 최종 결단을 내렸다. 이젠 더 이상 물러날 것도 잃을 것도 없었다. 그러나 가장 중요한 것은 돈이 없었다. 하지만 꼭 그 일을 하고 말 거라고 다짐하며 마지막 남은 것을 걸었다.

250

유석이 형에게는 아무런 재산이 없었다. 아니, 지금 현금으로 가지고 있는 3만 원 내외가 전부였다. 그는 장사를 하면 꼭 이 가난을 탈출할 수 있다고 믿었다. 그리고 자신도 있었다. 마지막 남은 것은 바로 어머니랑 살고 있는 15평짜리 단독주택이었다. 주택담보대출. 그러나 그것은 어머니가 승낙해야 할 수 있는 것이었다. 어머니에겐 마지막 기회라고 하고 장사를 시작하면 대출금은 금방 갚을 수 있고 꼭 성공할 수 있다고 어머니의 마음을 돌리려고 했다. 하지만 어머니는 자신의 아들이 언제나 말만 앞서고 행동은 신통치 않다는 것을 잘 알고 있었다.

처음에는 안 된다고 단호하게 거절하였다. 길바닥에 나앉을 수는 없다고 했다.

유석이 형은 어머니 아들을 믿지 않으면 누굴 믿겠느냐며 매일 졸라 댔다. 제발 한 번만 도와달라고 눈물까지 보이며 애원했다. 어머니는 어쩔 수 없이 승낙했다. 그때 유석이 형은 정말로 큰 다짐을 했다. 이번에는 최선을 다하겠다는 것과 이번 일이 망하면 깨끗하게 죽겠다는 결심까지 했다. 주택담보대출로 3천만 원을 받았다. 원칙적으로 주택담보대출로 받을 수 있는 돈의 한도는 2천만 원이었다. 유석이 형은 이번에는 은성이 형한테 매달렸다. 그리고 친구로서 더 이상은 힘들게 하지 않고 성실하게 대출금을 갚겠다고 애원했다. 은성이 형도 며칠은 고민하다가 힘든 결정을 내렸다. 그래서 은성이 형이 보증을 서 주는 조건으로 천만 원은 신용대출을 받았다. 일단 유석이 형은 신형 트럭을 샀다. 그리고 자신의 장사 사부가 알려 준 대로 남대문시장에 새벽 관광버스를 타고 올라와서 그 당시 유행하던 디자인으로 등산복을 구매했다. 모든 준비는 끝났다. 이제는 열심히 날아오르는 것만 남아 있다고 생각했다. 그리고 정말로 최선을 다해서 장사에 매진했다. 처음 장사를 시작하고는 점심값도 아까워서 도시락을 싸 가지고 다녔다. 도시락이 없는 날에는 컵라면으로 허기를 채우며 돈을 최대한 아끼고 장사에 올인했다. 그만큼 절실했다. 더 이상 실패는 없다고 스스로를 단련시켰다. 전국 장날이라든가 행사장을 찾아다녔는데 시외에 가서 잠을 자야 할 경우가 생기면 자신의 트럭 짐칸에서 새우잠을 잤다. 그리하여 조금씩 원금과 이자를 잘 갚아 나갔다. 장사가 안정되어 갈 쯤 여러 곳을 돌아다니다 보니 고정된 몇 명의 장사치들을 만나게 되었다. 어묵장수, 양말장수, 호떡장수 그리고 냄비장수를 만나게 되었다.

이들은 같은 장날에 같은 장소로 이동하므로 자연스럽게 어울리고 있었다. 그렇지만 자신의 씀씀이를 아는지라 유석이 형은 돈 쓰는 것은 극도로 자제하면서 그들과 어울렸다.

"오늘 점심은 짱깨나 먹지."

냄비장수가 같이 모여 있는 장사치들을 바라보면서 말을 했다.

"그래, 그거 좋은데. 오늘은 어떻게 처리할 거야? 각자 내면 재미가 없지."

양말장수가 거들고 있었다.

"그냥 제비뽑기로 한 사람이 다 쓰는 걸로, 어때?"

호떡장수가 제안을 했다.

"저는 빼고 하시죠. 전 도시락을 싸 가지고 왔네요."

유석이 형은 그럴 때마다 뒤로 물러났다.

"아이, 강형. 돈은 그렇게 잘 벌어서 어디에 다 쓸려고. 다 먹고 살자고 하는 짓인데. 같이 하자고. 몇 푼 되지도 않는데. 아니면 내가 이번에 사지 뭐. 같이 먹자고. 정말로 같이 한번 친해 보려고 하는 건데…"

비슷한 연배인 어묵장수가 유석이 형을 바라보았다.

"아, 정말 죄송합니다. 어머니가 일찍 일어나서 어렵게 싸 주신 건데요. 남으면 또 버리게 돼요. 전 상관하지 마시고 형님들끼리 맛있게 드십시오."

"야, 정말 유석 씨는 잘될 거야. 젊은 사람이 참 개념이 확실해서…"

비꼬는 건지 칭찬하는 건지 뉘앙스가 조금 이상한 말을 호떡이 던졌다. 그렇지만 유석이 형은 특유의 웃음으로 웃어넘기고 있었다. 자신의 다짐에 대해서 오늘 하루만 무사하게 넘기자며 스스로를 채찍질하였다.

124

초여름이 시작되었고 장사하는 사람들은 얼음물이 꼭 옆에 있어야 했다. 그날도 치열하게 유석이 형은 자신의 주어진 일에 최선을 다하고 있었고 장사가 어느 정도 매상이 꾸준하게 이어지자신바람이 나서 더욱더 열심히 하루를 보내고 있었다. 그리고 손님들과도 농담을 스스럼없이 붙일 정도로 능숙하게 장사를 해냈다.

"어머니, 아들 입혀 봐요. 아주 좋아서 쓰러진다니까. 싸게 해 드릴 테니까 물건 한번 구경해 보세요. 아주 좋아 죽습니다."

그리고 몇 달 동안은 대출금도 더 많이 갚아 나갔다. 장사를 시작한 지도 6개월이 흘러가고 있었다. 이대로만 된다면 내년까지 원금과 이자를 모두 갚을 수 있을 것만 같았다. 그날도 논산 오일장이 열렸고 오후 4시를 넘기자 손님이 없어 한산해졌다. 손님이 줄자 호떡 등 네 명이 심심풀이 고스톱을 치고 있었다. 유석이 형은 곁에서 구경도 하지 않고 손님은 없지만 장사에만 열중했다.

"아이고 배야. 소화가 안 돼서 화장실에 좀 다녀와야겠네."

냄비가 일어나며 배를 움켜잡았다.

"성님만 따고, 배짱도 아니고 중요한 판에 일어나는 게 뭐래요."

호떡이 살짝 눈을 치켜떴다.

"야, 생리적 현상인데 어떡하냐 빼고 와야지. 아, 그래. 유석 씨가 좀 치고 있어. 내 돈으로."

"전 잘 못 하는데요."

유석이 형이 고개를 저었다.

"잃어도 돼. 부담 없이 몇 판 치고 있으면 금방 올게. 부탁 좀 하지."

"그래요. 손님도 다 마감했는데 짝도 맞출 겸 그냥 광만 팔아요."

멤버들이 거들자 유석이 형도 더 이상은 거절 못 하고 판에 끼어들었다. 자신의 돈도 아니니까 그냥 판만 돌려준다는 생각만 했다. 그런데 유석이 형이 크게 사고를 쳤다. 냄비가 없는 사이 15연판 중 15연승을 해서 모든 돈을 긁어모았던 것이었다. 무슨 조화인지 모르겠지만 무조건 뒷장이 붙고 내는 족족 광과 약으로 이어졌다. '살다 보니 이런 날도 있구나.'라고 생각되었다. 냄비는 고맙다며 2만 원을 쥐어 줬는데 돈보다 그날의 희열이 손끝에서 떠나질 않았다. 그날 자신감이 그를 지배했다. 이제부터 무슨 일을 하든지 잘된다고 확신했다. 그리고 하루를 마감하고 자는 순간 화투패가 머리에서 그려지면서 다시 한번 쳐 보고 싶어졌다. '아니다. 이러다가 모든 걸 망칠 수 있다. 그만 자제하자.' 하면서도 손에서 느껴지는 감촉을 결코 잊을 수 없었다.

125

그날 이후 장사를 마칠 때쯤이면 고스톱을 쳤는데 유석이 형도 자연스럽게 어울리게 되었다. 결코 큰 액수로 치질 않았다. 점당 100원씩 쳤으므로 부담스럽지 않았지만 승부욕이 발동하여 멤버들은 불꽃이 튀길 만큼 팽팽한 긴장감 속에서 게임을 즐겼다. 그런데 이상하리만큼 무조건 유석이 형의 일방적인 승리로 끝났다. 처음에는 밀려도 고스톱이 끝날 때쯤이면 항상 그의 주머니에는 농전이 넘쳐흘렀다.

그렇게 그는 스스로도 자신은 절대 지지 않는다는 자신감을 갖게 되었고 다른 사람들은 어떻게 해서든 만회하기 위해서 계속 유석이 형에게 싸움을 걸어 왔다. 이제는 유석이 형이 먼저 고스톱을 치자며 승부욕을 자극했다. 그렇게 시간이 지남에 따라 100원이었던 점당 금액이 천 원으로 올랐다. 이제는 장사에서 열심히 매상을 올린다는 생각은 없었다. 장사가 되질 않아도 오늘 운만 따라 준다면 충분히 몇 배로 돈을 벌 수 있다는 생각으로 주 돈벌이가 고스톱이 되었고 장사가 부가 되었다. 차량 뒤편에서 작게 치던 고스톱이 이제는 고리로 여관방을 잡고서 본격적인 승부가 시작된 것이다. 시간이 오래 걸리던 고스톱에서 이젠 섯다로 종목이 변경되었다.

대략 1분이면 섯다는 승부가 났다. 화투패 두 장이 배분되면 그것을 보고 자신의 배짱을 시험해야 했다. 유석이 형은 결코 지지 않았다. 마지막이 되면 유석이 형은 꼭 자신의 돈보다 몇 배는 챙겨서 일어났다. 그렇게 시작되어서 다시 예전의 무대포로 쓰던 씀씀이도 다시 돌아왔다. 돈은 세상에서 가장 쉽게 벌 수 있다고 생각했고 돈이 우스워졌다. 돈의 무서움을 잊은 지 오래가 되었다. 자신에게는 이제 무조건 재물운이 있다고 쉽게 판단 내려 버렸다. 다섯 명 사내의 눈이 충혈되면서 긴장감이 흐르고 있었다. 자욱한 담배 연기가 주위로 퍼지면서 눈치게임이 시작되었다. 배짱이 없으면 죽어야 하는 판이다. 이길 자신이 있으면 앞에 보이는 돈다발의 주인이 된다.

"이십 받고 오십 더."

어묵이 입술을 씰룩거리며 돈다발을 내려놓았다.

"오십 받고 칠십 더."

양말이 질 수 없다며 다시 판돈을 키웠다. 유석이 형은 우스웠다. 이것은 자신의 판이라고 생각했다.

"칠십 받고 내 돈 전부 다."

냄비가 자신의 마지막 남은 돈을 내려놓았다.

"난 이길 자신이 없어. 패 더럽게 안 들어오네."

호떡이 자신의 패를 기분 나쁘게 내려놓으며 포기를 선언했다.

"냄비 씨 판돈이 많이 부족한데. 이걸로는 안 되지. 어느 정도 비슷해야 콜을 받아 주지."

양말이 고개를 저었다.

"그럼 내가 그냥 콜 한다고 하겠습니까? 내 차량에 있는 물건 전부 다 배팅합니다."

냄비가 자신의 자동차 키를 내려놓았다. 모두들 고개를 끄떡이며 무언의 승낙을 했다.

"유석 씨는 어떻게 할 거야? 죽을 거야 말 거야?"

냄비가 유석이 형을 쳐다보았다.

"이런 판에 죽으면 재미가 없지요. 좋습니다. 판돈만큼 걸고 나머지 다 올인입니다."

다른 사람들도 유석이 형과 맞는 배팅을 던지며 마지막 한 판을 위해 숨을 멈추고 있었다.

"슬슬 개폐하지요. 밤새울 것도 아닌데…."

냄비가 사람들에게 패를 까라며 송용을 하고 있었다.

"이거 이길 패 있으면 다 가져가세요."

유석이 형이 미소를 지으며 자신의 패를 내려놓았다. 섯다에서 가장 큰 삼팔 광땡 패를 사람들 앞에 내려놓았다. 아무도 그 패를 이길 순 없었다. 유석이 형은 자신이 가지고 온 자루에 돈을 담기 시작했고 같이 섯다를 했던 사람들의 표정이 아주 심하게 일그러졌다. 몇 달은 일해야 벌 수 있는 거금을 하루아침에 벌고 있었다.

126

그날 유석이 형은 애원하는 냄비를 뒤로하고 그릇 등 주방 기구를 전부 자신의 차에 실었다. 며칠 말미를 주면 분명히 돈으로 갚겠다고 했지만 그때까지 자신이 주방용품을 모두 관리하고 있겠다며 철저하게 그를 외면했다. 유석이 형은 무조건 돈을 많이 벌어야 한다고 생각했다. 자신만의 판단으로 깊은 관계로 맺어질 인연이 아니라면 절대로 정 같은 것은 주지 않을 것이라고 다짐했기 때문이었다. 처음엔 애원하던 냄비가 악담을 퍼부어도 유석이 형은 결코 흔들리지 않았다. 그리고 언제든지 실탄을 준비하면 찾아오라고 했다. 무조건 상대해 준다고. 그만큼 무서운 것도 없었고 이젠 도박 자체를 즐기는 사람이 되었다. 아니, 도박중독이 되어서 하루라도 그것을 하지 않으면 손이 근질거려 미칠 것만 같았다. 그래서 스스로 이젠 영안실을 찾아다녔다. 아무 연고도 없는 사람 장례식장에 찾아가서 2만 원 정도 조의금을 내고 도박판이 벌어지길 기다리다가 돈을 잃은 사람이 빠지면 자연스럽게 자리를 메꾸면서 판에 끼어들었다. 장사에서 벌 수 없는 돈을 매일 벌어들였다. 주머니 속에는 항상 만 원짜리 지폐가 가득했다. 가득

한 돈을 가지고 젊고 늘씬한 아가씨들이 접대를 하는 유흥주점에 가서 돈을 뿌렸다. 유석이 형이 찾아가는 날은 최고의 매상을 올리는 날로, 그가 오면 문을 잠그고 그를 위해서만 장사를 했다. 술에 취하고 흥이 오르면 유석이 형은 돈뭉치를 허공에 뿌렸다. 여자들이 서로 돈을 갖겠다고 부딪히고 싸우는 것을 보고 그는 희열을 느꼈다. 돈의 가치와 땀 흘려 열심히 살겠다는 생각은 이미 잊어버린 지 한참이었다. 그러나 어찌 된 일인지는 분명치 않지만 유석이 형은 승승장구했다. 자신이 하고 싶어서 끼어든 판에서 절대 돈을 잃지 않았다. 섯다를 하다 보면 낮은 패로 뻥카를 잡고서 더욱 진짜처럼 판돈을 올리는 경우가 있는데 유석이 형은 상대방 얼굴을 보면 높은 패인지 낮은 패인지 구별을 할 수가 있었다. 10번이면 8번은 자신의 승리로 돌아왔기 때문에 자신은 승부를 위하여 태어난 사람으로 믿었다. 더욱더 깊은 도박의 나락으로 자신이 빠져들고 있었지만 유석이 형은 절대 자신은 도박중독이 아니고 승부를 즐기며 자신에게 승리의 운이 언제나 따라 주는 것이라고 믿었다.

127

불법 사설 도박장은 낮인지 밤인지 모르게 테이블만 라이트가 켜져 있을 뿐 다른 곳은 어두웠다. 그 빛 속에서 담배 연기가 춤을 추며 심하게 요동치고 있었다. 유석이 형은 그날도 장사는 일찍 접고 자신의 운을 시험하고 있었다. 6명이 둥근 테이블에 앉아서 자신의 패를 보고 다른 사람의 눈치를 살피면서 돈을 배팅하고 있다. 자신의 패를 열기 전까진 고요 속의 긴장감이 흐른다. 유석이 형은 돌아가면서 사람들의 눈빛을 확인하고 있었다. 그리고 승리를 확신하고 자신의 패를 자신 있게 펼쳐 보였다. 완벽한 유석이 형의 승리로 끝나고 신 사장이라는 사내가 돈을 다 잃고 테이블이 비워지자 한 여자가 자연스럽게 유석이 형 맞은편에 앉아서 도박을 시작했다. 그녀의 이름은 미스 한이라고 했는데 굉장한 미인이었다. 그런데 그녀는 눈 한쪽이 없었다. 인공 눈알을 박아서인지 초점도 없었고 양쪽 눈이 다른 곳을 보고 있어서 그런지 아무런 변화도 읽을 수 없을 정도로 까다로운 상대였다.

유석이 형이 이제껏 상대해 보지 못한 사람이었고 도박장에서 여자를 만나는 것도 처음이었다. 패가 돌아가고 서로의 눈치를 살피고 있었다. 유석이 형은 자신이 원하는 패가 손에 들어왔다. 그리고 유석이 형은 무한정 배팅을 했다. 칩이 눈앞에서 쌓이고 나쁜 패를 가진 사람은 스스로 물러났지만 미스 한은 유석이 형을 계속 따라왔다. 유석이 형은 여유를 부리며 패를 펼치자 미스 한이 고개를 저었다.

"이거면 내가 이긴 것 같은데요. 호호호."

유석이 형은 3땡을 가졌지만 미스 한은 3, 7땡을 잡았던 것이다. 유석이 형의 안면이 심하게 굳어졌다.

"오늘은 어렵겠네요. 내일 같은 시간에 다시 만납시다."

유석이 형이 미스 한을 바라보았다.

"전 항상 대기 중이니까 언제든 환영합니다. 호호호."

그날 처음으로 유석이 형은 가지고 있던 돈을 다 잃었다. 그리고 생각했다. 한 번쯤은 질 때도 있는 거라고. 내일은 꼭 시원하게 복수할 거라고 스스로를 위로했다.

128

유석이 형은 통장에 차곡차곡 모아 두었던 현금을 인출했다. 생각해 보니 도박을 시작하면서 처음으로 돈을 찾았던 것이다. 현금 다발이 쇼핑백에 가득하자 알 수 없는 자신감이 넘쳐흘렀다. 내색은 안 했지만 빨리 가서 미스 한의 콧대를 눌러 주고 싶었다. 자신의 트럭을 몰고 갔는데 얼마나 도박이 하고 싶은지 신호를 무시하고 내달렸다. 유석이 형은 어느 순간부터 끈적끈적한 도박장의 냄새가 좋아졌다.

하루라도 이 냄새를 못 맡으면 살 수 없을 정도로 깊은 도박의 늪 속에 빠져 있던 것이다. 패가 돌아가고 다시 승부가 시작되었다. 미스 한의 초점 없는 눈을 보자 약간의 걱정이 일었지만 이번 만큼은 절대 지지 않을 거라고 다짐했다. 아무리 발버둥을 쳐 봤자 최후의 승리는 자신에게 올 거라고 확신했다. 출발은 상큼했다. 자신이 가지고 온 돈의 반만큼을 끗발로 이겨서 쌓고 있었다. 하지만 미스 한도 결코 돈을 잃지 않았다. 다른 사람들은 모두 돈을 잃고 나가떨어졌지만 마지막까지 유석이 형과 미스 한만 남았다.

"강 사장님, 이렇게 하지 말고 한 판에 깨끗하게 끝내는 게 어떠신지요. 호호."

미스 한의 도발적인 물음에 유석이 형도 더 이상 물러나고 싶지 않았다.

"어떤 걸 원하시는지요? 당신이 원하시면 저도 좋습니다."

"그냥 펼쳐 놓고 밤일낮장으로, 지금 낮이니까 높은 패 뽑는 사람이 다 가져가기로 하시죠. 호호."

유석이 형은 순간 긴장을 했으나 최대한 자신의 감정을 숨기기 위해 목소리에 힘을 실었다.

"좋습니다. 벌써 하루 반나절이 지났고 이렇게 계속하면 끝도 나지 않을 테니 그렇게 합시다."

"역시 강 사장님은 화끈하셔. 호호호."

유석이 형은 어떻게든 미스 한의 콧대를 보기 좋게 누르고 자신의 자존심을 챙기고 싶었다. 무모하게 생각할 수 있으나 형은 걸어 온 시합에서 밀리고 싶지 않았고 자신의 운을 시험해 보고 싶었다. 그리고 만약 이기게 된다면 어떤 것도 다 이룰 수 있을 거라 생각했다. 그러나 진다면 다시는 도박을 하지 않기로 스스로에게 다짐을 했다. 화투패가 펼쳐졌다. 긴장감이 주위에 맴돌았고 구경꾼들도 흥미로운 게임에서 눈을 떼지 못했다.

"어떻게 하시겠어요? 먼저 하실까요, 아님 제가 먼저 할까요? 호호호."

잠시 정적이 흘렀다.

"제가 먼저 하지요."

262

유석이 형은 펼쳐진 화투패를 손으로 한번 쑥 만져 보았다. 아무것도 느낄 수 없었지만 어느 순간 손이 멈췄고 한 장을 뽑아서 화투패를 뒤집었다. 그의 손에 펼쳐진 패는 비 광이었다. 가장 높은 패가 펼쳐진 것이다. 사람들은 탄성을 자아내며 유석이 형의 승리를 확신했다.

"어머, 이걸 어째. 너무 한 방에 끝내시는 것 같은데요. 그래도 뽑아 봐야죠. 호호호."

확신한 유석이 형의 승리인데도 미스 한은 조금도 물러서질 않고 자신의 패를 확인했다. 그녀도 어느 순간 손이 정지되었고 자신의 패를 뽑아 펼쳤다. 그녀가 뽑은 패는 한 장 있는 조커였다. 유석이 형이 뽑은 한 장을 뺀 나머지 48장의 패에서 비 광보다 더 높은 패를 뽑은 것이다. 완벽한 미스 한의 승리였다.

유석이 형은 귀신에 홀린 것처럼 고개를 저었지만 어쩔 수 없는 패배였다. 대범하게 그녀의 승리에 고개를 끄덕였다.

"나보다 한참 위시네. 축하합니다. 잘 놀다 갑니다."

그날 유석이 형의 머릿속에 미친 듯이 화투패가 펼쳐졌고 그는 한 끗발로 진 자신의 패배를 인정하지 않았다. 다 잡았던 수많은 돈을 잃자 더욱더 오기가 발동했다. 내일은 나의 모든 것을 들고 가겠다 다짐했다. 그리고 또 진다면 매일 마지막을 생각했지만 이번만은 진짜로 이 세상을 등질 거라고 다심 또 다심을 했다. 미스 한이 더 이상은 자신에게 덤비지 못하도록 하고 싶었다. 그래야만 자신이 숨을 쉴 수 있을 거라고 생각했다. 다음 날 아침 그는 가장 먼저 은행을 찾았고 자신이 찾을 수 있는 모든 현금을 모았다.

129

그다음 날도 유석이 형은 보기 좋게 힘 한 번 써 보지도 못하고 작살이 났다. 그리고 이제 가지고 있는 현금도 없었다. 마지막으로 자신의 전 재산인 트럭을 저당 잡히고 오백만 원을 융통했다. 이제 가진 건 아무것도 없었다.

"강 사장님, 미안해서 어쩌죠. 저 때문에 많은 돈을 잃어서요. 호호호."

미스 한의 웃음소리가 흘러나오는 입을 막고 싶었다. 하지만 패배는 패배였으므로 실력으로 이기는 방법밖에는 없었다.

"제 전 재산 오백입니다. 이젠 제가 게임을 제안하죠. 똑같이 화투패를 펼쳐 놓고 이젠 가장 낮은 숫자 뽑기를 하시죠."

"물론 강 사장님이 그렇게 하고 싶다면 당연히 제가 따라 드려야죠. 호호호."

"그리고 웃는 소릴 그만할 수 없습니까? 진짜로 듣기 싫어서요."

"강 사장님 성깔 있으시다. 대인배인 줄 알았는데. 호호호."

"빨리 합시다. 시간도 없는데."

유석이 형은 참다못해 목소리에 성질이 묻어 나왔다. 자신의 속 마음을 들킨 것 같아 또 한 번 그녀에게 지고 들어간 것이다. 하지만 이번에는 유석이 형이 보기 좋게 이겼다. 그러자 유석이 형은 기가 올라서 다시 한번 똑같은 방식의 게임하기를 원했고 그녀도 승낙했다. 이제는 두 사람의 자존심 싸움이 되었다. 하지만 유석이 형의 운은 그것으로 바닥을 쳤다. 정확하게 일주일 만에 자신의 전 재산을 날린 것이다. 유석이 형은 어느 막다른 곳에 몰리면 잠적해 버리는 습관이 있었다. 다른 사람은 어떻게 되든 그 위기만 벗어나면 그걸로 끝이었다. 그렇게 유석이 형은 잠적을 했다. 어머니는 몇 달 뒤 집을 은행에 빼앗기며 길바닥에 나앉게 되었으나 은성이 형의 도움으로 부엌과 방 한 개가 붙어 있는 사글셋방으로 쫓겨나듯 이사를 해야 했다. 그리고 밤새도록 인형에 눈을 붙여야 간신히 밥을 해 먹을 수 있었다. 그렇게 몇 년 동안 그는 어디에도 나타나지 않았고 나도 걱정이 되었지만 결혼을 하면서 자식을 낳자 세월에 쪼들려 그를 잊고 살았다. 그러나 한 번쯤은 유석이 형을 보아야 한다는 생각이 계속해서 머리 한구석에 남아 있었다.

130

10년이라는 시간이 흘렀다. 나의 첫째 딸이 학교에 들어가고도 3학년이 되었고 동생도 태어났다. 우리 큰누나는 대전에서 꽃집을 했는데 어느 날 유석이 형이 그곳을 찾아왔다고 했다. 그리고 나의 연락처를 알았고 일요일 늦게까지 잠을 자고 있는데 유석이 형에게서 전화가 왔다. 자신도 결혼을 했다고 했고 청주에 살고 있으며 여러 가지 잡일을 하고 살고 있으며 내가 보고 싶다고 했다. 나도 나의 어릴 적 영웅이 어떻게 변했는지 꼭 보고 싶었다. 아니, 꼭 확인해야 한다고 스스로 결론을 내리고 있었다. 물론 나의 집사람은 그를 만나는 것을 싫어했지만 난 그를 꼭 만나 봐야 했다. 그렇게 내 눈으로 확인해야 마지막 남은 숙제를 마칠 수 있을 것 같았다.

나의 첫 우상이 어떻게 변했는지 난 확인해야 했다. 일주일 후 토요일 난 고속버스를 타고 청주에 갔으며 택시를 타고 그가 오라는 곳으로 갔다. 작은 식당 안에는 유석이 형과 그가 청주에서 사귄 친구가 있었다. 그의 친구는 달걀 장사를 하는 사람이었고 두 명 다 벌써 만취해 있었다. 유석이 형은 머리가 완전히 백발이 되어 있었고 세월의 무게 때문인지 나이보다도 훨씬 늙어 보였다.

한마디로 아주 볼품없는 중년의 사내가 되어 있었다. 유석이 형은 나에 대해서 달걀 친구에게 많이 자랑을 했던 것으로 보인다. 눈치 없게 그의 친구는 벌써부터 아우가 된 것처럼 나를 대했다. 난 처음에는 성질을 참고 대해 주다가 어느 순간 폭발했다.

"아저씨, 나 아세요? 이제 그만 가세요. 유석이 형을 만나러 온 것이지 아저씨 만나러 온 거 아닙니다. 한 번만 더 계시다간 처음 본 사람한테 멱살 잡혀요."

분위기가 차갑게 식자 유석이 형이 그에게 눈짓으로 가라는 표시를 했다.

"제가 실수를 했네요. 염치없이 죄송합니다. 두 분 말씀 나누세요."

달걀은 몸을 비틀거리며 식당을 빠져나갔다.

"형, 제정신 아니지? 어떻게 10년 만에 동생을 봤는데 술 취해서 나타나. 형 나 무시한 거지?"

"미…안하다."

266

유석이 형은 헛바닥이 꼬이며 어렵게 말을 이었고 정신을 찾으려고 안간힘을 썼지만 이미 물은 엎어졌다.

"아직도 정신 차리지 못했어. 옛날하고 아주 똑같아. 더 이상 만나지 맙시다."

난 먹지도 않은 술값을 지불하고 택시를 타고 대전 고향집으로 향했다. 계속해서 유석이 형에게 전화가 왔지만 끝내 받질 않았다.

131

며칠이 지나고 유석이 형에게서 전화가 왔다. 정말로 미안하다는 것과 한 번만 다시 만나자는 것이었다. 나도 심했던 것 같아 모든 걸 잊고 다시 한번 약속을 잡았다. 이번에는 대전터미널 근처에서 보기로 했다. 다시 토요일이 되었다. 이번에는 온전한 정신으로 마주 보게 되었다. 그도 이번엔 실수하면 안 된다는 걸 알고 있었기 때문에 아주 점잖게 나왔다. 그를 아는 모든 사람이 그에게서 등을 돌리며 살고 있었다. 그와 결혼한 형수가 유일하게 그의 편이자 그를 믿는 사람이었다. 그러나 형수 얘기는 절대로 하질 않았다. 궁금해서 물어보면 그냥 얼버무리고 다른 얘기를 하려고 했다. 그리고 몇 날 후 그 이유를 알았다. 그와 같이 살고 있나는 형수는 그보다 12살이 많은 여자였다. 그리고 정신도 평균의 사람보다 조금 많이 뒤처져 있는 사람이었다. 그래서 다른 사람에게 보여 주는 것을 민감하게 반응했다.

그리고 조금도 돈을 저금하지 못하고 돈만 생기면 생기는 족족 지출을 하면서 살고 있었다. 한심하다 못해 어이가 없었다. 집도 한 달에 일정 금액을 내면서 살고 있는 월세로 살고 있었다. 자식이 없다는 것이 그나마 위안이었다. 만약 자식이 있다면 상상한 대로 아주 많이 힘들었을 것이다. 난 그냥 나의 어릴 적 영웅을 잊기로 했다. 내가 나의 유년과 청소년기에 모든 것을 최고라고 생각하는 그가 그렇게 몰락한 것이 마치 내 잘못처럼 느껴져서 내 머릿속에서 지워 버리고 싶었다. 그리고 또 시간이 흘렀다. 아주 몇 년이 또 흘렀다.

몇 년 동안 그를 잊고 살았는데 대전에 내려갈 때마다 조금씩 그의 소식을 들을 수 있었다. 이번에는 마누라가 도망갔다는 것과 죽도록 그녀를 찾아 헤매고 있다는 그런 소문이었다. 어느 날 문득 그가 어떻게 사는지 궁금해서 전화를 하면 가입자의 사정으로 인하여 당분간 착신이 금지되었다는 소리만 들렸고 어느 날인가는 없는 번호라는 메시지가 떴다. 그리고 그것이 끝이었다. 그가 죽었는지 살았는지 모르겠다. 아직도 그에게선 연락이 없다. 나의 몰락한 영웅의 마지막 이야기는 나도 모르겠다. 하지만 아직도 어딘가에 살고 있다면 지금은 아주 편하게 만나서 옛날에 놀러 갔던 안양리에서 삼겹살에 소주 한잔하고 싶지만 그 어떤 곳에서도 이젠 그의 소식은 들을 수 없었다. 나의 영웅은 이렇게 끝나는 것일까 아니면 다시 한번 멋진 반전으로 당당하게 나타날까. 언젠가는 그 끝을 보게 될 날이 올 거라고 확신한다. 오늘도 화려한 도시는 옷을 갈아입고 있었다.

1907년대 대한민국에 살던 모든 사람은 빈곤으로 어려움을 극복하며 살아왔다. 1년을 사는 동안 목욕은 설날과 추석날에만 했었고 공중화장실에는 항상 급한 볼일을 보기 위해서 사람 행렬로 넘쳐흘렀다. 1970년대를 사셨던 부모님들은 전쟁처럼 인생을 사셨고 대한민국을 선진국으로 만들기 위해 각자의 분야에서 혼신의 힘을 발휘하면서 인생을 극복했다.

아들들은, 딸들은 옷을 한 벌 사게 되면 계속해서 밑의 동생들에게 물려줘야 했고 교복도 항상 선배들의 옷을 이어받아야 했다. 지금이야 상상이 되질 않겠지만 틀림없는 대한민국의 역사고 현실이었다. 그런 부모님들의 희생으로 대한민국은 21세기 최고의 복지국가가 될 수 있었다. 그 속에서 치열하게 살던 우리 이웃의 이야기이자 나의 유년 시절을 지배했던 영웅의 이야기를 써 보고 싶었기에 이 글이 탄생했다. 나의 추억 속에서 영원히 잊히지 않는 사람, 그가 바로 유석이 형이었다.

하시만 현실에서 조금씩 비껴나며 초라해져 가는 유석이 형의 보습에서 인생을 한번 뒤돌아보고 싶었고 그렇기 때문에 이 글을 쓸수가 있었다. 하지만 나의 영웅은 아직 죽지 않았다. 언젠가 힘차게 비상할 것이고 화려하게 부활하게 될 것을 믿어 의심치 않는다.

이 책은 마지막 장이 끝이 아니며 마지막 장이 새로운 시작이될 것이라고 스스로 다짐해 본다.

끝으로 이 글을 보는 모든 분에게 힘찬 기운을 바탕으로 한 대한민국의 희망이 깃들기를 기원한다.